HEYNE
BÜCHER

HEINZ G. KONSALIK

Ausgewählte Romane in zwölf Bänden

Der Arzt von Stalingrad
Strafbataillon 999
Das Herz der 6. Armee
Liebesnächte in der Taiga
Liebe auf heißem Sand
Alarm! Das Weiberschiff
Haie an Bord
Frauenbataillon
Heimaturlaub
Die Fahrt nach Feuerland
Der Dschunkendoktor
Sibirisches Roulette

HEINZ G. KONSALIK

HEIMATURLAUB

Roman

WILHELM HEYNE VERLAG
MÜNCHEN

HEYNE ALLGEMEINE REIHE
Nr. 01/8509

Einmalige limitierte
Jubiläumsausgabe

Der Titel erschien bereits in der Allgemeinen Reihe
mit der Band-Nr. 01/6539.

7. Auflage
1. Auflage dieser Ausgabe

Wilhelm Heyne Verlag GmbH & Co. KG, München
Printed in Germany 1991
Umschlagfoto: Bildagentur Mauritius/Koch, Mittenwald
Umschlaggestaltung: Atelier Ingrid Schütz, München
Gesamtherstellung: Elsnerdruck, Berlin

ISBN 3-453-04790-7

1

Durch den Schlamm der Straßen ziehen graue, verdreckte, abgehärmte Menschen, rumpeln auf schwankenden Rädern Karren und Wagen, bleiben im knietiefen Morast stecken und werden eins mit dem Brei russischer Landstraßen. Die Menschen mit den starren Gesichtern, in denen der Hunger sich eingräbt wie ein Pflug seine Schneide in den Acker, gehen um die Pferde herum, die nicht mehr weiter können, stumpf, stumm, mit leeren Blicken, teilnahmslos. Einer zieht an einer Pfeife, die schon vor Tagen erlosch, ein anderer kaut an einer Brotrinde, die er im Sand seines Brotbeutels fand – und so ziehen sie über Sümpfe und Wälder, durch Steppe und Sand, über Berge und vorbei an Seen, durch Schnee, Eis, Regen, Sonne und Sturm ... endlose Kolonnen, grau, verdreckt, müde, ein Heer des Schweigens und der Trauer ... deutsche Soldaten auf dem Rückzug aus Rußland.

Sie fragen nicht, warum man sie in diese Öde schleuderte, sie klagen nicht das Schicksal an, sie fluchen auch nicht den wenigen Sterblichen, die mit einem Federstrich Millionen in die Wälder und in das Grauen der östlichen Weiten jagten ... sie sind zu müde, um zu fluchen; zu traurig, um zu sprechen und zu stumpf geworden im erlebten Grauen, um zu denken. Sie kennen nur noch eins: laufen. Endlos in die Ferne laufen; dorthin, wo ihre Heimat liegt, ihr Vaterland – Deutschland. Wo der Hof ist und die Frau, wo die Kinder sind und die alte Mutter, die beim Abschied die Schürze an die verweinten Augen drückte. Sie wissen nur ein: Heraus aus dieser Hölle des Ostens, fort aus dem Grauen der Vernichtung.

Inmitten der endlosen Kolonnen geht ein Mann, verdreckt wie die anderen, die Pistole offen im Gürtel, über den Rücken eine Zeltplane geworfen. Und bei jedem Schritt, den seine Beine automatisch setzen, wippt die schief sitzende Offiziersmütze auf dem grauen Haar. Er geht inmitten des Schlamms wie eine aufgezogene Puppe, fast wie ein Schlafwandler, und die halbgeschlossenen Lider verstärken den Eindruck, als schlafe er im Gehen.

Doch er ist wach, hellwach sogar. Wie die Fantasie eines Fieberkranken sieht er vor seinem Geist Bilder stehen, Bilder, die ihm die Kehle zuschnüren und Tränen in die Augen treiben.

Ist das die unbesiegbare deutsche Wehrmacht, die hier im Morast sich zur Grenze wälzt? Wo sind die Truppen, die 1939 in die erste Schlacht zogen und einen Zug durch ganz Europa bis an die Vorboten der asiatischen Steppen unternahmen? Wo sind sie, die Norwegen eroberten, die Frankreich, Holland und Belgien überrannten und auf der

Akropolis die deutsche Fahne hißten? Wo ist die Jugend, der Stolz Deutschlands? Er sah sie umsinken im Trommelfeuer, sah sie in der Hölle des erbarmungslosen Kriegs verbluten, sah ihre verzweifelten Blicke, ihre letzten Wünsche, hörte ihren letzten Fluch. Stalingrad war der Tod der deutschen Kraft!

Nun ziehen die, die übriggeblieben sind, langsam dahin – müde Gestalten, von Hunger und Fieber und Natur geschlagen, Greise von dreißig Jahren und Jünglinge von achtzehn, die von der Schulbank weg zu Männern gezwungen wurden.

Der Mann mit den geschlossenen Lidern und der schiefen Offiziersmütze hält im Gehen inne und läßt die Kolonnen an sich vorbeiziehen. Man beachtet ihn nicht, knickt in der Marschlinie ein und brandet um ihn herum wie um einen großen Stein. Nur ein anderer Mensch, nicht minder müde als alle, winkt ihm zu und ruft: »Bleib nicht stehen, Heinz! Sonst heißt es, du wolltest überlaufen!« Er lacht kurz auf.

Kriegsberichter Heinz Wüllner, im Zivil Hauptschriftleiter, Autor und Chefkommentator des angesehenen Verlags ›Europaruf‹, blickt auf den Rufer und verzieht spöttisch den Mund:

»Hast gut reden, Willi! Wenn man statt der Füße nur noch Blasen hat, pfeift man auf alle Militärgesetze!«

»Was kümmern Deutschland deine Blasen! Komm, alter Kommilitone, nimm deine Füße in die Hand... wenn's so weitergeht, sind wir in einem Monat im Grunewald!«

Kriegsberichter Wilhelm von Stohr faßt seinen Freund Heinz an dem verdreckten Ärmel und zieht ihn mit sich fort... und wieder beginnt der Trott, stumm, in sich gekehrt, müde, stumpf. Die Wagen sinken ein, die Pferde schreien, einer raucht eine Pfeife, der andere kaut sandiges Brot, und der Morast quietscht unter den Sohlen.

Am Himmel aber bildet sich im Osten ein rosiger Streifen. Dort, wo sie herkommen, geht die Sonne auf. Und dort, wo sie hinziehen, entflieht die Nacht.

Berlin, die Reichshauptstadt, zeigte sich am 3. November 1943 von ihrer schönsten Seite. Über den Kuppeln und Türmen, den Säulen und Treppen, den Denkmälern und Prachtstraßen lag eine hohe Schneeschicht, auf der die Sonne spielte, als seien die Kristalle Milliarden winziger Diamanten. Vermummt gingen die Menschen durch die freigeschaufelten Straßen, standen trampelnd und um sich schlagend an den Geschäften – lange Schlangen, die geduldig seit Stunden warteten, bis der Verkäufer im Laden die Viertelpfundmarke der Fettkarte abschnitt. Kinder tummelten mit Schlitten durch den hohen Schnee, und ein Verwundeter, der sein abgeschossenes Bein durch eine Krücke ersetzte, balancierte über den gefrorenen Asphalt einem kleinen Café an der Ecke zu.

Heinz Wüllner, der im hochgeschlossenen Ulster über den Kurfürstendamm ging und der S-Bahn zustrebte, sah dies alles nicht. Seine Gedanken waren noch ganz von dem Gespräch gefangen, das er vor einer halben Stunde im Propagandaministerium am Wilhelmsplatz mit dem Leiter der Frontpropaganda gehabt hatte. Dort wurde man wieder mit hundertprozentiger Siegeszuversicht taktiert, ohne jedoch die Möglichkeit eines Sieges zu erwähnen. Man sprach vom Glauben, von der Gnade des Schicksals, von der geschichtlichen Sendung, von den Parallelen Friedrichs des Großen... aber das Nötigste, *wie* man siegen wollte, das verschwieg man, weil man es selber nicht wußte.

Heinz Wüllner schüttelte im Gehen den Kopf. Glauben! – Der Glaube war eine Stütze, solange man den Erfolg greifen konte. Der Bibelspruch: ›Du sollst glauben und nicht sehen‹, war auf Kinder zugeschnitten, aber nicht auf Menschen eines Jahrhunderts, die mit wachen, kritischen Augen durch das Leben gingen. Glauben! Dieser billige Glaube an eine völkische Sendung sank im Feuer der Batterien von Stalingrad dahin, verblutete in den Kesseln von Witebsk und Smolensk, blieb in verschlammten Löchern bei Leningrad und im Sand der tripolitanischen Wüste.

Ja, als man damals auszog, Danzig zu gewinnen, damals glaubte man, daß der Krieg in drei Wochen zu Ende sei. Damals glaubte man auch, daß Europa eine Festung sei. Aber dieser Glaube war gestorben in den Weiten des Ostens und vor der Pforte Asiens.

Heinz Wüllner zwang sich, diese Gedanken zu verdrängen, denn wohin sie führten, fühlte er, je länger er über den Sinn dieses Krieges nachdachte. Und denken durfte er nicht, denken war in seiner Stellung als Kriegsberichter und Soldat verboten, war strafbar. Doch je mehr er sich quälte, die Gedanken nicht weiterzuspinnen, um so heftiger pochte an sein Gewissen der eine Satz, den er sich schon in Rußland abgewöhnen wollte, jedoch nie konnte: ›Du bist ein bezahlter Lügner für den Untergang.‹

Inzwischen war er bis zu den Bahnsteigen der S-Bahn gelangt und stieg fast automatisch durch die Tür in ein Abteil der 2. Klasse, öffnete seinen Ulster, um den Temperaturanstieg von einigen Grad unter Null zu einer wohltemperierten Wärme auszugleichen, setzte sich, schabte die mit Schnee verkrusteten Schuhe an dem Gestänge seines Sitzes ab und schob die kleinen Schneebrocken unter den Sitz, wo sie bald zu einer schmutzig-grauen Lache schmolzen.

Mit lässiger Gebärde entnahm er der Tasche seines Ulsters eine zerknitterte Zeitung, glättete sie auf seinem Schoß und studierte zuerst sein Fachgebiet – den kulturellen Teil.

Kultur! Wie rein ist doch die Kunst im Vergleich zur Politik! Ein fader Geschmack kam ihm auf die

Zunge – hatte man nicht auch die Kunst in die Politik gepreßt? Spielte man nicht auf den Theatern Tendenzstücke gegen die Feindstaaten? Glorifizierte man nicht Wilhelm Tell als das Vorbild eines Revolutionärs? War die Bühne nicht ein Rednerpult politischer Ränke geworden?

Heinz Wüllner spürte ein fast körperliches Unbehagen. Wie war es möglich, eine Zeitung unvoreingenommen zu lesen, wenn man genau wußte, daß alle Artikel von Staats wegen lanciert waren und unter strengster Zensur standen.

Vertieft in seine Gedanken, bemerkte Heinz Wüllner nicht, daß an einer Haltestelle ein junges Mädchen in sein Abteil stieg, sich durch die Menge der Stehenden drückte und bis zu seinem Sitz vordrang, wo sie sich an die Rückenlehne festklammerte. Sie schien durch den täglichen Kampf um einen Sitzplatz erschöpft zu sein, denn sie holte aus ihrer Handtasche ein kleines Taschentuch mit einer niedlichen Spitzenborte und trocknete die winzigen Schweißperlen von der Stirn. Dabei blickte sie sich um, ob nicht ein Mann so höflich sein würde, ihr einen Platz anzubieten.

Da fiel ihr Blick auf den lesenden Heinz Wüllner.

Hilde Brandes, so hieß das Mädchen, atmete tief auf. Dieser junge Mann mit den graumelierten Haaren und dem grauen Ulster würde bestimmt seinen Platz für sie räumen.

Vorsichtig beugte sie sich vor und sah: Er trug

keinen Schlips und las eine Zeitung, die zwei Tage alt war. Außerdem kramte er jetzt einen abgeschriebenen Bleistiftstummel aus der Tasche und unterstrich einen Satz der Faustkritik. Schlampig, dachte Hilde, ausgesprochene Junggesellenschlampigkeit. Ungespitzter Bleistift, alte Zeitung, Unhöflichkeit!

Mit solchen Schlußfolgerungen war sie schnell bei der Hand – als Studentin der Psychologie.

Sie räusperte sich vernehmlich.

Aber Heinz war zu weit im Reich der Gedanken, um diesen leisen Hinweis auf seine Person zu vernehmen, geschweige, ihn zu deuten. Er blätterte die Zeitung um, schlug die Politik auf und suchte aus seiner Tasche eine zerknitterte Zigarette, die er mit einem Feuerzeug aus Nickel anzündete.

Hilde sah die Initialen HW und das Bild eines eingravierten Affen auf dem Feuerzeug.

Paßt zu ihm, dachte sie und musterte diesen offensichtlich unordentlichen und phlegmatischen jungen Herrn etwas genauer. Er sah soweit ganz nett aus – ein starkes, energisches Kinn, eine feste Nase, ein wenig gebräunt, eine gut gebaute, sportgestählte Figur, eine gepflegte Hand, und was das interessanteste war: Trotz der fünfunddreißig Jahre, die Hilde schätzte, zogen sich durch seine schwarzen Locken eine Menge Silberfäden. Mit einer lässigen Bewegung schlug er jetzt die Beine übereinander, nicht ohne das Hosenbein ein wenig nach oben zu ziehen, und mit einer fast müden

Geste richtete er die zusammengerollte Zeitung wieder auf.

Vor dieser einfachen Geste vergaß die zunehmend empörte Hilde Brandes alle Psychologie. Sie trachtete schon gar nicht mehr danach, einen Sitzplatz zu erobern, es ging ihr jetzt um das Prinzip: Ob auch dieser hartgesottene Fall von Weltverachtung sich ihrem Willen beugen würde! Denn wenn ein Mensch noch so interessiert die Zeitung liest – er merkt es trotzdem, wenn ein anderer neben ihm steht und ihm in die Blätter schaut. Hier war die Nichtbeachtung entweder Frechheit oder ein bemerkenswertes vollkommenes Versunkensein.

Hilde Brandes wollte gerade schwereres Geschütz auffahren, um dieses Problem mit einem Schlag zu lösen, da kam ihr das Schicksal zuvor. Der Zug, in eine scharfe Kurve fahrend, schleuderte sie zur Seite, und mit einem leisen Schrei saß sie auf dem Schoß des fremden graumelierten Herrn.

Heinz Wüllner, der gerade seinen eigenen Kriegsbericht studierte und sich immer wieder fragte, woher er den Mut nahm, dem Volk eine solche Verzerrung der Wahrheit zu bieten, sah plötzlich einen Fohlenmantel auf seiner Zeitung und auf seinem Schoß, blickte in zwei erschrokkene, tiefblaue Augen, sah unter dem Mantel eine hellgraue Flanellhose hervorlugen und vor seinen Augen ein Gewirr von blonden Locken, die durch einen blauweißen Turban mühsam gebändigt wurden.

Und während noch das kleine Fräulein verlegen in seine Augen blickte, verzog er den Mund zu einem spöttischen Lächeln und fragte mit einer gewollt lässigen Stimme:

»Haben Sie es immer so eilig?«

Hilde, überrumpelt von dieser Frechheit, begann zu stottern und wußte nichts Besseres zu sagen als: »Wieso?«

»Ich habe ja im allgemeinen nichts gegen Mädchen, die auf meinem Schoß sitzen, vor allem, wenn sie hübsch und jung sind, aber ich bin der Ansicht...«

Hilde fand ihre Sprache wieder, etwas schnippisch fiel sie ihm ins Wort:

»Ihre Ansichten sind für mich uninteressant.«

Dabei sprang sie von Wüllners Schoß auf und versuchte ihre Locken unter dem blau-weißen Turban zu ordnen.

»Überhaupt gehört es sich nicht, eine wehrlose Frau zu verspotten – noch dazu in der S-Bahn.«

Wüllner lächelte gemütlich zu ihr hinauf.

»Können Sie mir sagen, in welchem Kapitel des Knigge das steht?« fragte er und drehte dabei den Bleistift zwischen den Fingern.

»Für die Grundregeln von Anstand und Takt braucht man kein Lehrbuch«, entgegnete sie mit einem schwingenden Triumph in der Stimme. Jetzt mußte er klein beigeben. Gegen dieses Argument kam er nicht an. Aber Hilde kannte nicht die Frechheit Heinz Wüllners. Bekanntlich sind alle Journalisten mit einer zwar liebenswürdigen, aber um so durchschlagenderen Frechheit begabt, einer Frechheit, die ihnen alle Türen und Tore öffnet und nichts unmöglich erscheinen läßt. Diese Frechheit macht aus einem einfachen Schriftsteller erst den mit allen Wassern gewaschenen Reporter, für den einfach kein Hindernis zu hoch ist, um nicht hinüberspringen zu können.

Dies alles ahnte Hilde nicht. Sie dachte nur 1:0 für mich! Sie freute sich zu früh, denn Wüllner setzte sich gemütlich zurecht, indem er sich weit nach hinten in die Polster lehnte.

»Regeln sind immer das fragwürdige Werk von bemitleidenswerten Menschen, die keine Fantasie besitzen. Außerdem gibt es bekanntlich keine Regel ohne Ausnahme. Abgesehen davon möchte ich Ihnen dringend raten, bei diesem feuchtkalten Wetter einen Schal zu tragen.«

Hilde starrte entsetzt auf den lächelnden Heinz und schüttelte die wirren blonden Locken aus dem Gesicht. Gab es so viel Unverfrorenheit noch einmal? Ein Mann, der eine übermüdete Dame stehen läßt, so daß sie auf seinen Schoß fällt, und der, anstatt wenigstens dann aufzuspringen und seinen Platz mit vielen Entschuldigungen anzubieten, sich lümmelhaft in seinem Sitz räkelt und unverschämte Sprüche von sich gibt.

Brüsk wandte sie sich ab und nestelte an dem

Halsausschnitt ihres braunen, glatten Fohlenmantels.

»Ob ich einen Schal um den Hals trage oder einen Bindfaden, das kann Ihnen doch gleichgültig sein«, brummte sie wütend.

»Unter normalen Umständen bestimmt. Aber es würde mir ehrlich weh tun, wenn die Leute über Ihren Bindfaden lachen sollten.«

»Und warum? Schließlich werde doch ich ausgelacht und nicht Sie!«

»Eben darum!«

Hilde starrte ihren Gegner entsetzt an.

»Sie reden irr, mein Herr!« war das einzige, was sie entgegnen konnte. Aber weiter kam sie auch gar nicht, denn Wüllner richtete sich ein wenig auf und fragte:

»Warum nennen Sie mich ›Mein Herr‹? Ich heiße Heinz, ganz schlicht Heinz – wenn es Sie interessiert.«

»*Wenn!* Aber es interessiert mich nicht im geringsten!«

»So?« meinte er lächelnd. »Dann verstehen Sie aber nichts von Psychologie.«

Hilde wurde rot wie der Kamm eines Hahnes. Aber im Inneren bohrte ein wilder Triumph. Jetzt würde er endlich seine Sicherheit aufgeben müssen. Für was hielt sich dieser Kerl eigentlich?

»Ich bin Studentin der Psychologie«, entgegnete sie mit Wonne und blickte auf Wüllner, als erwarte sie, daß er vor Scham und Bewunderung in den Boden versinke. Und sie fügte selbstzufrieden hinzu: »Unter diesen Umständen darf man wohl annehmen, daß es ungeschickt von Ihnen ist, ausgerechnet mir mit Psychologie zu kommen, von der Sie so gut wie keine Ahnung zu haben scheinen.«

So, dachte sie, dem hab' ich's aber gegeben. Der wird sich jetzt ganz klein machen.

Statt dessen erhob sich der Lümmel ein wenig von seinem Sitz und stellte liebenswürdig fest:

»Wenn jemand wie ich Philosophie, Psychologie, Germanistik, Theater- und Zeitungswissenschaft und ein wenig Literaturhistorik studiert hat und dann auch noch mit einem psychologischen Thema promovierte, so darf man unterstellen, daß dieser Mann ebenfalls ein bißchen was von der Psychologie versteht.«

Hilde Brandes errötete bis unter die Haarwurzeln. Sollte sie von diesem schrecklichen Menschen mit dem alltäglichen Namen Heinz eine Niederlage nach der anderen einstecken? Sie fühlte fast, wie er innerlich triumphierte, und sah keine Möglichkeit, ihm in irgendeiner Form Einhalt zu gebieten.

»So?« entgegnete sie nur einfach, als sei sie völlig uninteressiert. »Sie haben promoviert? Das sieht man Ihnen gar nicht an.«

»Man sieht einem Seehund auch nicht an, daß er eine Lampe auf der Nase balancieren kann«, meinte er trocken.

Hilde mußte trotz allem lächeln. Dieser junge, graumelierte Herr war eine Seltenheit. Lümmel und Mann, Bildung und Frechheit, Eleganz und Gassenmanieren gaben sich da ein merkwürdiges Stelldichein. Was sein wirkliches Wesen war; wo er anfing, sein wahres Gesicht zu zeigen, und aufhörte zu schauspielern, das konnte Hilde Brandes selbst bei aller psychologischen Ausbildung nicht an ihm feststellen.

Wüllner warf einen Blick aus dem Fenster und stellte fest, daß sich die S-Bahn seinem Fahrtziel näherte. Zwei Stationen hatte er also noch Zeit, um die Angelegenheit mit dem blonden Wuschelkopf in Ordnung zu bringen. Also ging er zur Offensive über. Er streckte ihr seine Hand hin:

»Wollen wir nicht Frieden schließen, Fräulein...«

Hilde kam ihm ungewollt zu Hilfe, indem sie, ohne zu überlegen, sich leicht verneigend vorstellte:

»Hilde Brandes.«

»Fräulein Brandes. Danke.«

»Mit ›Danke‹ ist nichts abgeschlossen. Ein höflicher Mann stellt sich auch vor... zumal, wenn er wirklich so etwas wie eine akademische Bildung besitzt.«

Das sollte ein neuer Pfeil sein, aber Wüllner erhob sich nur um zwei Zentimeter und sagte schlicht:

»Heinz Wüllner, Schriftleiter im Europaruf –

früher sagte man Redakteur, aber das klingt im Großdeutschen Reich zu dekadent-kapitalistisch. Meine Lieblingsbeschäftigung ist die Kunst- und Literaturkritik.«

Hilde Brandes biß sich auf die Lippen. Wieder eine Niederlage! Wieder dieser unverbindliche, superfreundliche Ton mit den Schwingungen des Spotts im Hintergrund.

Der Zug hielt. Neue Menschen, mit Schnee bedeckt und mit frostgeröteten Gesichtern, drängten herein und schüttelten sich den verharschten Schnee von den Schultern der Mäntel.

Wüllner, der an der nächsten Station aussteigen mußte, stand auf und streckte Hilde Brandes die rechte Hand entgegen: »Sind Sie bereit, mit mir einen Frieden einzugehen? Haben wir nicht Krieg genug um uns herum? Sollen wir auch noch im kleinen beschnittenen Privatleben unserer Zeit den Krieg als Dauerzustand einführen? Also, machen Sie endlich ein freundliches Gesicht!«

»Nur wenn Sie nicht mehr so ekelhaft spöttisch sind«, sagte Hilde und nahm die dargereichte Hand mit einem leichten Zögern. Aber Wüllner drückte sie fest und mit einem entwaffnenden Lächeln.

»Ich war nie spöttisch gegen Sie«, meinte er dabei, »ich würde mir so etwas einem hübschen Mädchen gegenüber niemals erlauben. Es freute mich nur, wie Sie sich tapfer in einer Situation schlugen, die von Beginn an verfahren war. Aber denken wir nicht mehr daran. Seien wir friedlich, und so schön Ihnen auch die wütende Miene stand – viel schöner muß Ihnen ein freundliches, ganz freundliches Lächeln stehen.«

Hilde Brandes versuchte diesen auf einmal ganz netten Mann anzulächeln, aber es mißlang kläglich. Wüllner, der noch immer ihre Hand in der seinen hielt, nickte ihr ermutigend zu und drückte die zarten, schmalen Finger mit dem Onyxring.

»Freundlicher, Fräulein Brandes, viel freundlicher. Oder ist es so schwer, zu mir ein bißchen nett zu sein?«

»Sie sind furchtbar.«

Hilde entzog ihm ihre Hand und errötete wieder bis zu den wirren Locken. Und gerade dieses Erröten war es, was Heinz Wüllner zu einer kühnen Attacke hinriß und in ihm alle Vorsätze zur Seite spülte. Mit einer geradezu vorbildlichen Nonchalance raffte er seinen aufstehenden Ulster zusammen und strich sich mit der Rechten über das Haar:

»Und da wir Frieden geschlossen haben, finde ich einen kleinen Friedensbummel zu einem Café in der Nähe für das Allerrichtigste. Es trifft sich besonders gut – ich muß nämlich hier gleich aussteigen.«

Hilde sah Heinz an. Was sollte man darauf antworten? Auch sie mußte an der kommenden Station raus, und wie sie Wüllner jetzt kannte, würde er keine Ruhe geben, ehe sie einverstanden war.

»Und wie soll ich mein langes Ausbleiben verantworten?« machte sie einen letzten Versuch zur Flucht, während der Zug in den Bahnhof einlief und die Menschen schon zu den Türen drängten.

»Sagen Sie bitte Ihrer Mama, Sie hätten einen Zusammenstoß gehabt und den seelischen Schaden bei einer Tasse Ersatzkaffee oder einer alkoholfreien Orangeade wieder ausbessern müssen. Denn leider erlaubt es unser so reizender Krieg und die hohe Taktik und Politik unserer Führung nicht, Ihnen einen Sherry oder auch nur ein Glas funkelnden Wein zu kredenzen.«

»Ich habe keine Mama mehr«, sagte Hilde leise und blickte dabei zu Boden, »und der Vater starb, als ich sechs Jahre alt war. Ich stehe allein und verdiene mir das Studium durch Privatunterricht.«

»Verzeihen Sie«, sagte Wüllner leise. »Es tut mir leid. Sehr leid ... Und nun machen Sie Ihren Mantel zu, denn der Temperatursturz vom überheizten Abteil zu der Straßenkälte ist gefährlich für die Gesundheit.«

Wie ein kleines Mädchen gehorchte Hilde Brandes und knöpfte ihren Mantel bis zum Halse zu, nicht ohne im Inneren diese Fürsorge als ein großes Plus für Heinz Wüllner zu registrieren.

Im gleichen Augenblick hielt die S-Bahn, die breiten Türen schoben sich zur Seite, eine Welle von Kälte und Schnee fuhr den Heraustretenden entgegen. Wüllner zog den Hut tief ins Gesicht und den braunen Seidenschal näher zum Kinn.

Dann griff er nach rechts und schob den herunterhängenden linken Arm Hildes unter seinen rechten.

»Es ist besser so, wegen des Glatteises. Wenn Sie stürzen, bin ich der Verantwortliche. – Ich darf doch?«

Und er lächelte sie wieder an.

Hilde nickte nur und ließ ihm ihren Arm. Und während von der Halle das Scharren des weiterfahrenden Zuges herauftönte, gingen zwei junge Menschen, die sich erst seit wenigen Minuten kannten, Arm in Arm hinaus in die verschneiten, kalten Straßen.

2

In dem kleinen Café am Ende des Berliner Kurfürstendamms saßen an den dicht besetzten Tischen Studenten, Kontoristinnen, Fronturlauber und einige Pärchen. Die meisten tranken Ersatzkaffee, jenes Getränk aus Zichorie, das der Volksmund treffend ›Muckefuck‹ nannte.

Heinz Wüllner, der einen Platz in einer Ecke nahe einer kleinen verkümmerten Palme entdeckt hatte, steuerte auf den Tisch zu und half Hilde Brandes aus ihrem Fohlenmantel. Er selbst beförderte mit einem raffinierten Schwung den schweren grauen Ulster von seinen Schultern. Es war eine männlich-sportliche Geste, um die ihn schon mancher Kollege beneidet hatte. Der Hut flog ebenfalls mit gewandtem Schwung auf den Haken, und Hilde mußte wieder im stillen lächeln über die Jungenmanieren dieses graumelierten Herrn.

Bis der Kellner an ihren Tisch kam, um die Bestellung entgegenzunehmen, hatte Heinz noch eine Weile Zeit, um seine Eroberung zu betrachten. Beim Zeus, das Mädel sah gut aus. Sehr gut sogar, wenn nicht sogar hübsch, entzückend, bezaubernd und süß. Man hätte eine ganze Süßholzraspelskala herunterleiern können, und doch wäre alles nur ein toter Ausdruck gewesen gegenüber der sprühenden Lebensfrische dieses Mädchens. Der kurze, enganliegende braune Pullover unter dem hellgrauen Jackett, der sich straff über die jugendliche Brust spannte; die hellgrauen Flanellhosen und das schmale, frischdurchblutete Gesicht zu dieser feingliedrigen, zarten und doch energiegeladenen Figur; die weißen, wie aus Stein gehauenen Hände und überhaupt die ganze Frische, die dieser Körper atmete ohne Kosmetik, Schminke, Puder und Parfüm, das alles wirkte auf Wüllner mit einer solchen Macht, daß er sich schwor, diesen Nachmittag mit Hilde nicht den einzigen sein zu lassen, sondern das Mädchen so fest in sein Herz zu schließen, wie es nur eben möglich war.

Daß dies eine geheime Liebeserklärung war, kam ihm nicht in den Sinn, oder er akzeptierte es nicht – denn er hatte den Standpunkt: Ein Mann, dem die Mädchen um den Hals fallen, sobald er im Theater oder auf einer Sportveranstaltung erscheint, verliebt sich nicht so leicht.

Und an Heirat dachte er schon gar nicht, denn Ehe war für ihn Unfreiheit und Knebelung, war für ihn mehr als für den Teufel der Weihwassertopf. Wenn man auch die Junggesellen eigentümlicherweise besteuerte, das System des unehelichen Kindes glorifizierte und in Prag eine Anstalt gründete, in der auserwählte SS-Männer mit ausgesuchten Mädchen der BdM-Organisation Glaube und Schönheit zusammengeführt wurden wie Stier und Kuh; wenn man auch das daraus entstehende Kind auf Staatskosten aufzog und bereits nach der Geburt organisierte, und wenn auch diese nationalsozialistische deutsche Regierung nach Nachwuchssoldaten schrie und die Ehe zur nationalen Pflicht machte – er, Heinz Wüllner, hatte eine Abneigung gegen alles, was Bindung hieß.

Und da kommt auf einmal dieser Stich ins Herz. Dieser unerklärliche, drängende Schmerz. Dieser süße Druck, der sich Hilde Brandes nennt, die jetzt das graue Jackett über der zarten, schwungvoll gewölbten Brust geradezieht. Wüllner wehrte sich gegen dieses Drängen, griff in die Tasche und holte ein Zigarettenetui heraus, um bei einer deutschen Kriegszigarette aus undefinierbaren Kräutern diesem Problem seiner Seele näherzurücken.

Der Kellner brachte zwei Tassen Kaffee und – das erlaubte Heinz Wüllners Brotkarte gerade noch – je zwei Stück Kuchen. Und während sie den lederartigen Wasserteig mit gegenseitigem Lächeln hinunterwürgten, sagte Wüllner:

»Wer hätte gedacht, daß der einst so berühmte Kuchen des Berliner Kurfürstendamms so zäh und ungenießbar ist wie unsere oberste Regierung? Es scheint fast, man will vom Größten bis zum Kleinsten nichts auslassen, um die neue Epoche zu erzwingen – sei es Kuchen oder Kunst.«

»Wie meinen Sie das, Herr Wüllner?« fragte Hilde und kaute an der Rinde ihres Kuchens.

»Ich weiß nicht, ob Sie an diesen Dingen interessiert sind, aber betrachten Sie einmal die Architektur, das Drama, die moderne Literatur, das Bühnenbild, die Malerei, die Gebrauchsgraphik – alles, was überhaupt nur mit Kunst zusammenhängt, selbst die Musik hat sich nach unserem System ausgerichtet. Das Theater wird militärisch, das Bühnenbild asketisch, in der Musik hört man Märsche, die wie unrhythmische Hammerschläge klingen, die Architektur will der griechischen Form nacheifern und macht sich lächerlich durch ihre Unkenntnis. Man sagte einst zu uns: Wir wollen keine Paläste – aber der erste Staatsbau war eine Reichskanzlei, die nach eigenen Berichten der prunkvollste Regierungsbau Europas ist. Man verdammte das Doppelverdienertum, und selbst nahm man unzählige Stellungen ein, bezog aus zehn verschiedenen Ämtern zehn verschiedene Gehälter, erhielt allein für den bloßen Titel Staatsrat 1000 Mark und baute sich Schlösser und kaufte sich am Rhein und in Pommern Wein- und Rittergüter für 300000 Mark – aber dem Arbeiter an der Ruhr und im Aachener Kohlenpott rechnete man vor, daß die Steuern es dem Staat bestenfalls erlaubten, seinen Stundenlohn von einer Mark auf eine Mark zwanzig zu erhöhen.«

Hilde Brandes war leichenblaß geworden. Scheu sah sie sich um und ergriff Wüllners Arm.

»Mein Gott, Sie reden sich um Kopf und Kragen. Wenn das jemand hört, sitzen Sie spätestens in einer Stunde in einem Keller der Gestapo.«

»Da haben wir es ... ist das eine Freiheit, wo ein ehrliches Wort der Wahrheit geknebelt wird mit den tierischsten Methoden der Grausamkeit?«

»Sie wissen ja gar nicht, ob ich nicht selbst von der Gestapo bin.«

»Und wenn Sie das wären, mich kümmert's nicht. Ich würde es nur bedauern, daß sich ein so nettes Mädchen für einen so schmutzigen, abscheulichen Dienst hergibt.«

»Seien Sie doch still!« Hilde Brandes sah sich erneut ängstlich um und versuchte, das Gespräch in eine andere Bahn zu lenken. »Was ist eigentlich die Aufgabe des Europaruf, an dem Sie als Schriftleiter tätig sind?«

Aber Heinz Wüllner hatte sich so in seine innersten Gedanken hineingeredet, daß er dieses Ablenkungsmanöver einfach überging. Er schob den halbverzehrten Kuchen brüsk von sich.

»Es macht keinen Spaß mehr, in Deutschland zu leben. Ich habe die Feldzüge in Polen mitgemacht, war in Frankreich dabei, in Belgien, Holland, fuhr die Überfälle auf Norwegen mit und ließ mich in Tripolis versanden. Jetzt komme ich aus dem Osten und sah den Rückzug aus Stalingrad mit an. Ich habe die deutschen Soldaten verbluten sehen für ein Nichts. Habe erfahren, daß die Führung sie nur aus Prestigegründen opferte, so wie man früher ein Lamm abschlachtete. Ich sah die Armeen zusammenbrechen und die Generäle flüchten, während der einfache Landser im Dreck stand und sich selbst überlassen wurde zum Sterben oder Verkommen. Ich sah auch die Grausamkeit unserer schwarzen Truppen mit dem sinnreichen Totenkopf, jene Totengräber unserer Kultur. Ich sah Unzählige mit Genickschuß zusammenknikken. Frauen mit Säuglingen auf dem Arm, nur weil ein Nürnberger Gesetz die Menschheit in zwei Gruppen teilte, wovon die eine Gruppe einfach ausgelöscht werden mußte.«

»Hören Sie auf«, stöhnte Hilde und zitterte am ganzen Leib. »Hören Sie auf, wenn Ihnen Ihr Leben nur ein klein wenig wert ist.«

»Millionen wurden geopfert, Städte entvölkert, blühende Länder in Ruinen verwandelt, und das Ganze nennt man dann einen ›heiligen Krieg‹, eine ›göttliche Mission‹ – und das blinde Volk blutet, opfert, stirbt, verkommt, leidet und verhungert! Wäre dieses Spiel nicht so tragisch, man müßte lachen über unser zwanzigstes Jahrhundert!«

Heinz Wüllner hielt inne und sog erregt an seiner dritten Zigarette. Der Kaffee war längst erkaltet, und draußen zeigte sich eine fahle Dämmerung, die durch den Schnee etwas gemildert wurde.

»Warum kämpfen Sie dann für diese Idee?« fragte Hilde.

Wüllner strich sich über die wirren Haare.

»Kämpfen ist vielleicht nicht der richtige Ausdruck. Mich interessiert dieses System, wie einen Arzt auch die Verfolgung einer hoffnungslosen Krankheit in seinen Bann schlägt. Es ist gewissermaßen ein wissenschaftliches Interesse, das mich im Augenblick mit den Hunden heulen läßt, um den sicheren Verfall in seiner ganzen Auswirkung zu beobachten. Darum nur spielt man wie ein politischer Bajazzo seine Rolle in diesem lächerlichen Welttheater und zückt dann den Dolch, wenn die Komödie sich zum Drama wendet.«

»Aber wenn Sie an der Front fallen oder zum Krüppel geschossen werden?«

»Ein Risiko ist bei jeder großen Sache. Gefahr ist für mich ein Ansporn, die Kräfte zu messen und stärker zu sein als sie selbst.«

Wüllner drückte den glimmenden Rest seiner Zigarette im Aschenbecher aus und steckte den Rest in eine kleine Blechdose.

»So weit sind wir Deutschen schon, daß wir die Stummel der Zigaretten sammeln, um sie in der Pfeife zu rauchen. Es fehlt nur noch, daß wir die Stummel aus allen Gossen und Schutthalden lesen. Wirklich, das hat mit Genügsamkeit und Besinnung auf das Wesentliche, auch mit Totalisierung nichts zu tun ... das ist einfach und kraß das Ende, der bevorstehende Zusammenbruch, der sich an Unwichtigkeiten anzeigt und mit der größten Katastrophe aller Zeiten endet.«

Hilde Brandes war bis ins Innerste erstaunt.

Da saß nun ein netter junger Mann, der alles mitbrachte, um sich in ihn zu verlieben. Da hatte er sie in ein Café eingeladen. Aber anstatt Komplimente zu machen und von Liebe und Glück zu schwärmen, wälzte er politische Probleme, schüttete sein Herz vor ihr aus und riß vor ihr eine Kluft auf, die sie nie gesehen hatte. Sie war selbst im Reichsstudentenbund, in ›Glaube und Schönheit‹ und im BdM, sie glaubte an die Sendung des Führers und an das gute Gelingen des Krieges. Alle Zeitungen waren voll von der Zuversicht des Sieges. Alle Reden handelten vom Glauben an die Zukunft. Und nun kam da ein Mann, der ihr brutal und offen erklärte: Du hast geträumt. Wir, du und ich, sind nur geblendet worden. Es ist alles anders, es ist alles aus! Und anstatt von den schönen Dingen des Lebens zu sprechen, die man bei einer Tasse Kaffee so gerne aufrollt, malte er ein düsteres Bild und beschwor das Grauen der Zukunft.

Hilde Brandes fuhr sich verwirrt durch die widerspenstigen Locken. Wie sollte man diesen Mann beurteilen? Hier schien die Psychologie zu versagen. Wußte er überhaupt, zu wem er sprach? Hilde hatte den Eindruck, als sähe er in ihr nicht die einzelne Frau, sondern ein ganzes Auditorium von Zuhörern, denen er seine Erkenntnis zuschrie. Konnte dieser Mann überhaupt fühlen, gab es für ihn außerhalb des Geistes auch die Zartheit einer Seele? Konnte in diesem nüchternen

Denker der Zauber einer Liebe entstehen, einer Liebe, die nicht nach fünf Minuten umschlug in einen politischen Disput? Ja, war es überhaupt denkbar, daß dieser kalte Mann sie jemals zärtlich umarmen konnte und sich so verhielt wie normale verliebte Männer?

Während sie noch in Gedanken versunken war und vor sich hinblickte, nahm Wüllner plötzlich ihre Hand und schaute sie mit seinen großen blauen Augen an:

»Sie sind mir doch nicht böse, daß ich Sie mit dieser leidigen Politik quälte? Ich weiß, es ist für ein junges, frisches Mädchen nicht der interessanteste Gesprächsstoff, zumal Sie ein Recht haben, vorurteilslos durch die Welt zu gehen, eben weil Sie jung, hübsch und lebenslustig sind... aber es ist nun mal eine böse Leidenschaft von mir, in allen Dingen den Kern zu sehen.«

»Solange das Ihre einzige Leidenschaft ist, brauche ich vor Ihnen keine Furcht zu haben«, entgegnete Hilde mit einem Lächeln und ließ die Hand in der seinen liegen. »Aber ich glaube, wir müssen jetzt doch gehen. Es wird schon dunkel draußen. Außerdem habe ich einen mordsmäßigen Hunger. Der Kuchen hat nicht lange vorgehalten.«

Heinz lachte laut.

»Das ist allerdings ein triftiger Grund, sofort aufzubrechen... Aber, halt – nur unter einer Bedingung.«

»Und die wäre?«

»Daß ich Sie nach Hause begleiten darf, wenigstens so weit, wie sie es für gut befinden.«

»Einverstanden!«

Hilde Brandes griff nach ihrem Mantel.

»Ober! Zahlen!« rief Heinz dem in der Ecke stehenden Kellner zu und half ihr in den Mantel. Dann stieg er in seinen Ulster, wand den braunen Seidenschal keck um den Hals, stülpte sich die hellgelben Schweinslederhandschuhe über die Hände und schob wie selbstverständlich den Arm Hildes unter den seinen. Und während Hilde über diese charmante Frechheit und Freiheit noch lächelte und sich im hintersten Winkel ihres Herzens ein ganz klein wenig glücklich und so eigentümlich lustig fühlte, traten sie hinaus in die verschneite, kalte Nacht des Berliner Westens.

Der Himmel war mit schweren Wolken bedeckt, und nur der weiße Schnee warf ein wenig Licht zurück in die sonst mondlose, stumme Nacht. Leise knirschte das Eis unter ihren Schuhen, und der Atem zog in kleinen weißen Wolken vor ihnen her. Vorbei an zerstörten Häusern und zerborstenen Mauern führte ihr Weg, aber sie blickten nicht seitwärts, um die Leiden der Stadt nicht zu sehen und nicht auch in dieser stillen Stunde an die Grausamkeit der Zeit erinnert zu werden. Und doch legten sich die Wunden des Krieges wie ein Dämon über ihre Herzen und drückten die Fröhlichkeit herab zu einer stummen Besinnlichkeit.

Eine lange Zeit gingen sie so nebeneinander

her, ohne ein Wort zu sprechen. Hilde Brandes fühlte sich ein wenig enttäuscht von der Zurückhaltung dieses Mannes, der ihr von Minute zu Minute sympathischer wurde. Wenn er doch wenigstens ein paar liebe Worte gesagt hätte oder auch nur den Versuch unternähme, ihre Hand zu streicheln. Aber so stumm neben ihr herzutrotten, das gefiel ihr gar nicht. Andererseits war es von ihm grundanständig, ein wehrloses Mädchen nicht gleich mit seiner männlichen Aufdringlichkeit zu belästigen.

Endlich, nach fast einer Viertelstunde, drückte Heinz Wüllner sacht ihren Arm und wandte ihr sein Gesicht zu.

»Ich weiß, was Sie denken: Daß ich ein schrecklich langweiliger Patron bin. Aber das stimmt nicht! Ich bin die Fröhlichkeit selber, und wenn Sie mich länger kennen würden, so kämen Sie von einem Staunen in das andere. Künstler, Journalisten und ähnliche Leute sind alle ein mehr oder minder lustiges Blut, nur haben wir einen Fehler: Wir sind schrecklich subtil und empfindlich. Die Erlebnisse des Krieges mit all seinen Grausamkeiten fallen auf unsere Seele wie ein eisiger Sturm, der allen Frohsinn erfrieren und absterben läßt. Doch ich will nicht darüber sprechen. Es ist zu langweilig für Sie.«

Hilde Brandes schüttelte den Kopf. Auf ihren Turban hatte sich eine dünne Schicht von glitzerndem Reif gelegt.

»Es ist überhaupt nicht langweilig – nur für mich so unheimlich fremd. Es kommt mir vor, als ob ich aus einem Traum erwache und erst jetzt merke, daß es ein Traum war.«

Sie blieben stehen. Und als sie in das dumpfe Blaugrau des nächtlichen Winterhimmels blickten, bemerkte sie vereinzelte Lichtstrahlen von Scheinwerfern in den dichten Wolken, und von ganz fern sah man es aufblitzen, ein schnelles Zucken, als sei kilometerweit ein schweres Gewitter. Heinz zeigte in diese Richtung.

»Da, sehen Sie? Der alte, nimmermüde Gott Mars stört wieder unseren Frieden. Es wird keine zehn Minuten dauern, und von den Dächern heulen die Sirenen. Dann eilen die verstörten, verängstigten Menschen in die Luftschutzräume. Was Sie da ganz weit blitzen sehen, ist Flakfeuer in großer Höhe. – Haben Sie es noch weit bis nach Hause? Wir müssen uns sonst beeilen.«

»Noch zehn Minuten«, erwiderte Hilde, die bei dem Wort Sirene unwillkürlich zusammengezuckt war.

Sie beschleunigten ihre Schritte, bogen in eine stille Querstraße ein, und Hilde wäre mit Bestimmtheit über eine von Jungen gezogene Eisschlitterbahn gefallen, hätte nicht Heinz sie fest in seinen Arm eingehakt. Und während sie so durch die ausgestorbenen Straßen eilten, die im fernen, lang zurückliegenden Frieden einmal erfüllt gewesen waren vom Getriebe weinseliger und lustiger

Nachtbummler, kam ihnen beiden der Wunsch, der eine möchte doch jetzt alle Zurückhaltung verlieren und den anderen in seine Arme reißen. In diesem Augenblick heulte plötzlich von allen Seiten der greuliche Ton der Sirenen, markerschütternd, wie ein einziger Schmerzensschrei aus tausend Leibern; aus Leibern, die in dieser Nacht zerrissen, in die Luft geschleudert, verbrannt oder erstickt wurden.

Schon beim ersten Heulton schmiegte sich Hilde fest an Wüllners Körper, und Heinz legte seinen Arm tröstend um ihre Schulter. Eine ohnmächtige Wut stieg in ihm empor. War es nötig, ein ganzes Volk, eine blühende Jugend so zu zertreten?

Bereits die Neugeborenen, die unter Sirenengeheul das Licht dieser tobenden Welt erblickten, erhielten als Erbe aus dem vor Angst zuckenden Mutterleib schon das Grauen und die Unstetigkeit ins Blut gepreßt. Die Kinder erschlafften im Hagel der Bomben, verkümmerten in den Kellerlöchern einer Stadt, die zusammenbrach, weil ein Mensch, der etwas sagen wollte, was noch keiner vor ihm sagte, als neuer Nero in die Welt schrie: »Wir werden ihre Städte ausradieren!« Die Blüte der Jugend verblutete auf Europas Schlachtfeldern, wo es immer bestialische Grausamkeiten zu erproben galt. Man eroberte das ganze Europa, streckte die Hand nach den afrikanischen Wüsten aus, rückte an Asiens Pforte, entweihte die Akropolis mit Nagelschuhen, drang in Circes Palast auf Kreta ein und hätte am liebsten das Nordlicht von Hammerfest aus beschossen.

Von weitem tönte Flakfeuer herüber. Wüllner, der einen schnelleren Schritt eingeschlagen hatte, blickte mit Sorge zur Seite auf die zitternde Hilde. Er kannte die Bombennächte, und er wußte auch, daß sie hier auf freier Straße rettungslos verloren waren, wenn der Angriff auf ihrem Viertel lag. Es blieb nicht mehr viel Zeit...

In schnellem Lauf bogen sie in eine Straße ein, und Hilde hielt vor einem großen fünfstöckigen Haus inne, das im Jugendstil erbaut war und einen etwas überladenen Prunk zeigte.

»Ganz oben wohne ich, direkt unter dem Dach«, sagte Hilde, »in einem früheren Malerate-lier. Wenn ich morgens an das große Fenster trete, das die ganze Breitseite des Zimmers ausmacht, kann ich weit über die Dächer Berlins sehen und freue mich immer, wenn die Sonne auf den Ziegeln spielt und wenn das stumpfe Grau ganz golden aufleuchet, als läge über den Häusern eine Schicht feinen Goldstaubs. Dann fühle ich mich so glücklich in meiner Höhe und so frei, so unbeschwert luftig, als hätte ich Schwingen, die mich über das endlose Meer der Häuser tragen.«

Wüllner mußte unwillkürlich lächeln. Wie ein kleines, schwärmerisches Mädchen sprach sie, und doch war der Ton anders als das Geplapper der Backfische – es schwang eine rätselhafte

Schwermut in der Stimme und eine tiefe Sehnsucht nach Erfüllung, trotz aller Romantik und Lebenslust.

Das ferne Flakfeuer kam nicht näher, sondern zog sich weiter nach Westen hin, und wie er Hilde Brandes die Hand reichen wollte, heulten erneut die Sirenen auf und gaben Entwarnung. Wieder war Hilde beim ersten Ton zusammengeschreckt. Dann aber mußte sie lächeln.

»Ich erschrecke immer, wenn die Sirene beginnt. Der Ton ist so schrecklich, so unbeschreiblich, daß ich jedesmal friere, wenn ich ihn höre. Entschuldigen Sie.«

Wüllner hielt ihre Hand fest.

»Was soll ich entschuldigen? Daß Sie Angst vor den Luftangriffen haben? Mein Gott, die habe ich auch, die haben wir alle. Es ist nur eine Schande, daß es mit Deutschland so weit kommen mußte... aber ich wollte ja keine Reden mehr halten! Bevor wir uns verabschieden, habe ich eine große Bitte an Sie. Und Sie dürfen sie mir nicht abschlagen, sonst bleibe ich hier die ganze Nacht stehen und warte, bis Sie am Morgen wieder herauskommen, gehe dann mit zur Universität, zum Mittagessen, zum Friseur, ins Kino, wo Sie nur sind... ich weiche keinen Schritt von Ihrer Seite, wenn Sie mir einen Korb geben!«

»Um Gottes willen!« Hilde spielte Entsetzen. »Und um welchen Preis kann ich mich von dieser Verfolgung loskaufen?«

»Indem Sie mir versprechen, morgen abend um zwanzig Uhr am Zoo zu sein zwecks gemeinsamer abendlicher Freizeitgestaltung mit einer – bitte ganz genau zuhören – mit einer Flasche Wein!«

»Das kann ich nicht annehmen.« Schüchtern wollte sie ihm ihre Hand entziehen.

Aber Heinz Wüllner ließ nicht locker.

»Denken Sie an mein Ultimatum!« warnte er und schnitt ein bitterböses Gesicht. »Wie ein Schatten werde ich Ihnen folgen! Wie ein Alpdruck, wie ein Menetekel!!«

Da mußte Hilde lachen. Und wenn ein Mädchen lacht, ist die letzte Schicht des Eises geschmolzen. Wüllner atmete tief auf und sagte frech:

»Also morgen abend, zwanzig Uhr. Basta!«

»Was heißt basta?« fragte Hilde.

Heinz setzte seine Stirn in schwere Denkerfalten. »Basta kommt aus dem Spanischen und heißt soviel wie Schluß! Erledigt! Der Fall ist klar! Basta setzt sich zusammen aus den beiden Silben ba und sta! Ba sagt man zu etwas Unangenehmem: Ba – ist das schmutzig – und sta bedeutet, daß etwas stat – stur ist, somit zusammengefaßt: basta gleich eine Verneinung des Unangenehmen. Personifiziert: zu allen Vorschlägen ein enthusiastisches Ja!«

Hilde Brandes lachte wieder laut auf.

»Ihre Erklärung ist typisch! Typisch Mann! Und wenn der Fall nun nicht klar ist?«

»Er ist klar!«

»Ach! Und warum?«

»Weil ich Sie... weil ich Sie gern habe!«

»Männer, die eine Frau gern haben, sind Egoisten!«

»Herrgott, soll ich sagen, daß ich Sie liebe?«

Hilde wurde auf einmal blutrot im Gesicht und blickte zu Boden.

»Sie haben sich einen Scherz erlaubt, Herr Wüllner. Sie und ich.«

»Ich scherze nie in Herzensangelegenheiten.«

»Wir kennen uns erst seit drei Stunden!«

»Ein Grund mehr, uns in Zukunft genauer kennenzulernen.«

»Und wenn ich nicht möchte?«

»Die Hauptsache ist, daß ich es möchte!« Diesem Lümmel war nicht beizukommen. Leise sagte sie: »Also gut, morgen abend um zwanzig Uhr am Zoo. – Aber wo? Am Haupteingang?«

»Ja. Bei dem steinernen Elefanten, einem Sinnbild meiner dicken Haut und meiner Geduld.«

Er drückte ihr die Hand, die sie ihm jetzt lachend entzog. An der Haustür, die nur eingeklinkt und nicht verschlossen war, machte sie einen bühnenmäßigen tiefen Hofknicks:

»Seien Sie vorsichtig, Baron. Die Nacht ist hier sehr eisenhaltig.«

Heinz ging auf den Spaß ein, indem er eine galante Verbeugung andeutete:

»Comtesse, ruhen Sie gut! Und vergessen Sie

es nicht: beim Mondschein am Elefanten-Pavillon!«

Mit gezierter Grazie warf sie ihm einen Handkuß zu und verschwand dann schnell in der Spalte der breiten Eichentür. Durch die Verdunkelung sah man das Treppenlicht aufblitzen, und das Herumdrehen eines Schlüssels klang auf die stille Straße. Dann entfernte sich ein leichter Schritt ins Innere des Hauses.

Heinz Wüllner stand noch da und zeichnete mit den Spitzen seiner Schuhe ein großes und etwas eckiges Herz in den lockeren Schnee, der hier in der stillen Straße nicht vor den Häusern beiseitegefegt war. Eine stille Feierlichkeit lag über diesen Häusern, die nur brutal unterbrochen wurde durch die verschneiten Trümmer eines zerschmetterten Wohnblocks, der von der nächsten Ecke ab begann. Und ganz paßten auch nicht die Ersatzfenster aus Glaspapier, mit denen man sogar in diesem Hause, wo Hilde Brandes wohnte, die Rahmen benagelt hatte.

Krieg, wohin man sah. Wunden, Schmerzen und Grauen selbst im Alltagsbild. Und wozu dieser Krieg? Wäre es wenigstens ein Streit um die Wahrung der Völkerrechte oder ein Kampf gegen die Horden irgendwelcher ferner fremder Völker, gegen einen Attila oder Dschingis-Khan! Aber nein! Es war ein Weltbrand, der aus krankhafter Machtgier und politischer Dummheit entfesselt worden war. Stück für Stück hatte man den Frieden vernichtet und gleichzeitig geschrien: Wir wollen keinen Krieg! Frei nach der Haltet-den-Dieb-Methode. Man verstärkte die Wehrmacht für die Garnisonen, man besetzte die Tschechoslowakei aus Befriedungspolitik, man rückte in Österreich ein aus Völkerfreundschaft, man holte das Memelgebiet, weil man recht hatte, und man zog in den polnischen Korridor, weil zur Wohnung des Großdeutschen Reiches eben ein Korridor gehörte. Das Eßzimmer sollte Holland werden, der Rauchsalon der Balkan, das Musikzimmer hieß Italien, die Bibliothek Griechenland, das Badezimmer mit der angrenzenden Liegewiese war das Mittelmeer samt Nordafrika, das Klosett war Rußland vorbehalten, als Bordell hatte man Frankreich erwählt, das Kinderzimmer sollte Belgien werden, und der Damensalon mit erlesenen Pelzen hieß Norwegen. Nur das Schlafzimmer fehlte noch – aber auch hier wußte die Muse der Geschichte eine Lösung: das Schlafzimmer war das Deutsche Reich!

Heinz Wüllner drehte sich auf dem Absatz um und schlenderte, die Hände tief in den Taschen seines Ulsters, wieder in Richtung Kurfürstendamm durch die Straßen.

Als er in den Kurfürstendamm einbog, tönte ihm von weitem ein lautes Singen entgegen. Aber er achtete nicht auf diesen Lärm und summte eine Melodie vor sich hin, die er vor einem Jahr in Italien von einem Melonenverkäufer gehört hatte.

Da zerriß ein gellendes Lachen die Stille und eine betrunkene Stimme grölte:

»Zwanzig Jahre hab' ich hier geschissen,
der Tommy hat mich rausgeschmissen,
würd' Göring jetzt nicht Meier heißen,
könnt' ich hier zwanzig Jahre weiterscheißen!«

Wüllner hielt mit dem Gehen inne. Wer sang hier in aller Öffentlichkeit solche Spottverse?

Und als wollten sie ihm Antwort geben, bogen sie um die nächste Ecke, den Kragen auf, die Mütze tief im Nacken, mit stieren Blicken, von einer Seite auf die andere torkelnd ... vier deutsche Soldaten! Neben sich führten sie jeder eine Dirne, taumelten heran, lallten perverse Verse und Witze, und während der eine den nackten Hals seiner Dirne leckte, verrichtete ein anderer in Gegenwart der Weiber seine Notdurft.

Wüllner war es, als werde ihm der Boden unter den Füßen weggezogen. Was er hier sah, trieb ihm den Ekel in die Kehle. Das also hatte der verfluchte Krieg aus der deutschen Jugend gemacht!

Einer der Soldaten erspähte Wüllner und rief: »He, einsamer Wanderer, willst du ein Stück des Lebens abhaben? Wir wissen auch für dich hier in der Nähe ein Mädchen. Gleich um die Ecke steht sie! Wie heißt sie doch gleich?«

»Die billige Lili!« grölte eine Dirne. »Die macht's unter Tarif, wenn ihr der Bubi gefällt!«

Und sie kreischte laut auf, weil ihr Begleiter ihr unter den Rock faßte.

Heinz Wüllner ging weiter. Ein bitterer Geschmack lag ihm auf der Zunge.

Armes Deutschland!

3

Am nächsten Abend war Heinz Wüllner pünktlich um 20 Uhr an dem steinernen Elefantenmonument des Berliner Zoos und hielt in der Hand einen kleinen Strauß Blumen, den er in einem Treibhaus bei Dahlem für viel Geld und noch mehr gute Worte erhandelt hatte.

Kurz darauf bog auch schon Hilde um die Ecke.

»Guten Abend, Herr Wüllner. Sie stehen da, als wollten Sie etwas durch die Blume sagen!«

Heinz zog seinen Hut.

»Es ist weniger romantisch, etwas durch die Blume zu sagen, als mit der Blume etwas sagen zu wollen.«

Und damit reichte er Hilde den Strauß. Fräulein Brandes errötete leicht und ärgerte sich sofort darüber, denn diese Verlegenheit ließ deutlich erkennen, daß sie über das Geschenk Wüllners – Frühlingsblumen im Winter – sehr erfreut war.

»Sie haben sich meinetwegen in Unkosten gestürzt«, sagte sie mit vorwurfsvoller Stimme. »Das war leichtsinnig, zumal Sie nicht wußten, ob ich wirklich kommen würde.«

»Sie sind aber gekommen!« verteidigte sich Heinz.

»Aber Sie konnten es nicht wissen.«

»Doch.«

»Wieso?«

»Weil ich Vertrauen zu Ihnen hatte und mir einredete: Sagt dieses Mädchen ja, so kommt sie auch.«

So einfach dieser Satz klang, so große Wirkung hatte er auf Hilde. Und als Heinz jetzt fragte: »Ich hoffe, Sie haben auch Vertrauen zu mir«, da antwortete sie mit einem schüchternen Lächeln:

»Wäre ich sonst gekommen?«

Wüllner konnte nicht anders – er drückte den schlanken Mädchenkörper an sich, und Hilde Brandes machte keinen Versuch, dieser Annäherung auszuweichen.

Sie gingen Richtung Stadtmitte und standen schneller, als es beiden lieb war, vor einem großen Haus mit der Aufschrift: Borchardt.

Wüllner zeigte auf den Eingang:

»Hinter dieser Tür wohnen die Genüsse des Lukull. Liebste Aphrodite, hättet Ihr Lust, mit Paris zu speisen?«

»Paris mag bedenken, daß Ambrosia selten ist und die Götter deshalb Bezugsscheine ausgeben.«

»Aber wenn Paris schon alles herrichtete und die Tafel nur der Schlemmer entbehrt?«

»Dann müssen wir gehen.«

Lachend traten sie durch die breite Tür in das bekannte Lokal, wo ein Kellner ihnen die Garderobe abnahm und ein anderer sie zu einem reservierten Tisch in der Ecke des großen Speiseraumes führte. Wüllner schien hier bekannt zu sein, die Kellner nannten ihn beim Namen, und während sie durch den Saal schritten, nickte er zu einigen Tischen hinüber, von wo sein Gruß mit lustigem Blinzeln und Widernicken erwidert wurde.

»Hier ist das Ministerium«, flüsterte Heinz im Gehen Hilde zu. »Die Leute an den Tischen sind meistens Ministerialräte, hohe Parteifunktionäre, SS in Zivil, Männer der Propaganda und des Außenministeriums. Und wissen Sie, warum sie hier essen? Nicht, weil es besser schmeckt, sondern weil sie unter dem Tisch eine Flasche Wein bekommen.«

Hilde sah sich erstaunt um. Da saßen würdige Herren, junge Männer mit Künstlermähnen oder kurzgeschorenen Haaren, Damen der anscheinend besten Gesellschaft, und doch schien es ihr, als knackte es irgendwo in diesem Schein der Jovialität, als riesele eine schmale Blutspur unter manchem dieser Tische hervor.

»Die Damen sind größtenteils die Mätressen der Herren«, flüsterte Heinz weiter, »nur die wenigsten sind mit ihren Frauen hier.«

»Und warum führen Sie mich gerade in dieses Lokal?« fragte Hilde ebenso leise.

»Damit Sie einmal einen winzigen Einblick in die Gesellschaft bekommen, die uns regiert und die uns Vorbild sein soll. Was hier gegen Morgen betrunken und lüstern herauskommt, ist die

Crême der oberen Zehntausend; vor wenigen Jahren hatten die noch nicht einmal soviel, daß sie sich einen Stehplatz im Theater oder Kino erlauben konnten.«

Hilde Brandes erschrak; die letzten Worte hatte Wüllner lauter gesprochen. Aber der Kellner schritt ihnen unbeeindruckt voraus, und der Gang zwischen den Tischen war so breit, daß man einzelne Worte nicht verstehen konnte.

Dann standen sie vor dem zugewiesenen Tisch, und Heinz schob ihr den Sessel zurecht. Bequem ließ er sich dann selbst in die Polster fallen, während ein anderer Kellner schon eine Vase brachte, um die Blumen von Hilde mit Wasser zu versorgen.

Wüllner mußte unwillkürlich lächeln. Die Organisation in diesem Lokal klappte, das war unbestreitbar. Auch das Essen war gut, wenngleich zeitbedingt mager. Der anschließend servierte Tee entpuppte sich als ein Streifzug durch die Kräuter des Grunewaldes. Und das Gebäck war mehr Wasser als Teig – aber es ließ sich wenigstens essen. Alles in allem: Man gab sich große Mühe, aber der Verfall dieses gepflegten Lokals, das zu den besten und kultiviertesten Berlins gehörte, war offensichtlich. Wo einst wirklich der Geist und die Kultur, die Diplomatie und die Wirtschaft der Welt speisten, da saßen jetzt degenerierte Gesichter aus Himmlers Umgebung.

»Warum schüttelt Ihr das weise Haupt, Paris?«

fragte Hilde; sie hatte bei Wüllner so etwas wie ein wehes Schütteln gespürt.

»Mir war, als würde ich aus einem schlammigen Wasser gezogen und schüttelte die Algen ab«, sagte Wüllner und legte seine schmale Künstlerhand auf ihre zarten Finger. »Aber wollen wir auch diesen Abend mit leidiger Politik verbringen? Ich wüßte, was schöner ist.«

»Und das wäre?«

»Tanzen.«

Hilde blickte ihn erstaunt an.

»Tanzen? Jetzt? Wo seit zwei Jahren das Tanzverbot besteht?«

Wüllner lächelte. »Glauben Sie doch ja nicht, daß sich Berlin durch eine bloße Verfügung von oben so leicht sein bestes Geschäft verderben läßt! Wenn auch nach außen hin nicht mehr getanzt wird und man züchtig des Morgens in die Fabrik wandert und am Abend noch züchtiger, weil man müde ist, ins Bett steigt, so wirbelt man doch die Beine in versteckten Hinterzimmern. Und mancher Tanzsalon wirkt auf Uneingeweihte nur deshalb wie eine stille Insel, weil er im Hinterzimmer schalldichte Türen hat anbringen lassen.«

Hilde sah ihn entsetzt an. »Und wenn die Polizei das merkt? Wenn Razzien gemacht werden?«

»Der Polizeioberst, die SS-Führer, die Funktionäre des Ministeriums sind Stammgäste in diesen Hinterzimmern. Und wo die Hunde bellen, da fällt kein Wolf ein!... Es ist Ihnen doch recht, wenn wir einen netten Tanzsalon aufsuchen?«

»Nur, wenn es wirklich ungefährlich ist. Ich möchte in keinen Skandal verwickelt werden – schon wegen des Studiums nicht.«

Sosehr sie dieses Abenteuer auch reizte, so war doch vieles zu bedenken: Die Familien, in denen sie Privatunterricht gab, waren durchweg gute, bürgerliche Haushaltungen, und man würde es ihr nie verzeihen, wenn sie durch eine Dummheit in das Interesse der Öffentlichkeit gerückt würde. Und dann die Universität! Wie leicht drohte der sofortige Ausschluß. Eine einzige Nacht des Leichtsinns könnte ihr ganzes Leben verderben. Andererseits mußte dieser Heinz Wüllner wissen, was er tat, und er war sicherlich so sehr Ehrenmann, daß er ein ahnungsloses Mädchen nicht mutwillig in den Abgrund riß. Er mußte seiner Sache sicher sein; jedenfalls nickte er ihr ermutigend zu:

»Nur keine Angst! Es ist ganz ungefährlich.«

Er half ihr in den Mantel, bezahlte die Rechnung, zog seinen Ulster an, den der Ober gebracht hatte, nahm mit einer Selbstverständlichkeit Hildes Arm und trat hinaus in die kalte Winternacht.

Durch die tief verschneiten Straßen wanderten sie zum ›Delphi-Tanzpalast‹. Hilde kannte dieses Etablissement von riesigen Ausmaßen bereits, aber sie war vor Wochen gelangweilt wieder nach Hause gegangen, weil man hier, wie überall, nur an Tischen saß, alkoholfreie Getränke schlürfte und im übrigen die Luft mit den undefinierbaren Kriegszigaretten in eine stinkende Qualmwolke verwandelte. Von ›Tanzpalast‹ konnte keine Rede sein; das war früher einmal. Soldaten trieben sich hier herum, kleine Dienstmädchen, Lehrlinge und ältere Junggesellen, die den verlorenen Frühling suchten. Hilde war enttäuscht, daß Wüllner sie ausgerechnet hierher führte.

Er wechselte ein paar Worte mit dem Portier, der ihn offenbar kannte, drehte sich dann um und zog Hilde weg.

»Hier ist heute kein Tanz, der Wein ist ausgegangen. Pilgern wir zu einer anderen Bar!«

Er nahm Hilde die Blumen ab, die der Kellner bei Borchardt wieder sorgsam in Seidenpapier eingewickelt hatte, und legte leicht die Hand über Hildes Schulter.

»Ist Ihnen kalt? Drücken Sie sich fest an mich, das schützt ein wenig vor dem feuchtkalten Wind. Haben Sie noch nie einen Mann geküßt?«

Unvermittelt, unangemeldet, wie einen plötzlichen Schuß hatte Wüllner diese Frage abgefeuert. Und dieser Schuß traf. Hilde wirbelte den Kopf zu ihm herum, und der alte Kampfgeist, der ihr in der S-Bahn so gut gestanden hatte, flammte wieder auf.

»Ich bin zweiundzwanzig«, sagte sie, als wolle sie damit ausdrücken: Dummer Junge, wie kannst du fragen!

Aber Heinz lächelte nur.

»Ob zweiundzwanzig Jahre oder nicht – nicht jeder hat mit zweiundzwanzig Jahren einen Freund.«

»Sie haben von einem Kuß gesprochen, nicht von einem Freund.«

»Das kommt auf das gleiche heraus!«

»Ach nein! Sie meinen, daß ein Mann, der mir einen Kuß gibt, auch mein Freund sein muß?«

»Nachzufühlen wäre es ihm, und zu beneiden wäre er auch – der Glückliche«, sagte Heinz trokken. »Sie haben also keinen Freund, den ich zu fragen brauche?«

»Wieso zu fragen? Was sollten Sie meinen Freund, wenn ich einen hätte, auch schon fragen?«

»Ob ich Ihnen einen Kuß geben darf!«

Vor Aufregung vergaß Hilde rot zu werden. Jetzt mußte es kommen; jetzt würde er seine Maske fallen lassen; jetzt würde er so sein, wie sie es sich dachte. Aber er sollte etwas erleben! Sie war kein Mädchen, das man nimmt und wieder wegschleudert! Vor Nervosität konnte sie schon die Beine nicht mehr richtig setzen und wäre beinahe gestolpert, hätte Heinz sie nicht aufgefangen. Dabei kam sein Mund ganz nahe an ihr Gesicht. Hilde schloß die Augen ... jetzt mußte er es wagen, jetzt entschied sich alles!

Aber es geschah überhaupt nichts. Heinz richtete sie wieder auf und trottete weiter. Hilde sah ihn groß von der Seite an. War er aus Stein oder spielte er mit ihr? War alles nur Komödie oder eine weise Berechnung, um sie mürbe zu machen? O lieber Heinz, da kannst du lange warten! Ob er vielleicht einen ganz tollen Plan hatte? So genau weiß man das nie bei den Männern!

Aber Heinz Wüllner blickte nur kurz zur Seite und sagte: »Kann doch möglich sein, daß ich Sie einmal küsse!«

»Da hätte mein Freund wohl auch noch ein Wörtchen mitzureden«, protestierte Hilde.

»Sie haben doch keinen Freund, wie ich soeben erfuhr.«

»Er ist groß und stark und eifersüchtig für drei! Wenn er hier wäre, würden Sie davonlaufen vor Angst.«

»Wirklich?« fragte Heinz frech, faßte Hilde plötzlich kräftig um die Schultern, zog den blonden Lockenkopf zu sich herüber und drückte auf die vor Erregung zitternden Lippen einen langen Kuß. Dann ließ er sie los und trottete weiter, so als sei überhaupt nichts geschehen. Hilde schwankte hin und her. Sollte sie ihm jetzt eine Ohrfeige geben? Dann war er vielleicht beleidigt, und das schöne Abenteuer war, kaum begonnen, schon zu Ende. Oder sollte sie gleichgültig darüber weggehen, dann wurde er zu weiteren Angriffen ermutigt. Lächelte sie, so erklärte sie sich damit einverstanden. War sie ernst, so mußte er denken, sie sei kühl und interesselos. Oh, es war schwer, sich in dieser Lage zurechtzufinden. Aber während sie noch darüber nachgrübelte, machte ihr Heinz Wüllner einen dicken Strich durch alle Überlegungen. Einen so dicken Strich voller Frechheit und Anmaßung, daß es Hilde fast den Atem verschlug. Er sagte nämlich, ohne auch nur für einen Moment stehenzubleiben:

»So. Das war ein Kuß! Jetzt kann Ihr Freund kommen.«

Hilde überlegte nun ernsthaft, ob sie nicht doch lieber eine gewaltige Ohrfeige anbringen und dann türmen sollte. Doch da standen sie schon vor dem Portier eines anderen Nachtlokals, der Heinz mit einer tiefen Verbeugung begrüßte.

»Hier laßt uns einkehren«, rief Wüllner übermütig und klopfte dem Portier auf die betreßte Schulter. »Wie ist es, alter Freund und Charon in das Reich der Gelüste – spielt heute die Schar der Musen auf zum Tanz um das goldene Kalb?«

»Sie sind zur richtigen Zeit gekommen, Herr Wüllner«, brummte der Alte. »Gestern haben wir – im Vertrauen...« Heinz steckte ihm ein Geldstück zu. »Danke!... Im Vertrauen – eine Fuhre Wein aufgekauft. Direkt vom Rhein! Ein prima Tropfen!«

»Habe ich zuviel versprochen?« wandte er sich an Hilde. »Und jetzt wird getanzt, mit oder ohne Freund, grollend oder lachend... darf ich bitten, Aphrodite?« Und er zog sie durch die Drehtür in das spiegelnde Foyer.

Anscheinend fühlte er sich in diesem Lokal wie zu Hause; er führte Hilde durch die breite Glastür in einen großen, im venezianischen Stil gehaltenen Raum, der – mit Teppichen bedeckt – drei Stufen tiefer lag als der Vorraum. Aber Wüllner ging an den freien Tischen, die vereinzelt in dem von Zigarettenqualm erfüllten Saal standen, vorbei und steuerte mit großen Schritten eine Tür im Hintergrund an. Hilde betrachtete erstaunt die fremde Umgebung und die geschminkten Frauen im mehr oder weniger deutlichen Flirt mit Männern, die offensichtlich zu allem bereit waren – eine Welt, die sie nur aus Filmen kannte und nie für wahr genommen hatte. Aber Wüllner hatte kein Auge dafür, und mehr gezogen als selbst gegangen, trat sie durch die kleine Tür in einen anderen, schmaleren, aber langen Raum, der in blendendes, weißes Licht gehüllt war und an dessen Seiten sich kleine Weinlauben entlangzogen, aufgebaut aus Naturholz mit künstlichem Weingerank, gezimmerten Tischen und Stühlen – ein Grinzing-Ersatz, gut gemeint, aber ungemein kitschig für ein künstlerisches Auge.

Ein Kellner im Frack trat sofort hinzu und führte die Neuankömmlinge in eine freie Laube, nahm die Bestellung einer Weinnummer entgegen, obwohl es doch nur einen Einheitswein gab, und fügte in einem geheimnisvollen Flüsterton hinzu: »Wir haben heute etwas ganz Besonderes: Zitronencocktail!«

Wüllner lachte. »Cocktail! – Ein schöner, friedensreicher Name für ein Zuckerwässerlein... Aber bringen Sie ruhig zwei von diesen Dingern!«

Dann wandte er sich Hilde zu: »Hier findest du das gleiche Publikum wie bei Borchardt. Hohe Parteibonzen und Regierungsfunktionäre, die gegen ihr eigenes Tanzverbot verstoßen.«

Hilde blickte sich um. »Ich sehe hier aber keine Kapelle! Ohne Musik kann man doch nicht tanzen. Oder überträgt man etwa Radiomusik?«

»Abwarten, kleines Mädchen!«

»Ich bin kein kleines Mädchen«, sagte Hilde trotzig. »Ich bin einssiebenundsechzig. Und außerdem Studentin!«

»Der Psychologie! Grauenhaft! Wie kann ein Mädchen Psychologie studieren!«

»Ich möchte einen Sozialberuf ergreifen, dazu brauche ich das.« Und mit einem kessen Lächeln fügte sie hinzu: »Außerdem kann man mit Psychologie die Männer besser durchschauen.«

»Das halte ich für ausgemachten Unsinn. Sogenannte Psychologen benutzen doch ihre sogenannte Wissenschaft nur dazu, um eigene Wünsche und Hoffnungen hineinzuprojizieren und das Ganze dann als gesicherte Erkenntnis zu verkaufen.«

»Und was machen Schriftleiter oder Redakteure oder wie man diese Tatsachenverdreher sonst nennen mag?« hielt Hilde dagegen. »Die stellen doch alles, was passiert, nicht der Wahrheit gemäß dar, sondern wie es ihnen gerade in den Kram paßt. Und dann sind sie auch noch überzeugt davon, sie hätten für ihre armen, irregeführten Leser das Bestmögliche getan.«

Bevor Heinz antworten konnte, brachte der Kellner die beiden seltsamen Cocktails. Heinz hob eines der Gläser hoch und sagte:

»Trinken wir auf das, was uns beiden tief unten im Herzen liegt, und was wir beide nicht wissen wollen, aber über kurz oder lang einmal wissen müssen: auf die Liebe!«

Er stieß an Hildes Glas, daß es hell aufklang.

»Liebe ist ein zu großes Wort, um es als Toast zu nehmen!« meinte sie.

»Aber die Wahrheit zu sagen, ist keine Schande!«

Hilde wurde wider Erwarten nicht rot. Sie wunderte sich selbst darüber und bemühte sich, ein wenig Röte aus sich herauszupressen. Aber während sie noch den Atem anhielt, öffnete sich im Hintergrund eine verdeckte Wand, und auf einem fahrbaren Podium fuhr mit einem flotten Slowfox eine Tanzkapelle in den Saal.

Hilde vergaß ihren Versuch, rot zu werden. Diese Musik, das geisterhafte Erscheinen der Kapelle, die unvermittelt hochbrandende Lebendigkeit an allen Tischen nahmen sie so gefangen, daß alles andere um sie herum versank.

Endlich wieder einmal richtige Tanzmusik, tanzende Paare auf einem spiegelnden Parkett, und dazu Wein, Parfüm, Puder, Schminke, ein Mixer in der Eckbar, Saxophon, Schlagzeug, Rhythmus... die Beine zuckten, das Blut wirbelte... und ehe Hilde zur Besinnung kam, stand sie schon auf der Tanzfläche, lag halb im Arm dieses Lümmels von Schriftleiter, dem ein paar graue Haare über die hohe Stirn hingen, und fühlte sich fortgetragen in eine prickelnde Märchenwelt der Musik, des Frohsinns – und der Liebe.

Hilde tanzte gut. Sehr gut sogar. Ihr schlanker Leib bog sich hin und her, und Heinz Wüllner spürte eine drängende Sehnsucht, den anschmiegsamen, berauschenden Mädchenkörper zu genießen, sich hineinzuwühlen in die blonden Haare und nicht zu fragen nach Zeit und Ort, nach Zukunft und Gegenwart!

Gewaltsam riß er sich zusammen. Dieses Mädchen war kein Abenteuer! Ihr Körper mit den zarten Brüsten war keusch, ihre Augen blickten frei und offen, hell und klar und voller Vertrauen, ihre Hand lag ohne forderndes Verlangen leicht und zart auf seiner Schulter – nur einmal strichen ihre Finger seine grauen Haare behutsam aus der Stirn.

Das geschah so selbstverständlich, so rührend lieb, daß Heinz, von der Reinheit des Mädchens ergriffen, ihren kleinen Finger nahm und mit einer bei ihm ungewohnten Zärtlichkeit an seine Lippen führte.

Nun errötete Hilde doch und zog schnell die

Hand zurück. Dabei senkte sie den Blick. Ganz leicht drückte Heinz sie an sich und sagte leise:

»Hilde – vergiß es, wenn du's nicht hören willst: Ich hab' dich lieb!«

Hilde blickte ganz langsam zu ihm auf:

»Das ist doch nur der Wein, die Umgebung, die Freude am Leben...«

Heinz Wüllner schüttelte den Kopf und sah Hilde fest in die Augen:

»Nein... es stimmt so, wie ich es sage: Ich liebe dich!«

Er staunte über sich. Wie oft hatte er im Kreis seiner Kameraden und Kollegen die Ehe als eine Fessel abgelehnt, sich aufgebäumt gegen den Gedanken, einer einzigen Frau zu gehören, wo die Welt doch voller Schönheit war und sich ihm entgegenwarf. Verabscheut hatte er den Gedanken, in einem sogenannten ›gemütlichen Heim‹ den Hausvater zu spielen und zwischen Windeln und Kindergeschrei sein Abendbrot zu verzehren. Ja, er hatte sogar einmal behauptet, die Ehe sei die größte Strafe gewesen, die Gott im Paradies über Adam verhängt habe, und der moderne Mensch müsse das Leben in freier Verfügungsgewalt genießen mit allen Höhen und Tiefen – anstatt auf halbem Weg in einem seichten Ehesumpf zu versinken. Mancher Kollege hatte gelächelt und gesagt: Alter Freund, wenn es dich richtig packt, so denkst du an gar nichts mehr, sondern bist nur noch erfüllt von der Liebe zu dieser einen, einzigen Frau! Da hatte er sie Idioten gescholten und bürgerliche Spießer. Und jetzt? Jetzt träumte er sich hinein in eine Welt der Liebe, die leer erschien ohne dieses Mädchen, das so plötzlich und so unerwartet in seinem Leben aufgetaucht war.

Und Hilde? Wie sah sie ihre Beziehung zu Heinz Wüllner? In ihrem Herzen standen nur zwei Worte: Geliebter Lümmel! Weiter nichts! Aber das genügte. Das besagte alles: Mit dir wandere ich bis ans Ende der Welt, stehle Pferde mit dir, bin Kameradin, Geliebte, Frau. Aber was ist mit ihm, mit Heinz? Wie steht er dazu? Ist es ihm ernst? Über alle Zweifel hinweg war eine Stimme in ihrem Inneren, von der sie nicht wußte, ob es die Stimme des guten oder schlechten Ichs war, und diese Stimme sagte: Frage nicht, folge deinem Gefühl! Liebe ist mehr als alle Gedanken, mehr als Wunsch und Sehnsucht – die Liebe ist das Leben.

Da war der Tanz zu Ende, und Hilde wußte: In diesen entscheidenden Minuten hatte etwas Neues, etwas ganz Großes begonnen. Als sie später mit Heinz hinaustrat, blieb sie nach ein paar Schritten stehen und zupfte ihn leise am Ärmel:

»Du!«

»Ja?«

»Ich muß dir etwas sagen... Ich hab' dich auch lieb!«

»Dann ist ja alles gut«, sagte Heinz, beugte sich zu ihr nieder, küßte sie leicht auf die Augen und ging wortlos weiter. Der kalte Wind spielte mit seinen Haaren, als er den Hut abnahm und die Schneeluft um seine Stirne wehen ließ. Es war heiß... das Feuer des Glücks brannte in ihm!

Hilde sah auf seine flatternden Haare.

»Du erkältest dich, Heinz«, sagte sie vorwurfsvoll.

»Laß mich die Nachtluft genießen – ich weiß nicht, was ich zuerst denken soll... der Wind ist so schön kühl... so klar...«

Lange Zeit sprachen sie kein Wort mehr, tapsten nur durch den hohen Schnee einer stillen Querstraße dem Berliner Westen zu. Die Häuser rückten hier eng aneinander und sahen würdevoll aus. Alt. Mächtig. Wie bärtige Handelsherren oder biedere Zunftmeister, etliche auch mit ihren Butzenfenstern und gedrechselten Türen wie feierliche Patrizier.

Dann standen sie vor einem schwarzen Eingang, und Wüllner öffnete die Tür, die in einen langen Gang führte, an dessen Ende durch eine verdunkelte zweite Tür ein wenig Licht auf den Flur fiel. Die Wände waren behangen mit Gemälden von Rubens und Rembrandt, allerdings nur Farbdrucke, aber doch geschmackvoll nebeneinander aufgereiht... der Mann mit dem Goldhelm... die drei Grazien... Rembrandt und Saskia... alte Kultur mit alter Patina.

Der Raum, in den sie jetzt eintraten, war halbrund und aufgeteilt in einzelne Logen, in denen

Künstler saßen, Familienväter mit ihrer Gattin, Studenten im Kreise ihrer Professoren. Ein völlig anderes Publikum als die Leute in dem Tanzlokal. Nichts von Verrücktheit, zweideutigem Flirt, oberflächlicher Tändelei. Nein, eine biedere, bürgerliche Ruhe strahlte der Raum aus, und der Duft eines guten Weins stieg den Neugekommenen köstlich in die Nase.

Ein Kellner ohne Frack, in der bunten Tracht eines Winzers, trat hinzu, setzte ohne Frage eine Karaffe auf den Tisch und ging still, wie in Selbstbetrachtungen versunken, wieder von dannen.

Wüllner legte den Arm um Hildes Schulter, prostete ihr stumm zu und drückte ihr nach dem Trunk einen zarten Kuß auf die kühlen Lippen.

Hilde schloß die Augen.

»Wie still es hier ist«, sagte sie andächtig. »Keine laute Musik, keine künstliche Fröhlichkeit und eitle Selbstbespiegelung... nur Besinnlichkeit und Frieden...«

»Du liest wohl keine Zeitungen?« fragte Heinz Wüllner. »Gerade habe ich in einer Zeitschrift gelesen, solche Lokale seien Brutstätten des Individualismus, letzte Zuflucht bürgerlicher Spießer, die dem angloamerikanischen judenverseuchten Kapitalismus nachtrauern und die nationalsozialistische Volksgemeinschaft ablehnen.«

Da war er wieder bei seinem Thema. Da brach es wieder aus ihm heraus. Er konnte eben nicht aus seiner Haut. In wenigen Minuten würde er wieder ein riesengroßer lümmelhafter Junge sein. So ein richtiger Schnösel!

Hilde mußte lächeln und strich ihm über die erhitzte Stirn, als wollte sie sagen: Sieh, was der Wind kann, das kann ich auch.

»Mein Schnöselchen!«

Nur zwei Worte, aber ihre ganze Liebe war darin enthalten.

Wüllner blickte in ihre großen Augen.

»Schnöselchen? Wieso?«

»Du bist ein Lümmel und ein Mann – beides auf einmal, und oft weiß man nicht, was man mehr lieben soll: den Lümmel, der so lustig und frech ist, oder den Mann, der über Gott und die Welt redet und so hoch über allen Problemen steht! Und da nehme ich mir eben etwas davon, das ich lieben kann: mein Schnöselchen.«

Und sie fuhr ihm wieder durch die ergrauten Locken wie ein wildes Kind. Ihre Zähne blitzten zwischen den roten Lippen, und das Leuchten ihrer Augen paßte gut zu ihren goldenen Haaren.

Heinz ergriff ihre Hand und wollte etwas Liebes sagen, da fiel ein Schatten auf den Tisch und vor ihnen stand, mit dem Rücken gegen das Licht, ein Mann.

Wüllner blickte gereizt auf und wollte verärgert eine Frage stellen, da blieb ihm der Ton in der Kehle stecken. Entsetzt, wie einen Geist, schaute er den Fremden an.

Langsam streckte er seine Hände aus, und seine Stimme war auf einmal dunkel und schwer.

»Friedrich ...? *Du?*«

Der Fremde nickte.

»Du erkennst mich noch?«

Wüllner hatte sich erhoben.

»Wo kommst du denn her?«

»Aus der Hölle.«

Hilde fror. Eiskalt lief es ihr über den Rücken bei diesen Worten, obwohl sie nicht wußte, was der Fremde meinte.

Heinz schüttelte ihm die Hände und deutete dann auf Hilde: »Darf ich dir Fräulein Brandes vorstellen. – Friedrich Borgas, ein alter Freund von mir, Bildhauer.«

Hilde gab ihm die Hand. Leicht zitterte sie in seinen kalten Totenfingern.

»Darf ich mich ein wenig zu euch setzen?« fragte Borgas.

»Was fragst du, alter Knabe, das ist doch selbstverständlich.«

»Nichts ist mehr selbstverständlich, wenn du zwei Jahre in der Hölle saßest. Selbst das Leben nicht mehr. Alles erscheint dir wie eine Gnade nach so einem ... so einem Lager.«

Wüllner schenkte ihm in das Glas ein, das der Winzer ohne Aufforderung gebracht hatte.

»Und nun bist du wieder freigelassen?«

»Nur weil ich kapituliert habe. Ich darf nicht sprechen, nicht schreiben, nicht malen – alles darf ich nicht, was mit meinen Erlebnissen zusammenhängt. Sonst holt man den Genickschuß nach, den man an mir sparte. Aber das gnädige Fräulein wollte heute sicherlich einen lustigen Abend erleben. Ich will wieder gehen.«

»Bitte bleiben Sie!« protestierte Hilde. »Heinz und mir zuliebe.«

Friedrich Borgas wischte sich mit dem Handrükken über den Mund. Dankbar sah er Hilde an, aber er sagte nichts. Seine Augen sprachen deutlicher als seine Lippen, und diese Augen sagten: Glücklich derjenige, der nicht sah, was ich sehen mußte.

Heinz nahm einen kleinen Schluck.

»Wie ist denn das überhaupt gekommen, Fritz? Das letzte Mal, als wir uns sahen, warst du noch in deinem Berliner Atelier.«

Borgas stierte vor sich hin.

»Wie das alles gekommen ist? Weiß ich's selbst? Es war vielleicht Dummheit, vielleicht auch Lebensblindheit... auf einmal war's geschehen. Du weißt ja, meine fruchtbarste und schönste Zeit als Bildhauer war vor 1933, ich hatte ein gutes Atelier im Westen von Berlin. Meine Kundschaft bestand aus reichen Industriellen, die für ihre Villen und Landsitze Statuen bei mir bestellten, ab und zu auch mal eine Büste. Da blieb es nicht aus, daß viele meiner Freunde einer Rasse angehörten, die nach 33 als minderwertig, gefährlich und verbrecherisch bekämpft und verfolgt wurde. Die sogenannte Machtergreifung war auch für mich ein

Umschwung. Statt der Industriellen wurden Naziführer meine Kunden, ließen sich und ihre Geliebten modellieren, und SS-Führer schlugen mir in einer betrunkenen Laune das ganze Atelier zusammen, weil sie in meiner Studienmappe einen Kopf von Stresemann fanden. Aber auch dieser Sturm ging vorüber, und so arbeitete ich mich durch alle Fährnisse hindurch, stellte in München auf der Großen Deutschen Kunstausstellung aus und alles schien in Ordnung. Da gab man eines Tages in einem Atelier im trauten Kreise einen Budenzauber... ihr wißt, so mit Lampions, Hausbar, Tanz und Mädchen, meistens unsere Modelle. Wie nun alles so kommt... man hat einen kleinen Höcker getrunken, man ist in seine Abenddame bis über beide Ohren verliebt, man küßt sich und verschwindet in den Nebenräumen – Verzeihung –, und da fragte mich das kleine Mädchen, Mary hieß sie und hatte ein Paar Augen wie glühende Kohlen – da fragte sie mich, was ich eigentlich von dieser Regierung hielte. Ich war zu verliebt, um zu denken, und lallte, das alles sei doch nichts weiter als ein schlechtes Theaterstück, des deutschen Volkes unwürdig... jedenfalls muß ich ganz schön meinem Herzen Luft gemacht haben, denn am nächsten Morgen fand ich mich wieder in einem Keller der SS. Das Modell war eine Agentin der Gestapo gewesen, der ich sowieso schon immer ein Dorn war; überdies trachtete ein SS-Bildhauer nach meinem Atelier.«

Borgas hielt inne und nahm einen tiefen Schluck Wein. Heinz und Hilde sagten kein Wort. Sie blickten sich nur an, und Heinz nahm ihre Hand und drückte sie, als wollte er sagen: Auch diese Zeit wird einmal vorbeigehen – die Welt unserer Kinder wird schöner sein.

Friedrich Borgas fuhr fort.

»Ja. So war es. Es gab keinen Prozeß. Es gab überhaupt kein richtiges Verhör. Aber man sagte mir in aller Offenheit, warum ich verhaftet worden war. Nicht wegen meiner offenen Worte in der Liebesnacht – nein, die wurden nur als Vorwand benutzt. Der wahre Grund war ein anderer: Ich wußte zuviel. Ich hatte nämlich einen Freund im Generalstab, der mich in geheime Dinge einweihte, und dies mußte man erfahren haben. Ich kannte die Einzelheiten der Affäre mit Generaloberst Fritsch, der aus der Wehrmacht entlassen wurde, um als Regimentskommandeur im Polenfeldzug wieder aufzutauchen. Ein Generaloberst und ehemaliger Oberbefehlshaber des Heeres als Regimentskommandeur! Die Folge war, daß er sich als erster in die vorderste Linie stellte und dort gefallen ist. Ehrenvoller Selbstmord eines der fähigsten deutschen Köpfe unter der Generalität. Dann die Affäre von Blomberg. Weil er eine Sekretärin heiratete, mußte er abdanken als Reichskriegsminister. Oder die Sache mit Generalfeldmarschall von Brauchitsch, der als erster und einziger den Mut hatte, auszusprechen, daß ein

Marsch in die unendlichen Weiten Rußlands Deutschlands Ende sein würde. Er sah Stalingrad voraus, sah den Zusammenbruch vor sich – und mußte gehen, weil er zu klug war, klüger als sein Herr. Sein Verbrechen war, daß er Millionen Soldaten auf beiden Seiten das Leben retten wollte.

Borgas griff zum Weinglas, trank mit einem durstigen Zug und strich sich über die Stirn.

»Jedenfalls kam ich in ein Konzentrationslager, wurde mißhandelt, sah die Verbrennungsöfen, die Gaskammern, die blutbespritzten Folterkeller, die Chlorkalkgruben; die Wasserzellen, wo Menschen ertränkt wurden in stundenlanger sadistischer Quälerei; Schändungen und Vergewaltigungen von blühenden Mädchen durch die SS; sah die Werkstätten, wo man aus Menschenhaut Lampenschirme und Bucheinbände herstellte; Zellen, in denen Skelette lebten, Wahnsinnige mit glühenden Nägeln gezwickt wurden, Frauen mit Bißwunden in Brust und Schenkeln lagen; ich sah, sah und sah, und ich schämte und verfluchte mich, daß ich ein Deutscher war. Nach zwei Jahren empfand ich mich selber als ein Skelett, als ein wandelnder Tod. Warum man mich plötzlich dann doch wieder entlassen hat – ich weiß es nicht. Das gehört zu den Unwägbarkeiten launenhafter Parteibonzen. Ich trat wieder an die Luft und fragte mich, ob ich noch lebe oder ob ich die Hölle hinter mir hätte und nun in das Paradies wandern dürfte. Vor meinen Augen aber wird ewig jenes Bild stehen, das ich bei meiner Einlieferung sah: Eine junge Frau, hochschwanger, wurde hereingeführt, nackt, den Körper überzogen mit blutigen Striemen, die Brüste und den Unterleib sichtlich geschändet, und diese Frau sagte ganz ruhig: ›Wenn es einen Gott gibt, so wird er einmal diese Stunden rächen!‹ Da trat ihr ein SS-Mann mit aller Wucht in den schwangeren Leib ... drei Stunden später starb die Frau unter unvorstellbaren Qualen. Ja, Freunde, ich glaube es, ich muß es einfach glauben, um dieses Leben noch aushalten zu können: Es gibt einen Gott, und er wird diese Stunden rächen!!«

Borgas hatte geendet. Hilde saß zurückgesunken in ihrem Stuhl, hatte die Hände vor das Gesicht geschlagen und zitterte am ganzen Körper. Heinz hielt sie umschlungen und blickte starr auf einen Punkt des Zimmers, irgendwohin, ohne Sinn und Zweck.

Borgas stand auf. »Ich glaube, ich gehe jetzt. Nehmt mir's nicht übel ... aber wer mit dem Tod spricht, muß damit rechnen, seine kalte Hand zu spüren.«

Wüllner nickte ihm zu.

»Komm morgen früh zu mir, gegen zehn Uhr, da besprechen wir alles. Du bist nicht ausgelöscht. Nur Mut und Kopf hoch, Friedrich. Denke immer an deine letzte Arbeit, die du mir in deinem Atelier zeigtest: ein Jüngling, der mit einer Fackel durch ein mystisches Tor eilt. Du nanntest es: Durch

Nacht zum Licht. Der Jüngling bist du – das Tor ist die neue Zeit!«

»Die neue Zeit? Leben wir nicht in einem tausendjährigen Reich!«

»Kein Reich bestand bisher tausend Jahre, und dieses wird keine hundert bestehen.«

Sie reichten sich die Hand, ernst, die Blicke ineinander versenkt. Auch Hilde drückte die schmalen, knochigen Finger.

Dann war Borgas, geheimnisvoll wie er kam, wieder verschwunden. Zurück blieb bei Wüllner und auch bei Hilde ein bitterer Geschmack, und Heinz sah vor seinem inneren Auge eine große Flamme, die höher und höher leckte, zu einem gewaltigen Brand wurde und den Himmel blutig erleuchtete. Inmitten der Flammen aber stand die Reichskanzlei. Wüllner drückte Hilde an seine Schulter und küßte sie zart auf die Augen.

»Überall werden Illusionen zerstört. Es existieren eben keine Inseln des Friedens. Auch die Liebe vermag die Wirklichkeit nicht zu bezwingen.«

»Doch, es gibt Inseln der Träume«, entgegnete Hilde, »und der Mensch braucht sie, wenn er den Mut hat, das Erwachen nicht zu fürchten.«

»*Müssen* wir denn erwachen?«

»Immer träumen macht blind.«

»Dann laß uns blind sein, wenigstens so lange, bis es sich lohnt, wieder sehend zu werden.«

Hilde küßte ihn.

»Dummer Junge«, sagte sie zärtlich, »und wenn nun die Zeit über dich hinwegrollt?«

»Wollen wir Luftschlösser bauen? Im Augenblick rollt die Zeit nicht vorwärts, sondern rückwärts. Wir müssen warten, bis sie die Gnade hat, uns ein Leben zu schenken; müssen alle Wünsche vergraben vor der Not um uns. Doch glaube mir – es wird nicht mehr lange zu warten sein.«

Hilde sah ihn mit großen Augen an.

»Woher willst du das wissen?«

»Ich sprach gestern im Propagandaministerium den Leiter der Frontpropaganda. Leere Worte, ohne Sinn und Ziel, immer nur Schlagworte der Volksverdummung. Eine solche Politik muß zusammenbrechen. Abgesehen davon sind wir wirtschaftlich und militärisch am Ende – das kann auch der ehemalige Hilterarchitekt und jetzige Rüstungsminister Albert Speer nicht mehr aufhalten, und mag er noch so genial sein. Führer, wir folgen dir – wer dem Führer folgt, wird im Abgrund landen; in der Hölle, wo sie am scheußlichsten ist.«

Mit ihren Fingern verschloß Hilde ihm den Mund.

»Nicht so laut, Heinz... wenn dich jemand hört! Du redest dich um Kopf und Kragen!«

Ehe Wüllner antworten konnte, entstand an den anderen Tischen eine lebhafte Bewegung. Man sprang auf und eilte zu einem Büfett in der Ecke. Dann hatte es sich auch bis zu ihnen herumgesprochen: Es gab noch einige Flaschen Wein.

Allerdings waren nur 25 Stück vorhanden, und wer sich schnell anstellte, der konnte Glück haben.

Mit schnellen Schritten lief auch Heinz Wüllner zum Büfett, während Hilde lachend ihr Glas leer trank. Er reagierte wirklich oft wie ein kleines Kind. Eben noch hohe Politik – einen Augenblick später Endspurt einer Flasche Wein wegen.

Aber richtig froh fühlte sich Hilde nicht mehr. In ihrem Kopf schwirrten viele Gedanken herum. Konnte es wahr sein, was dieser Borgas erzählte? Gab es Menschen, die einer solchen Grausamkeit fähig waren? Man lebte doch in einem Kulturvolk, das sich zu den edelsten Völkern der Erde zählte... und dann solche Abscheulichkeiten?

Ja, und diese Propaganda? Konnte es Männer geben, die ein Volk wissentlich belogen? Die den eigenen Staat in den Abgrund stürzten, aber nach außen hin von der glänzendsten Zukunft aller Völker sprachen? Lohnte es sich noch, in solch einem Land zu leben?

Hilde fror in der heißen Luft des Lokals. Sie fror von innen her. Sie fühlte sich plötzlich so merkwürdig verhärtet, so wach und kritisch, daß es weh tat.

Wüllner kam mit einer Flasche und mit leuchtender Siegermiene zurück, schenkte die Gläser voll und brachte stehend einen Trinkspruch aus, der durch das ganze Lokal tönte und so ungeheuer kühn war, daß Hilde erbleichte:

»Auf die Freude zu leben, die Bedenklichkeit des Krieges und auf das Glück, das kommt, wenn der Krieg unglücklich wird!«

Ein Raunen ging durch die Reihen. Aus einer der Logen schälte sich ein Mann, angetan mit einem schwarzen, gutbürgerlichen Anzug, und wankte, gedrückt durch die Last seines Bauches, auf Heinz zu. Kurz vor ihm hob er seinen rechten Rockrevers ein wenig zur Seite und zeigte ihm darunter eine kleine silberne Marke.

Das Ganze sollte heißen: Mein Junge, jetzt geht's dir an den Kragen – Kriminalpolizei!

Wüllner lächelte den dicken Herrn an.

»Darf ich Sie bitten, einen Augenblick bei mir Platz zu nehmen?«

»Es wäre mir sehr lieb, danke.«

Er setzte sich, nachdem er vorher die bleiche, zitternde Hilde begrüßt hatte, die gleichfalls das kleine Abzeichen unter dem Revers zu deuten wußte.

»Sie wollten mich sprechen?« fragte Heinz.

»Sprechen nicht, aber Sie ermahnen. Sie haben soeben eine agitatorische Rede gegen die Regierung geführt. Wäre ich ein Kollege von der Gestapo, säßen Sie jetzt bereits in einem vergitterten Auto.«

»Ich glaube nicht, Herr...«

»Delft. Kriminalrat Delft.«

»Auch die Gestapo hätte mir nichts anhaben können.«

»Sie haben deutlich eine Verspottung und den Wunsch geäußert, daß der Krieg verloren werden müßte.«

»Nicht daß ich wüßte. Wenn Sie und die anderen Volksgenossen meine Rede so verstanden haben, so gingen sie um den Sinn des Spruches herum.«

»Aber es war doch ganz deutlich!«

»Bitte, beweisen Sie es mir, Herr Delft.«

»Erstens die Bedenklichkeit des Krieges!«

»Ist der Krieg nicht bedenklich... für unsere Feinde?«

»Das sind Verdrehungen! Dann: Das Glück, wenn der Krieg unglücklich wird...«

»Wenn der Krieg unglücklich wird, so ist das doch das gleiche, als wenn ich sage, der Krieg stirbt. Er ist zu Ende. Und das ist doch ein Glück für uns.«

»Aber es klang anders!«

»Man darf nicht dem Klang allein lauschen; die Melodie ist wichtig und das, was sie ausdrücken will.«

»Sie weichen geschickt aus, Herr...«

»Wüllner, Heinz Wüllner.«

Der Kriminalrat riß die Augen auf.

»Sind Sie der Hauptschriftleiter und Schriftsteller vom Europaruf-Verlag, der auch das Buch von der freien Seele des Menschen schrieb?«

Heinz lachte. »Genau derselbe!«

Delft reichte ihm die Hand über den Tisch.

»Dann will ich nichts gesagt haben. Ihr Buch hat in meinem Bücherschrank einen Ehrenplatz. Alles Gute und nichts für ungut. Guten Abend, gnädige Frau.«

Und er entfernte sich schnell samt seinem silbernen Abzeichen unter dem Revers, um seiner Frau und seiner Tochter in der Loge temperamentvoll die Begegnung zu schildern.

Wüllner umfaßte Hilde. »Hast du gehört? – Er sagte zu dir ›gnädige Frau‹!«

»Du warst unvorsichtig! Wenn du so weitermachst, gehe ich nicht mehr mit dir spazieren!«

»Du willst es also noch? Dann ist ja alles gut!« lachte er vergnügt und trank ex. »Wie fühlst du dich eigentlich als gnädige Frau?«

»Ungemütlich.«

»Wieso?« – Heinz riß die Augen auf.

»Weil die Kriminalpolizei mit dir spricht!«

»Aber es war doch ein gemütlicher Onkel.«

»Man macht seiner Frau nicht so unnötige Sorgen!«

Wie das klang: seiner Frau! Zu süß, um es durch eine Antwort zu entweihen. Und so sagte Heinz Wüllner auch nichts, sondern nahm das Lockenköpfchen in seine Hände und küßte die Lippen lange und herzhaft.

Das ganze Lokal sah es, alle lächelten, aber das kümmerte ihn nicht. Nur Hilde wurde rot, glühend rot, und trat ihm gegen das linke Schienbein.

»Au! Was war denn das?«

»Mein Fuß! Bist du von allen guten Geistern verlassen? Mich vor allen Leuten zu küssen! Du weißt nicht, was du tust!«

»Nein... denn ich bin zu glücklich, um zu denken.«

Und er winkte dem Winzer, der mit vielen Verbeugungen die Zeche und das reichliche Trinkgeld einstrich.

Dann standen sie wieder auf der verschneiten, dunklen Straße, tappten durch den hohen Schnee, hielten an jeder Ecke an und küßten sich, weil Heinz behauptete, jede Ecke komme einer Brücke gleich, und daß es seit jeher so üblich sei, einen Brückenzoll zu zahlen. Hilde bezahlte mit einer glücklichen Miene. Plötzlich schien es ihnen überhaupt nicht mehr kalt, so beschäftigt waren sie mit ihren Zolleinnahmen, und nur der Glockenschlag einer fernen Kirche schreckte sie auf.

»Zwei Uhr«, sagte Hilde, die die Schläge zählte. »Es wird Zeit. Was soll die Wirtin von mir denken?«

»Das sollte uns gleichgültig sein. Du bist meine Frau!«

»Bis jetzt bin ich Hilde Brandes und Studentin der... oje!«

Sie kraulte sich die Haare.

»Was hast du denn?« fragte Heinz.

»Morgen ist um acht Uhr die erste Vorlesung. Und ich habe nichts präpariert! Ich weiß überhaupt nichts mehr... und du bist schuld!«

»Wieso?«

»Du hast mir den Kopf so verdreht, daß ich gar nicht mehr denken kann... Wüstling!«

Sie lief ihm unter den Armen weg. Wüllner drehte sich einmal um seine Achse, schnupfte laut auf, machte die Bewegung eines Motorankurbelns und sauste dann der flüchtenden Hilde nach. Hilde, die ihn laufen hörte, setzte alle Kräfte ein, ihr Mantel flatterte im Gegenzug, die Locken flogen um die Stirn, aber da machte Heinz noch einen großen Satz und hatte das Mädchen eingeholt. Er riß sie herum, drückte das flatternde Figürchen an seine breite Brust und küßte ihr über die Stirn, über die Augen, über die Lippen, über den Hals. Dabei stammelte er wirre Worte, wie es alle Männer tun, mit denen das Gefühl einmal durchgeht.

»Du erstickst mich«, schnappte Hilde in einer Pause einmal nach Luft. »Und außerdem sitzt dein Hut ganz schief!«

Wüllner ließ sie los.

»Du Satan!« sagte er leise. »Ich könnte dich zermalmen wie Simson die Tempel... aus Liebe!«

»Mein Herr, Sie vergessen Ihre gute Erziehung.«

Heinz tupfte ihr auf die Nase. »Naseweis!«

Da zog ihn Hilde am Ohr und flüsterte mit einer Zärtlichkeit in der Stimme, die ihm das Blut in die Schläfen trieb:

»Mein Schnöselchen.«

Wüllner schlang den Arm um sie, aber Hilde zeigte auf die Häuser:

»Was sollen die Nachbarn denken?«

Jetzt erst merkte Heinz, daß sie schon vor Hildes Wohnung standen, und ein ehrliches »Schade« kam von seinen Lippen.

»Wann sehe ich dich wieder?«

»Wann du willst.«

»Morgen? Ich hole dich von der Universität ab.«

Hilde stellte sich auf die Zehenspitzen, hauchte ihm einen Kuß auf die Nase und lief zur Haustür.

»Halt!« rief Wüllner, »wann sind die Vorlesungen zu Ende?«

»Um zwölf Uhr!«

»Ich warte... Bestie!«

»Schnöselchen!«

Und sie war im Hausflur verschwunden.

Heinz Wüllner aber nahm aus seiner Seitentasche ein kleines Büchlein, in dem er alle wichtigen Notizen sammelte, und schrieb mit seiner kritzeligen Schrift auf die Seite des 4. Dezember:

»Ich bin verliebt, sie ist verliebt, wir sind verliebt!«

Dann ging er befriedigt nach Hause.

Es war doch schön, so schön, verliebt zu sein...

4

Heinz Wüllner führte Hilde jeden Abend in eine andere Bar, kaufte Rosen, bestellte undefinierbare Getränke, an denen das Schönste deren Name war, und brachte sein Mädchen nach jeder durchtanzten Nacht nach Hause. Ein Kuß folgte ... gute Nacht ... Schluß. Hilde mußte sich sagen, daß dieser Heinz Wüllner wohl ein Lümmel, aber ein Mann von seltener Selbstbeherrschung sei.

So ging das ununterbrochen zwölf Tage lang, und war ihre Liebe anfangs noch ein Tändeln mit Gefühlen gewesen, so wurde sie von Tag zu Tag ernster und tiefer. Sie sprachen nicht darüber, aber es war, als gingen beide wie unwirklich durch die Welt, ja, als blühten dort, wo sie gegangen waren, Blumen an den Wegen und verwandelten die Welt in einen Garten.

Der Krieg zog an ihnen vorbei, bei Luftangriffen fanden sie sich in einem stickigen Bunker, und eng umschlungen hörten sie die Bomben fallen, sahen die Verwundeten, die von der Straße in die Räume geschleift wurden. Heinz selbst half sie verbinden und drückte manchem die Augen zu – und doch war dies alles wie mit einem Schleier überdeckt, wie durch ein Kaleidoskop der Liebe gesehen.

Von Tag zu Tag steigerte Heinz seine Einfälle. Einmal erschien er am hellen Tag mit einer Sextanermütze auf dem Kopf, so daß Hilde sich schämte, mit ihm wegzugehen. Ein anderes Mal hatte er einen großen Blumenstrauß in der Hand, der sich als ein Bündel Kohlrabi entpuppte und Hildes Küchenzettel bereichern sollte. Den dritten Streich startete er an einem dunklen Winterabend. Sie hatten sich am Zoo wieder bei den Elefanten getroffen. Heinz hielt in der Hand einen kleinen Koffer, den er in einem Lokal, wie er sagte, einem Freund abgeben wollte. Sie suchten eine bekannte Weinstube auf. Der Koffer wurde im Nebenzimmer abgegeben, und der Abend verlief sehr harmonisch, bis plötzlich Heinz' Stimme aus einer Ecke des Lokals ertönte.

Hilde erstarrte. Sie blickte zur Seite. Dort saß Heinz und rauchte gemütlich. Aber von dort, aus dieser fernen Ecke, hörte sie seine Stimme.

Sie faßte Heinz an der Hand.

»Heinz – ich glaube, ich habe einen Schwips!«

»Psst!« machte der nur und lächelte geheimnisvoll.

Und nun erst hörte sie, wie diese Stimme sprach:

Sagte nicht ein schöner Spruch:
Mensch, laß Blumen sprechen!?
Aber muß man denn darum
immer Blüten brechen?

Manchmal kommt mir die Erleuchtung,
breche allen Brauch,
willst du jemand Freude machen,
der Kohlrabi tut es auch.
Denkt nicht, diese Poesie
sei ein Dichterbröselchen,
es geschah aus Liebe nur
von dem lieben Schnöselchen!

Da war Hilde aufgesprungen und hatte gräßliche Rache geschworen. Das war der Gipfelpunkt: Eine Platte besprechen, mit einem Koffergrammophon in ein Lokal gehen, den Geschäftsführer, den Oberkellner, die Kellner bestechen und dann noch zu behaupten, dies geschehe aus Liebe!

Am zwölften Tag vormittags erschien Hilde pünktlich wie immer am verabredeten Platz der Berliner Siegessäule. Wüllner stand schon da, hatte sich aus Schnee einen Höcker gebaut und auf diesen Eisblock eine Schachtel gelegt, vor der er nun wie ein Soldat Wache stand. Als er Hilde sah, stand er stramm und legte die Hand an die verschneite, traurig herunterhängende Hutkrempe.

Er wollte gerade den Mund öffnen, um Hilde mit einer bestimmt frechen Redensart zu begrüßen, da schnitt ihm ihre kleine Hand das Wort ab.

»Ich bin nur gekommen, um dir zu sagen, daß ich heute nicht kommen kann!« erklärte sie.

Wüllner blickte sie mit schiefem Kopf erstaunt an und kraulte sich die Haare.

»Ich habe heute Geburtstag«, fuhr Hilde fort und weidete sich an seiner Verlegenheit. »Und heute abend, um zwanzig Uhr, ist bei mir zu Hause ein Künstlerfest. Ein paar Kollegen sind eingeladen, alles muß vorbereitet werden – mit heute mittag ist es also aus. Du bist selbstverständlich auch eingeladen.«

»Selbstverständlich!«

»Ja.«

»Und warum hast du mir das nicht früher gesagt?«

»Ich wollte dich zappeln lassen!«

»Wieso zappeln?«

»Alle Kollegen haben sich etwas Schönes als Überraschung ausgedacht, alle haben Zeit gehabt... nur du nicht. Aber du darfst nicht auffallen, und absagen kannst du auch nicht – hurra –, nun umarme die Siegessäule und zeige, daß du ein Sieger bist!«

»Aas!« sagte Heinz nur, ergriff seinen Karton, machte einen Satz über den Schneehügel, einen zweiten zu einem Omnibus, der gerade vorüberfuhr, ein dritter brachte ihn auf die Plattform, und während Hilde allein und erstaunt an der Siegessäule stand und sich fragte, ob sie nun damit alles gewonnen oder alles verloren habe, saß Wüllner lächelnd und händereibend im Omnibus und seine Fantasie schlug Purzelbäume.

Hilde aber trottete nach Hause. Ihr schien auf einmal der ganze Geburtstag verdorben. »Vergib mir, mein Schnöselchen«, dachte sie; und im Innern sagte sie sich zum unzähligsten Male: »Bitte, vergib mir ... Ich hab' dich doch so lieb!«

In dem kleinen Atelier von Hilde Brandes gab es einen tollen Trubel. Die alte, gemütliche Wirtin, von allen nur Oma Bunitz genannt, hatte beide Augen zugedrückt. Mit viel Papier und Lampions, viel Farbe und Tuch wurde das Atelier in eine kleine Zauberbude verwandelt und das Thema: ›Im Reiche des bösen Zauberers‹, unter dem der Abend abrollen sollte, paßte so recht zu den Schlangenhäuptern und Riesendrachen, zu den mystischen Landschaften und Menschenfratzen, die ein Schüler der Kunstakademie an die Wände gehängt hatte. Oma Bunitz behauptete zwar, diese Biester würden ihr die ganze Stimmung verderben, und sie würde um zwölf Uhr nachts sich vor Angst verkriechen, aber Hilde schien es das richtige zu sein.

»Kommt denn Ihr Bräutigam heute auch?« fragte Oma Bunitz und baute zusammen mit Rolf, einem Medizinstudenten, die Hausbar aus einem runden Tischchen und einer Kommode zusammen.

»Ich glaube«, meinte Hilde und dekorierte das große Glasfenster an der linken Seitenwand mit Drachenköpfen.

»Was heißt, ich glaube?« brummte die Wirtin. »Ein Bräutigam muß doch zum Geburtstag kommen. Und erst recht ein so netter Herr... Sie erzählt mir immer von ihm«, wandte sie sich Rolf zu, »es muß wirklich ein netter Mann sein... wie mein Felix, der Jüngste, der in Stalingrad geblieben ist.«

Und sie wischte sich über die Augen.

Hilde sagte nichts. Sie wußte es ja wirklich nicht, ob Heinz kommen würde oder nicht. Um sich von diesem Gedanken loszureißen, sagte sie:

»Ich denke, nun ist alles gut. Was meinst du, Ernst?«

Ernst, der Kunstmaler, sah sich um.

»Das reinste Räubernest, dazu noch unsere Kostüme... der gute Wüllner wird die Sprache verlieren!«

»Oder auch nicht«, meinte Rolf und rieb sich seine schmalen Chirurgenfinger, »Wüllner ist ein ganz durchtriebener Bursche!«

»Aber er wird heute klein beigeben«, rief Hilde und sprang von der Leiter. »Wenn er diesmal nicht die Sprache verliert, heirate ich ihn auf der Stelle!«

»Der Glückliche«, meinte Ernst und schüttelte seine blonde Künstlermähne, »und wir bemühen uns seit Jahr und Tag. Man müßte eben Schriftleiter werden, was, Rolf?«

Rolf nickte. »Wir werden erst mal begutachten, ob wir ihm Hilde gönnen können!«

Da mußte Hilde lachen. »Ihr redet, als hättet ihr die Vormundschaft über mich!«

»Haben wir auch.« Rolf sagte es langsam. »Du

bist unser Küken, für das wir alle verantwortlich sind.«

Hilde war gerührt. Die guten Jungs! Da standen sie, beide groß, beide hager und besessen von ihren Berufen. Aber auch beide verliebt in sie. Und doch war es ihnen selbstverständlich, daß ihnen nun Heinz Wüllner in das Gehege kam. Sie stemmten sich nicht dagegen, sondern halfen ihr auch noch wie zwei Brüder.

Hilde konnte nicht anders: Sie lief zu den beiden und gab jedem einen Kuß auf die Wange.

»Ihr seid goldig!« sagte sie. »Und jetzt wird sich umgezogen. Es ist gleich zwanzig Uhr. Oma Bunitz empfängt unterdessen die Gäste, wenn schon welche kommen sollten, nicht wahr?«

»Die Oma macht alles«, knurrte die so Beehrte, aber ihr Knurren klang wie das Schnurren einer zärtlich gestreichelten Katze.

Die drei verschwanden im Ankleidezimmer, das in einzelne Kabinen eingeteilt war. Vor zwei Stunden war es noch Hildes Schlafzimmer gewesen. Ernst, der in seiner Kabine das Bett stehen hatte, fragte durch die spanische Wand, ob er auf das jungfräuliche Bett seine männliche Hose legen dürfte, ohne daß das Bett erröte. Während unter Neckereien das Umziehen sich etwas in die Länge zog, erschienen draußen im Atelier die ersten Gäste.

So war es nicht verwunderlich, daß ein Heidengebrüll den dreien entgegentönte, als sie aus dem

Nebenzimmer traten. Vor sich sahen sie eine Horde Räuber und Mörder, Zauberer und Fakire, aber auch so manche böse Fee und manche hutzelige Hexe, die nicht verleugnen konnte, daß unter der Larve ein schönes junges Mädchen steckte mit leuchtenden Augen und all dem Schmelz einer hoffenden Jugend.

Selbst Oma Bunitz hatte sich eine Maske aufgesetzt und sah aus wie die Anführerin aller Zauberer und Hexen auf dem Blocksberg. Die ersten Flaschen Wein waren schon aufgekorkt, und Hilde rechnete im stillen nach, wie lange wohl die Getränke reichen würden. Denn alles war zusammengespart oder von Kollegen geliehen. Ein paar hatten als Geschenke Schnaps und Likör mitgebracht, die mit Hallo in der Hausbar unter den Fittichen von Willi, dem Chemiker, dem Giftmischer, verstaut wurden. So weit war alles gut, nur einer fehlte, die Hauptperson – Heinz Wüllner.

Die zwölf Paare, die Hilde eingeladen hatte – Studenten, junge Künstler, Studentinnen, Tänzerinnen und Schauspielschülerinnen –, waren schon mitten im Trubel ihres Vergnügens, da saß Hilde still in einer Ecke auf einem Sessel und starrte auf die Uhr.

Halb neun! Wüllner kam nicht! Er war beleidigt! Es war alles zu Ende. Sie war zu weit gegangen.

Es war ihr, als breche das ganze Atelier über ihr zusammen. Sie schloß die Augen.

Da läutete plötzlich die Glocke.

Wie eine Katze schnellte Hilde auf: »Das ist er!«

Oma Bunitz wackelte zur Tür.

Da ging das Licht aus, nur die Drachen und Schlangen leuchteten, und wie ein Spuk verschwanden alle Gestalten hinter Stühlen und Sofas, hinter der Hausbar und spanischen Wänden. Auch Oma Bunitz suchte schnell Deckung unter einem japanischen Schirm, nachdem sie die Tür geöffnet hatte. Hilde aber legte sich auf die Couch im Hintergrund, direkt unter einem feurigen Drachen, und wirkte so in ihrem Zaubergewand wie eine Verkörperung der Schönheit und der Liebe.

Heinz stand vor der offenen Tür. Keiner hieß ihn eintreten. Und alles so still! Sein untrüglicher Instinkt sagte ihm: Junge, das ist eine Falle. Aber was sollte man mit ihm vorhaben? So trat er keck in den Vorraum, zog den Mantel aus, nahm den großen Blumenstrauß und wickelte ihn aus. Dann öffnete er langsam die Türe zum Atelier, nicht ohne sich hinter der Türfüllung in Deckung zu bringen.

Als nichts geschah, trat er ein und blieb im gleichen Augenblick stehen.

Auch Hilde, die voller Erwartung auf sein Erscheinen lauerte, starrte ihn an.

Da stand er, Heinz Wüllner, Hauptschriftleiter und bekannter Autor des Europaruf, ganz in seiner Würde, in einem feierlichen dunklen Anzug mit einer Rose im Knopfloch, und in der Hand trug er einen großen Strauß langstieligen weißen

Flieders – wie ein Graf, der sich in eine Räuberhöhle verirrt hatte.

Die gleiche Wirkung übte die Aufmachung des Ateliers und Hildes auf Wüllner aus. Nur arbeitete sein Gehirn dabei. Was sollte das hier sein? Ein Mummenschanz? Oder ein Ball zu zweien? Oder war er der erste Gast? Aber wer hatte ihm die Türe aufgemacht?

Da sah er den Zipfel eines Kleides unter einem Sessel. In diesem Moment wußte Heinz alles. In Sekundenschnelle überlegte er, wie er seiner Niederlage, die Hilde sicherlich vorbereitet hatte, entgehen könnte. Da erlosch auch das letzte Licht im Raum. Nur ein großer Drachen an der Wand flimmerte rot und gelb.

Wüllner sprang mit einem Satz an die Wand, um den Rücken frei zu bekommen. Und keinen Augenblick zu früh. Im gleichen Moment brachen aus dem Hintergrund mit katzenartigen Schritten sechs Hexen, umkreisten ihn und versuchten, ihn mit wilden Gebärden anzuspringen. Eine ganz abscheuliche Hexe – es war Oma Bunitz – fuhr ihm mit einem Besen ins Gesicht – aber Heinz riß ihr den Besen aus der Hand und fuhr den tanzenden Hexen damit kurzerhand unter die flatternden Röcke.

Ein lautes Gequietsche entstand, eine heillose Aufregung, die alte Hexe flüchtete in den dunklen Raum, und die Schar der Tanzenden stob nach allen Richtungen auseinander.

Kaum war der Hexenspuk vorbei, brachen aus den verschiedenen Ecken die Zauberer hervor. Nun wußte Wüllner, daß es ernst wurde. Männern konnte man nicht unter die Röcke fahren, da war das Kinn ein besserer Blitzableiter.

Er zog also schnell sein Jackett aus, ging in Anschlagstellung und empfing den ersten Hexenmeister mit einem wohlgezielten rechten Aufwärtsschwinger.

Der so Beglückte – es war Ernst, der Maler – machte einen Satz zur Seite, um Rolf, dem Chirurgen, Platz zu geben. Rolf, der Wüllners Schwinger mit Neid betrachtet hatte, wollte ihn unterlaufen, aber da lief er in einen exakten Haken, der ihn über den Teppich rollte.

Hilde, die auf ihrer Couch die Wirkung ihrer Inszenierung sah, wurde es ein wenig schuldbewußt zumute. Da fiel auch schon Lutz, der Bildhauer, neben Rolf auf den Teppich und kroch auf allen vieren aus dem Bereich der überraschend schnellen Fäuste.

Hilde verhinderte einen mehrfachen K. O., indem sie einen Pfiff ausstieß. Sofort war völlige Dunkelheit im Raum, der große Drache erlosch, Wüllner fühlte etwas über sein Gesicht fahren, dann flammten die Deckenleuchter wieder auf.

Der Raum war leer. Selbst Hilde war verschwunden, und nur das in der Ecke liegende Jakkett und einige zerbrochene Gläser zeugten von dem Kampf, der soeben hier getobt hatte.

Heinz sah sich um, zog sein Jackett wieder an, ging zu dem großen Spiegel an der Wand, um seine Krawatte zu richten – und prallte zurück:

Er war schwarz im Gesicht. Pechschwarz.

Mit einem leisen Fluch begann er zu reiben, aber je mehr er versuchte, mit dem Taschentuch die Farbe fortzuputzen, um so mehr verteilte er sie nur über das Gesicht.

Heinz nickte gottergeben. Wohlan denn... spielte er heute einmal Geburtstag als Neger. Aber dieses Luder von Hilde sollte ihr blaues Wunder erleben.

Er ging zurück zum Tisch, nahm ein Glas, goß sich an der Hausbar einen Sherry ein, trank, begab sich zum Tisch zurück, setzte sich und drückte auf den Klingelknopf, der in die Küche führte. dabei rief er:

»Bedienung! Die Organisation ist miserabel!«

Hilde, die sich mit ihren Freundinnen und Freunden hinter einer spanischen Wand im Schlafzimmer verborgen hatte, trat nun aus dem Zimmer in das Atelier:

»Ah – mein lieber Heinz! Auch schon da?«

»Wie du siehst!« war die ruhige Antwort. »Ich möchte dir zum Geburtstag gratulieren.« Dabei hielt er ihr den Fliederstrauß hin.

»Danke. Aber sag mal – kommst du immer ungewaschen zu Geburtstagsfeiern?«

Wüllner antwortete gar nichts. Er erhob sich und ging Hilde einen Schritt entgegen.

»Was ist das eigentlich für ein Vieh da in der Ecke?« fragte er scheinheilig.

»Wo?« fragte Hilde ahnungslos und wollte sich umdrehen.

Darauf hatte Heinz nur gewartet. Mit einem Satz stand er neben ihr, nahm sie in seine Arme, küßte sie auf Augen, Stirn, Mund und Hals, rieb sein schwarzes Gesicht an ihren Wangen, bis Hilde ebenso schwarz war wie er selbst. Sie schrie und strampelte, biß und kratzte, aber es half ihr nichts.

Seine Arme hielten sie mit aller Kraft so fest, daß es ihr fast die Luft nahm. Erst als er sie losließ, kamen aus dem Zimmer die Freunde herein und umtanzten mit wildem Geheul die vor Zorn zitternde Hilde.

Wüllner aber trat vor und sprach mit dem hohlen Pathos eines politischen Redners:

»Und so gratulieren wir unserer Hilde gemeinsam zu ihrem dreiundzwanzigsten Geburtstag und widmen ihr diesen Spruch:

Ein Mädchen wollte einst mit List
den liebsten Mann zu Boden zwingen,
und sie erwählte für die Tat
die greulichsten von allen Dingen.
Der Mann jedoch ahnt diese Tücke
und bannt das Weib mit Zauberblick,
die List zerbricht, das Mädchen jammert
und zittert um des Herzens Glück.

Da reicht er ihr den Trank der Hexen
gebraut aus Liebes-Bröselchen.
Die Sonne scheint jetzt wieder heller
und sie küßt ihren Schnöselchen!«

Unter dem allgemeinen Jubel – einige riefen auch »Aua, aua...!« – riß er sie in seine Arme, achtete nicht auf ihr wildes Sträuben und küßte sie so lange, bis die um sich schlagenden Arme sanft auf seiner Schulter landeten und eine Hand über seine nun wieder wirren Haare streichelte.

Oma Bunitz mußte sich die Tränen aus den Augen wischen. Genauso wild waren ihre Söhne auch gewesen, und genauso verliebt.

Der eine, der in Flandern blieb, war verlobt gewesen, der andere, der an der Somme im Gas erstickte, wollte heiraten... und der letzte, den Stalingrad fraß, führte eine glückliche Ehe und hatte drei kleine Kinder. Und alle drei waren so lustig, so ausgelassen in ihrer Jugend... da konnte Oma Bunitz nicht anders, als still in einer Ecke zu sitzen und sich fünf Minuten ganz ruhig auszuweinen.

Währenddessen bereiteten einige der Mädchen den Geburtstagstisch für die köstlichen Leckereien vor, die zu beschaffen eine Portion Lebensmittelmarken und viele gute Beziehungen zu Lebensmittelhändlern gekostet hatten. Heinz und Hilde verschwanden zur Waschkommode im Schlafzimmer, um mit Abschminke die schwarze Farbe zu entfernen – und um sich zu küssen.

Als kurz darauf die ganze Gesellschaft am Tisch versammelt war, hatte Wüllner nicht viel Zeit, die wilde Bande der Mediziner, Chemiker, Künstler und bunt kostümierten Mädchen zu betrachten – denn die ausgelassene Meute, die fantastisch zur Räuberschar eines Karl Moor gepaßt hätte, verlangte herrisch eine Tischrede. Rolf klopfte an sein Glas und rief:

»Großer Zauberer, die Augen der Gemeinde ruhen auf dir und deinem Wort. Sprich und erfrische unsere Seelen! Salam!«

Beifälliges Gemurmel. Wüllner stellte sich in Positur, räusperte sich und sprach:

»Liebe Hexen und Hexenmeister. Wenn wir heute den Geburtstag unserer Oberhexe feiern, so möge man immer an das Wort unseres großen Meisters Abrakadabra denken, welcher beim Tanz auf dem Blocksberg in seiner Festrede sagte: Was eine richtige Hexe ist, die heißt Hilde und studiert die wahrhaft teuflischste aller höllischen Wissenschaften – nämlich Psychologie!«

Ein Schrei ließ das Atelier erzittern. Hilde stieß ihn aus. Heinz fuhr unbeirrt fort:

»Aber wie nun mal das Leben so spielt – auch bei Hexen und Hexenmeistern ist das Alleinsein eine Strafe des Teufels. Gerade bei solch einem Geburtstagsfest, wie wir es heute und hier feierlich begehen, erkennen die Einsamen, wie schön es wäre, wenn über der kurzen Freude des Tages die ewige Sonne der Liebe leuchtete. Denn auch Hexen sind durchaus zur Liebe fähig – wenngleich sich ihre Leidenschaft umfassender und wilder äußert als bei Sterblichen. Wohl dem Mann, der so eine Hexe findet; er sollte sie so fest wie möglich an sich fesseln, damit sie niemals auf den Gedanken kommt zu fliehen.«

Heinz Wüllner zog eine kleine Schachtel aus seiner Tasche.

»Aus diesem Grunde habe ich zwei Zauberringe mitgebracht, die mich mit der Hexe Hilde für alle Zeiten verbinden.«

Er entnahm der Schachtel zwei goldene Ringe, steckte einen davon Hilde an den linken Ringfinger und den anderen an seinen eigenen Finger. Dann beugte er sich über sie, küßte sie und sagte zu ihr, die aufgeregt zu ihm emporstarrte:

»Und nun würde ich dir empfehlen, deine Wäsche mit HW zu signieren: Hilde Wüllner!«

Da kannte die Freude kein Ende. Ein Geschrei und Hochrufen war es, daß die Nachbarsleute aus den Betten fuhren und das Radio anstellten, weil sie dachten, der Krieg sei plötzlich durch Goebbels' geheime Waffe gewonnen worden.

Hilde sagte kein Wort. Ihr kam alles wie ein Traum vor. War es nun Wahrheit oder nur ein wunderschöner Film? Sie blickte an ihrer Hand herunter, sah den kleinen goldenen Reif und meinte eine kleine helle Stimme zu hören, die ihr zuflüsterte: Hilde Wüllner!

Da sank sie mit einem lauten Aufschluchzen an

die Brust von Heinz, der ihr ganz leise ins Ohr flüsterte: »Heute erst weiß ich ganz genau, was Liebe ist...«

Rücksichtslos wurden sie aus ihrem Traum gerissen, als alle Gäste plötzlich im Chor sangen:

»Wir haben Hunger, Hunger, Hunger,
wir haben Hunger,
wir haben Hunger, Hunger,
Hunger und auch Durst!«

Das ließ sich Oma Bunitz nicht zweimal sagen. Sie eilte in die Küche, gefolgt von zwei niedlichen Hexen, und nach wenigen Minuten standen Platten mit kaltem Braten und Gemüsesalat auf der Geburtstags- und nun auch Verlobungstafel. Man stürmte den Tisch und verschlang unter lustigen Tischsprüchen alles Eßbare so gründlich, daß Oma Bunitz aus ihrem Vorrat noch eine Lage Omeletts backen mußte. Als der Höhepunkt langsam erreicht war, die ganze Bande nach den Klängen eines Grammophons Foxtrott, Marsch und Swing tanzte und die kleine Ellen, eine Ballettschülerin, einen tollen Step auf die Tischplatte klapperte, da stellten alle übereinstimmend fest, daß sie eine so gelungene Party noch niemals erlebt hatten. Dieses Verlobungsfest und diesen Geburtstag würden sie ihr Leben lang nicht vergessen.

Nach und nach verabschiedeten sich die Gäste

und wanderten zu zweit oder in kleinen Gruppen nach Hause oder zum S-Bahnhof, bis außer Hilde und Heinz nur noch Rolf und Fifi, eine Schauspielschülerin mit einem Puppengesicht, und Oma Bunitz übrig waren, und da Oma Bunitz auf einmal schrecklich müde wurde, blieben die vier jungen Leute noch ein Viertelstündchen allein.

Beim Abschied sagte dann Rolf zu Heinz:

»Wenn ich keinem Hilde gönnen würde – dir vertraue ich sie gern an... und, alter Freund: Ehre dies Geschenk des Himmels!«

Die beiden Männer drückten sich fest die Hand, es war wie ein stiller Schwur.

Dann waren Hilde und Heinz allein in dem großen, halbdunklen Atelier, das auf einmal ziemlich trostlos wirkte mit all dem Lametta, den Luftschlangen, Gläsern und Kostümstücken. Von den Wänden schillerten Drachen und Schlangen, und der Rauch der Zigaretten kringelte sich in der heißen Luft.

»Ich mache das Fenster ein wenig auf«, sagte Hilde, rollte die Verdunkelung hoch und öffnete einen Teil des großen, schrägen Atelierfensters.

Voll schien der Mond ins Zimmer, huschte über die fantastischen Malereien und ließ die Zauberköpfe aufleuchten. Ein sanfter Wind, der draußen um die Dächer harfte, vermehrte die Einsamkeit dieser Stunde.

Heinz hatte das Radio angestellt, durch das Zimmer schwebten jetzt leise die Klänge eines kapriziösen Walzers. In dieser mondhellen Stille wirkte die Musik wie aus einer anderen, fernen Welt.

Heinz ging auf Hilde zu, faßte sie sacht um die Taille, trug sie schwebend in den Raum und in das silberne Licht des Mondes.

Es war kein Tanz mehr, kein Setzen der Füße nach dem Rhythmus der Musik – es war, als seien ihre Seelen losgelöst von ihren Körpern und geisterten durch die Stille, fanden sich, verschmolzen miteinander.

Ein Tanz der Herzen war es, ein Tanz des Schicksals.

Hilde hatte die Augen geschlossen und den Kopf weit in den Nacken gelegt. Ihre blonden Lokken ringelten sich um ihr kleines Gesicht wie unzählige feine Schlangen, die Lippen waren fest aufeinandergepreßt, aber in den Mundwinkeln bebten sie. Die kleine Brust hob sich im schnellen Atmen, und der ganze schlanke Körper schien sich aufzulösen im Gefühl eines unendlichen Glücks.

Heinz, der seinen Kopf an ihre Wangen gelegt hatte, atmete den Duft ihres Körpers und flüsterte ihr zärtlich zu:

»Wenn der Mond am Himmel wandert
und der Sterne Pracht erglüht,
sing ich dir mit meiner Laute
meiner Seele liebstes Lied . . .

Träume von der Zukunft Blüte,
denk ein wenig auch an mich,
der sein Herz an dich gebunden,
der dir sagt: ich liebe dich.«

»Mein Hein...«, flüsterte sie, »mein dummes, wildes Schnöselchen...« Und sie küßte seine Augen, seine Hände.

Da riß er sich los, umfaßte ihren Leib, preßte sie fest an sich und trug sie zum Schlafzimmer, als gerade der Mond sich eine Wolke über das Gesicht zog und still weiterwanderte auf seiner unendlichen Bahn.

5

Am anderen Morgen brauchte Heinz beim Erwachen erst ein paar Minuten, um sich zu vergewissern, wo er überhaupt lag.

Er sah ein kleines Schlafzimmer mit spanischen Wänden, ein schräges Dach über sich, eine kleine Waschkommode in der Ecke, eine Wäschetruhe, ein Bücherbrett mit Kant, Nietzsche, Fichte, Schopenhauer und Schelling, und vor sich, über eine Stuhllehne gelehnt, ein Mädchenkleid.

Er blickte zur Seite und sah aus den Kissen einen wirren, blonden Schopf hervorragen, unter dem sich die Bettdecke im gleichmäßigen Rhythmus des Atmens auf und ab bewegte. Eine kleine Hand schaute an der Seite heraus. Unvermutet dehnte sich der junge weibliche Körper, der dazugehörte, bäumte sich auf, warf sich mit einem tiefen Seufzer herum – und dabei verschob sich die Bettdecke und gab den Blick frei auf das nackt daliegende Mädchen.

In diesem Augenblick überkam Heinz Wüllner eine seltsame Rührung, wie er sie noch nie empfunden hatte. Es fiel ihm schwer, sich wieder zu fangen. Behutsam stand er auf und schlich ins Atelier.

Bei einem Blick auf die Uhr erschrak er und zog sich in aller Eile an.

Es war halb elf – um elf Uhr hatte er eine Verabredung im Ministerium, um sich weitere Anweisungen für seinen Propagandaeinsatz zu holen. Schnell, aber sehr leise, wusch er sich, schrieb er Hilde auf einem ausgerissenen Notizbuchblatt, daß er zur Wilhelmstraße müsse und daß sie ihn dort um ein Uhr abholen könnte. Andernfalls komme er zurück in ihre Wohnung.

Dann öffnete er sacht die Tür, schlich sich auf Zehenspitzen hinaus, zog sie hinter sich zu, schlüpfte in seinen Ulster und eilte die Treppen hinab.

Eine Viertelstunde später stand er vor Ministerialrat Dr. Elbers.

Obwohl Heinz Wüllner nur äußerst widerwillig und mit einer geradezu körperlichen Abneigung in das sogenannte Reichspropagandaministerium ging, weil er Goebbels als den Schlimmsten dieser nationalsozialistischen Verbrecherclique betrachtete, die das deutsche Volk mit einem teuflischen Fanatismus in den Abgrund führte – empfand er merkwürdigerweise für Ministerialrat Dr. Elbers so etwas wie Sympathie. Das lag offenbar nicht nur an den rein menschlichen Qualitäten, sondern auch daran, daß Elbers dem herrschenden Regime trotz seiner Stellung mehr als reserviert gegenüberstand. Möglicherweise unterstützte er sogar heimlich die Widerstandsbewegung. Es gab dafür eine Reihe von Indizien. Vor allem das eine Indiz: Man konnte mit ihm offen sprechen und Kritik üben, ohne verhaftet zu werden.

Elbers war ein ergrauter Fünfziger mit einer goldgefaßten Brille. Nach Worten der Begrüßung und einleitendem unverbindlichem Geplauder lehnte er sich in seinem Sessel zurück, schob Wüllner eine halbgefüllte Schachtel Zigaretten zu und blickte nachdenklich auf das große Führerbild an der Seitenwand des Zimmers.

»Was ich noch sagen wollte, lieber Wüllner – Ihre Berichte sind mir ein wenig zu zart. Das heißt, zart ist nicht der richtige Ausdruck – ich vermisse in allen Artikeln den Glauben an den Endsieg.«

»An der Front ist dieser Glaube nachhaltig erschüttert«, erwiderte Wüllner. »Wer den Rückzug im Osten...«

Elbers schnitt ihm die Rede mit einer Handbewegung ab.

»Ich weiß, ich weiß – man wird skeptisch. Aber man darf das als Propagandamann nicht zeigen.«

Wüllner rauchte in hastigen Zügen.

»Wissen Sie denn Genaueres über den Sieg? Haben wir neue Waffen? Ist die Luftwaffe voll einsatzfähig? Wie wirkt sich der U-Boot-Krieg aus? Wie hält Deutschland in der Ernährung durch? Was erreicht die deutsche Außenpolitik, vor allem in der Türkei? – Das alles muß erst geklärt werden, ehe ich sagen kann: Deutsches Volk, wir gewinnen diesen Krieg... trotz Stalingrad, trotz Luftangriffen, trotz Hungersnot!«

»Ich hoffe, Sie sprechen nicht überall so frei von der Leber weg – das könnte sehr schnell gefährlich werden.«

»Ist das Ihre einzige Antwort, Dr. Elbers?!!«

Der Ministerialrat sah zur Seite.

»Ich habe keine neuen Informationen. Bei unserer letzten Besprechung bei Dr. Goebbels hieß es: Die Presse proklamiert den Sieg unter allen Umständen. Danach richte ich mich.«

Wüllner zerdrückte den Rest seiner Zigarette in dem Bernsteinaschenbecher.

»Also wieder nichts Positives. Nur Theorie. – Und Ihre Ansicht, Dr. Elbers? Gewinnen wir den Krieg?«

»Ich... weiß nicht.«

»Haben wir Aussichten, ihn zu gewinnen?«

»Aussichten schon, aber wie gut sie sind, weiß ich nicht.«

Wüllner tat dieser Mann irgendwie leid; er sollte das deutsche Volk mit positiver Propaganda aufrichten und war selbst sprachlos angesichts des heillosen Durcheinanders.

»Lieber Elbers«, sagte er, »Sie und ich, wir sind doch nur Marionetten. Wir werden als dumme Jungs behandelt, die unfähig sind, das neue Zeitalter zu verstehen.«

Dr. Elbers sah ihn entsetzt an.

»Wie können Sie so zu mir reden? Ich könnte Sie sofort abführen lassen!«

»Aber Sie tun es nicht, weil auch Sie sehen, was hier oben gespielt wird. Machen wir uns doch gegenseitig nichts vor. Sie selbst sind damals bei dem sogenannten Röhm-Putsch mit einem blauen Auge davongekommen...«

Der Ministerialrat rutschte unruhig auf seinem Ledersessel hin und her. Die Erwähnung der Röhm-Affäre war ihm mehr als peinlich.

»Röhm war ein Homosexueller.«

»Er wurde abserviert, weil er nicht mehr mitspielte. Andere, die das auch gern möchten, sind nur zu feige dazu. Das bedeutet selbstverständlich nicht, daß ich Röhm zu einem Helden oder Märtyrer hochstilisieren will!«

Dr. Elbers bekam einen Schüttelfrost.

»Und Sie sind wahnsinnig.«

Wüllner sprang auf und wanderte mit großen Schritten auf und ab.

»Dann sagen Sie mir: Was soll ich berichten? Wir verlieren den Krieg, so wahr Napoleon bei Leipzig geschlagen wurde. In Rußland die unendlichen Menschenmassen, aus Amerika das unglaubliche Vernichtungsmaterial, im eigenen Land der Hunger und der Verlust der Luftherrschaft... wir sind am Ende! Wir können nicht mehr! Und wir verdienen es auch nicht anders. In Polen sah ich Massengräber mit Tausenden von Juden, Frauen und Kindern, Männern und Greisen. Die SS nannte sich stolz ›Umlegekommando‹ und brüstete sich damit, daß sie erst den weinenden Säugling auf dem Arm der Mutter und dann die Mutter selbst erschossen hätte, während diese Menschen betend an den selbst geschaufelten Gräbern standen. Ich habe die kleinen Kiefern gesehen, die man über diesen Gräbern pflanzte. Und seitdem frage ich mich: Gehören wir noch zur europäischen Völkerfamilie, wenn wir solche Bestialitäten dulden? Vor wenigen Jahren schrien von allen Säulen die Worte Dietrich Eckarts: Deutschland erwache! Heute wäre es viel mehr und aus wirklicher Not an der Zeit, daß an allen Häusern mit Flammenzeichen geschrieben stünde: Deutschland erwache!!!«

Dr. Elbers erhob sich ebenfalls. »Sie dürfen so nicht reden, Wüllner. Sie sind Soldat und Kriegsberichter.«

»Auch für den Gehorsam gibt es eine Grenze.«

»Nicht im Führerstaat Deutschland. Da ist Gehorsam das oberste Prinzip. Da werden Befehle erteilt und damit basta. Auch für Sie habe ich einen neuen Befehl.«

»Etwa wieder an die Ostfront?«

»Nach Osten schon – aber mit einem kleinen Schwenk in Richtung Süden. Mehr darf ich Ihnen im Augenblick nicht sagen. Genaueres erfahren Sie morgen bei der bewußten Stelle. Sie kennen sich ja aus.«

Dr. Elbers kam um den Schreibtisch herum,

blieb vor dem Bild Adolf Hitlers stehen und sprach mehr zu sich selbst, als sei sonst niemand im Raum:

»National... Sozial... Zum Wohle des deutschen Volkes...«

Dann wandte er sich wieder Heinz Wüllner zu:

»Ihnen ist klar, um was es geht, Wüllner. Seien Sie tapfer bis zum Ende. Es gibt keine andere Wahl. Wo dieser Weltbrand enden wird und wie... das wissen nur die Götter. Aber vielleicht wissen nicht einmal die es.«

Er drückte dem Kriegsberichter die Hand. Die beiden Männer blickten sich in die Augen und fühlten, daß sie sich einig waren – und trotzdem war jeder auf sich allein gestellt. Diese Epoche, in der lauthals Volksgemeinschaft propagiert wurde und Kameradschaft und ›alle für einen, einer für alle‹, war in Wirklichkeit die Zeit der einzelnen, der Einsamen.

Heinz Wüllner verließ Dr. Elbers mit dem Gedanken: Daß es solche Männer gibt, noch dazu in der Höhle des Löwen, ist immerhin ein Lichtblick. Und eine Hoffnung für die Zukunft.

Schon von weitem sah Hilde ihren Heinz über die Wilhelmstraße schlendern, die Hände tief in den Taschen seines Ulsters, mit den Spitzen seiner Schuhe den Schnee vor sich hertretend wie ein kleiner, spielender Knabe, während in seinem rechten Mundwinkel eine Zigarette hing.

Der da angetrottet kam, war also ihr Mann! Wie komisch das klang: ihr Mann! Ein erwachsener Mensch, der ganz allein ihr gehörte. Ein Mensch, von dem sie überhaupt nur wußte, daß er Heinz Wüllner hieß, in seinem Beruf eine angesehene Persönlichkeit war und ein Lausejunge dazu. Weiter nichts. Er erzählte nichts von seinen Kriegserlebnissen, nichts von seinen Eltern, schwieg sich aus über Geschwister, über alles, was Familie betraf, und wenn er den Mund öffnete, waren es entweder süße Frechheiten oder kritische Bemerkungen zur Politik.

Sie stellte sich in einen Hausflur und wartete. Da kam er vorbeigetrottet, sah nicht nach rechts und links, und schlürfte an ihr vorbei. Hilde hörte, wie er ein Lied vor sich hinbrummte.

Schnell eilte sie ihm nach und zog an seinem Ulster.

Wüllner drehte sich um. Als er Hilde sah, kam ein Glanz in seine Augen und er sagte laut:

»Guten Morgen, Frauchen!«

Hilde war nicht zum Scherzen aufgelegt. Sie spürte, daß er innerlich erregt war.

»Ist etwas geschehen? Du siehst traurig aus.«

»Traurig? Nein! Aber bedenke doch: Ich bin müde... die schlaflose Nacht... *unsere* Nacht!«

Er versuchte abzulenken, aber Hilde ließ sich nicht beirren:

»Du hast Kummer! Das Ministerium? Schlechte Nachrichten?«

Er ging nicht darauf ein, sondern fragte:

»Sollen wir einmal ganz feudal leben? Gehen wir ins Adlon! Oder in den Kaiserhof?«

Hilde nickte. »Ins Adlon. Im Kaiserhof triffst du sicher wieder Leute vom Ministerium. Und ich möchte nicht, daß du heute den ganzen Tag mit einer Miene herumläufst, als seist du ein Sargverkäufer!«

Heinz lachte über diesen Vergleich. Aber er fügte sich doch ihrem Wunsch und steuerte auf das Adlon zu.

Nach einem Mittagessen, das mehr delikat als quantitativ war, machten sie angesichts des schönen Wetters noch einen Schneebummel und landeten schließlich wieder an ihrem geliebten Zoo.

Als Heinz voller Übermut Versteck spielte, im Gedränge der Leute an der Zookasse verschwand und Hilde ihn suchte, spielten die Straßenpassanten mit und bildeten wissentlich eine Mauer zwischen Hilde und Heinz. Dieser hatte so Gelegenheit, eine Karte zu lösen, und neckte nun hinter der Abzäunung die vorwärtsdrängende Hilde.

Ein dicker, jovialer Herr, der aussah, als sei er Vorstand einer Junggesellenvereinigung, philosophierte zu seinem Nachbarn:

»Ja, ja, die Liebespaare. Heute heißt es Schnucki, Mausi und Püppchen... und sind sie verheiratet, so heißt es Bestie, Drachen, Ekel, Scheusal und Xanthippe! Glücklich der, der nicht heiratet.«

Und er putzte sich die Nase. Der Nachbar aber war Vater von zehn Kindern und seine Frau trug das goldene Mutterkreuz. Mißbilligend sah er auf den Sprecher herab:

»Was Sie da sagen, ist gegen unsere Regierung. Wer die Ehe verneint, ist ein Staatsfeind. Man sollte Sie der Gestapo übergeben!«

Zitternd entfernte sich der Dicke. Der große Vater blickte um sich, als wollte er sagen: Dem habe ich's aber gegeben! Es lebe der Führer!

Unterdessen war Hilde endlich bis zur Kasse vorgedrungen, hatte eine Karte gelöst und stand nun neben Wüllner, der diese kleine Episode mitangehört und dem kinderfreudigen Vater am liebsten den Hals umgedreht hätte. Als er an ihm vorbeiging, sprach er ihn an:

»Sie scheinen sich verlaufen zu haben!«

»Wieso?«

»Die Irrenanstalt ist mit der S-Bahn zu erreichen!«

Schnaubend ging der Herr weiter. Hilde aber sah den Geliebten erstaunt an:

»Du, wer war denn das?«

»Einer jener Armen, die plappern, ohne zu denken. Das beste Mittel ist noch immer: Kaltwasserkuren und Prügel!«

Dann aber zog er Hilde zu einem Käfig, in dem ein Lama stand und in die Gegend spuckte.

»Weißt du, an wen mich dieses Lama erinnert?« fragte er.

»An Tibet?«

»Nein. An Dr. Ley!«

Hilde erbleichte und sah sich um. Es war kein Mensch in der Nähe, deshalb wagte sie »Warum« zu fragen.

»Ich kenne einen Ministerialrat aus dem Propagandaministerium. Er heißt Dr. Elbers und ist in diesem ganzen Laden der einzige Mensch, der noch menschlich denken und fühlen kann. Jedenfalls kam der einmal in sein Zimmer zurück und sagte: Sehen Sie mir nichts an? Ich bin gebadet worden, ich war eine Stunde bei Dr. Ley. – Ich fand diesen Witz köstlich, denn man muß Ley kennen, um zu wissen, wie er einen beim Sprechen anspuckt.«

Hilde fand diesen Witz gar nicht köstlich, sondern ziemlich gewagt. Aber sie sagte nichts, sondern nickte nur. Vor dem Pfauenpavillon blieben sie wieder stehen.

»Das ist Göring! Ein Pfau, der sich bläht und zu dumm ist, um zu erkennen, daß die ganze Welt über ihn lacht!«

Vor dem Hyänenkäfig meinte er: »Himmlers Double. Hinterlistig, feig und Totengräber!«

Bei den Vögeln sagte er: »Goebbels' Lieblingstiere. Vor allem der Auerhahn, wenn er in der Balz ist. Der schreit genauso, wie wenn Goebbels durch ein Atelier der Ufa in Babelsberg geht und die Aufnahmen der Schauspielerinnen lobt.«

Beim Affenhaus aber hielt er lange inne, betrachtete die Schimpansen, Gorillas und Meerkatzen und nickte mit dem Kopf.

»Das deutsche Außenministerium! Affen, die mit der Weltkugel spielen und aus politischen Blechschüsseln essen.«

Da wandte er sich ab und sagte zu Hilde, der alle Freude am Zoo vergangen war:

»Nicht traurig sein – wir gehen gleich aus diesem Theater heraus. Ich will nur noch das Nazitier sehen.«

»Das Nazitier?« fragte Hilde erstaunt. »Was ist denn das für ein Vieh?«

»Ein Geschöpf, das am treffendsten unsere ganze Zeit verkörpert.«

Und er machte halt vor einem kleinen Käfig, an dessen Gitter der Name stand: Stinktier!

Anschließend schlenderte er mit Hilde aus dem Zoo heraus und bummelte hinein in den Tiergarten, wo der Schnee unberührt lag von den Schaufeln der Straßenkehrer und wo tiefe, wohltuende Ruhe herrschte. Heinz bückte sich, um angeblich seine Lackschuhe zuzubinden. Hinterhältig ließ er Hilde ein paar Schritte vorgehen, scharrte einen großen Schneeball zusammen und sprang leise zu ihr vor. Ein Heben des Armes, ein Öffnen der Finger – und der große Schneeball ergoß sich über den blau-weißen Turban und den braunen Fohlenmantel, klebte an wirren Locken und rieselte in den Hals.

Hilde schrie gellend auf. Dann drehte sie sich

um, bückte sich, nahm einen Schneeball auf, und während Heinz noch nach Deckung suchte, kam der kalte Ball geflogen und landete an Wüllners Kinn.

Die Folge war eine zünftige Schneeballschlacht. Und alle Fußgänger lächelten über die zwei jungen Menschen, die sich wie Kinder im Schnee wälzten.

»So«, meinte Hilde, als sie rittlings auf Heinz Wüllners Brust saß, und sein Gesicht mit Schnee abrieb, »gibst du jetzt endlich zu, von mir einmal besiegt zu sein?!«

»Nur, weil du mich gekitzelt hast... und weil du so süß bist!«

»Sage: Du bist stärker als ich!«

»Ich werde mich hüten!«

»Du sagst es nicht?«

»Nein!«

Sie hob einen neuen Schneeblock. Wüllner wälzte sich zur Seite und sprang auf, so daß Hilde der Länge nach in den Schnee fiel.

Er half ihr hoch und erklärte feierlich:

»Wir sind gleich stark... aber du bist ein Luder!«

Beide sahen sich an, lachten auf einmal, und Heinz küßte Hilde auf die kalte, etwas rotgefrorene Nase. Dann scharrte er Schnee zusammen, baute einen Sockel und meinte:

»Was war dein Vater, Hilde?«

»Architekt.«

»Wundervoll. Beweise deine Herkunft und baue mit mir einen Schneemann!«

Was dann nach einer guten Stunde in der Mitte des Berliner Tiergartens stand, war ein wirklich stattlicher, eindrucksvoller Schneemann, der auf einer Schönheitskonkurrenz der Schneemänner bestimmt den ersten Preis erhalten hätte. Über zwei Meter groß, wohlbeleibt, mit starken Armen und Beinen, ein nicht unintelligentes Gesicht mit feurigen Kohlenaugen, einer künstlerischen Nase aus Pappe, die Hilde in einem Abfallkorb gefunden hatte, und einem mächtigen Krückstock aus einer Pappel – so stand er im Schnee und schien vieldeutig zu lächeln. Wüllner, der einen Teil der von Hilde gefundenen Pappdeckel nicht verwertet hatte, nahm eines der Stücke auf die Knie und dichtete aus dem Stegreif ein Gedicht, das er dem König der Schneemänner um den Hals hängte.

»Euer Majestät – wir empfehlen uns Eurer Gnade und wünschen Euer Majestät ein langes Leben.«

Hilde sagte es mit Pathos, beide verbeugten sich Hand in Hand und wanderten dann zurück in den Trubel der Großstadt. Die Leute aber, die um diese Zeit durch den Tiergarten gingen, blieben erstaunt vor diesem Schneeriesen stehen und lasen mit Schmunzeln die Dichtung auf dem Pappkarton:

Ein Schneemann bin ich von Gestalt,
und meine Seele ist nur eisig,

und schmelz ich auch bei Sonnenschein,
so manches gibt's, das weiß ich:
So glaub' ich an des Krieges Ende,
und an der Zukunft gold'ne Zeit
will ich mich im voraus berauschen,
ist auch der Tag noch grau und weit.
Doch wird mein Deutschland einst erwachen
aus Grauen, Tränen, Blut und Tod,
so will voll Freude ich erglühen,
und schmelz ich auch als Wasser fort.
So steh' ich hier zu aller Freude,
mein Lachen treff in jedes Herz,
und will ein Miesepeter meckern
was macht's, ich zeige ihm den Sterz!

Und die Menschen, die das lasen, lachten und meinten, dieser Dichter sei ein Scharlatan und ein Lümmel vor dem Herrn. Dieser Lümmel ging unterdessen mit seiner Hilde und in einem völlig verschmutzten und zerknitterten Anzug über die Hauptstraßen Berlins, kümmerte sich nicht um die erstaunten Blicke der Passanten, die den beiden nachsahen, und meinte nur zu seiner Begleiterin:

»Ich glaube, ich muß etwas an mir haben. Alle sehen mich an. Bin ich ein so schöner Mann?«

Und Hilde konnte nur lächeln, ganz glücklich lächeln, obgleich sie sich rasend schämte.

An einer Straßenkreuzung blieb Wüllner plötzlich stehen.

»Hilde, ich möchte dich um etwas bitten.«

Hilde nickte. Seit einer Viertelstunde war Heinz wie umgewechselt. So toll er im Tiergarten war, so in sich gekehrt ging er jetzt neben ihr her, sprach kaum ein Wort und stierte vor sich in den Schnee, anscheinend gedankenlos – und doch mahlten seine Backenknochen, als wollte er sich zwingen, etwas zu unterdrücken. Ein plötzlicher seelischer Kampf schien in ihm ausgebrochen zu sein, und Hilde hielt den Atem an; was würde jetzt kommen?

Aber Wüllner sah nur etwas zur Seite und meinte ruhig:

»Kannst du allein nach Hause gehen? Ich komme in einer halben Stunde nach... ich möchte noch einmal nach meiner alten Wohnung sehen und einige Sachen ordnen.«

Hilde nickte:

»Selbstverständlich.«

Sie dachte: Sollte das wirklich sein ganzer Kummer sein? Da mußte noch anderes dahinterstekken.

Ganz vorsichtig wandte sie sich ihm zu.

»Du bist so ernst, Heinz.«

»Ich habe an etwas gedacht«, antwortete er ausweichend.

Hilde fühlte dieses Beiseitetreten. Sie drang nicht weiter in ihn, sondern meinte nur:

»Wirf die schlechten Gedanken fort... du hast mich, ich habe dich... da ist alles gut.«

Heinz streichelte ihr über die wirren Locken.

»Tja, da will ich mal gehen«, sagte sie tapfer und gab ihm die Hand. »Und komm nicht zu spät, wir wollen früh essen und dann noch ein wenig in die Sterne sehen und Luftschlösser bauen... das tu' ich so gern.«

Und sie eilte um die nächste Straßenecke.

Wüllner blieb noch eine kurze Zeit auf demselben Platz stehen und blickte zu Boden. Dann ging er in Richtung der U-Bahn, löste eine Karte nach Dahlem und grübelte die ganze Fahrtzeit vor sich hin wie ein Mann, der von irgend etwas Abschied nimmt oder genommen hat.

In Dahlem bummelte er durch die stillen Villenstraßen, vorbei am sogenannten Filmschauspielerviertel, einer Villenkolonie, die größtenteils von Prominenten bewohnt wurde, und hielt vor einem großen Sandsteinbau, der, nach den Namensschildern zu urteilen, für mehrere Familien eingerichtet war.

Wüllner drückte auf einen Klingelknopf, ging durch die elektrisch sich öffnende Haustür, stieg eine Treppe hinauf, die mit einem roten Teppich an Messingstangen belegt war und trat in eine Wohnung, an deren Tür in Goldschrift ein Name stand, mit einem kleinen Wappen verziert: Heinz Wüllner.

Frau Lancke, die alte Haushälterin des bisher notorischen Junggesellen Wüllner, empfing ihn in der Diele, nicht, ohne vorwurfsvoll den Kopf zu schütteln über den schmutzigen, verknitterten Anzug und noch mehr über das lange Ausbleiben ihres Schutzbefohlenen. Denn Heinz Wüllner hatte einmal zu Frau Lancke gesagt: »Wenn ich in die Gefahr komme, mich zu verlieben, so nehmen Sie den großen Teppichklopfer und wecken mich auf. Und sollten die Mädchen in Scharen vor meiner Tür stehen, Sie sind mein Erzengel Gabriel mit dem Feuerschwert.«

Dieser Satz hatte Frau Lancke so gut gefallen, daß sie ihn auswendig lernte und sich täglich vorsagte. Auch heute stand sie in der Diele und sagte zum Empfang:

»Soll ich den Teppichklopfer holen?!«

Aber Wüllner war heute nicht zum Scherzen aufgelegt. Er winkte ab und warf seinen Hut auf die Flurgarderobe.

»Heute ist es ernst: Ich heirate!«

Frau Lancke meinte zu wanken. Sie kam sich vor, wie des Flammenschwertes beraubt und lächelte schwach.

»Sie scherzen, Herr Wüllner.«

»Nein, ich scherze nicht. Und noch mehr – es heißt Abschied nehmen: Die sechzehn Tage Urlaub von der Front sind morgen um.«

Nun wurde Frau Lancke wirklich knieweich.

»Das heißt doch nicht, daß Sie wieder...«

Sie stotterte, und die Tränen kamen ihr.

»Doch«, sagte Wüllner hart, »es ist wieder so weit. Packen Sie alle Sachen zusammen und stellen Sie sie auf den Flur neben die Garderobe. Ich hole mir den ganzen Kram dann morgen früh ab.«

Er öffnete die Tür zum Herrenzimmer und ging in den peinlich sauberen, großen Raum. Eine schwere Einrichtung aus dunkler Eiche im Stil der Spätrenaissance gab dem Zimmer einen dunklen, repräsentativen Charakter, noch verstärkt durch die großen Koggen auf dem Bücherschrank und das schwersilberne Schreibgerät auf dem Schreibtisch.

Heinz Wüllner ließ sich in einen Sessel fallen.

Frau Lancke war ihm gefolgt.

»Soll ich Ihnen nicht drei neue Hemden einpakken?« fragte sie und wischte sich die Augen, die davon ganz rot wurden und nichts mehr gemeinsam hatten mit dem Erzengel Gabriel. »Damals sagten Sie auch nein, und schrieben später, ich solle sie Ihnen doch schicken.«

Den letzten Satz sagte sie schnell zur Vorbeugung, da sie wußte, daß Heinz Wüllner mehr nein als ja sagte, vor allem bei ihren Vorschlägen. Und da sie gewissermaßen Mutterstelle an ihm vertrat, so meinte sie doch, daß auch ein paar dicke Unterhosen angebracht seien.

»Und wer soll das alles schleppen? Wer soll dieses Zentnergewicht von Tornister und Koffer tragen? Ich! – Wissen Sie was, Frau Lancke? Wir nehmen überhaupt nichts mit!«

Der Erzengel riß die Augen auf.

»Gar nichts?«

»Nur das Nötigste.«

»Also doch Hemden und Unterhosen!«

»Aber nur ein Paar!«

»Drei sind besser«, feilschte sie hartnäckig.

»Aber schwerer...«

»Sie halten wärmer. Wo geht es denn jetzt hin?«

»Keine Ahnung. Ich muß mich in Berlin W melden. Richtung unbekannt.«

Wüllner hatte sich eine Zigarette aus der Bernsteindose genommen und zündete sie an. »Eine Bitte hätte ich noch.«

»Ja?«

»Für eine Viertelstunde möchte ich allein sein.«

Frau Lancke wandte sich schnaubend ab und schluchzte an der Tür noch einmal auf. Dann war Wüllner allein.

Er blickte sich um, sah den Bücherschrank und die ebenfalls mit Büchern dicht gefüllten Regale, an den Wänden die alten Meister, ließ seinen Blick über den Rauchtisch schweifen, über die Stehlampe, die Hausbar, die Ecke mit den Bildern der Eltern, des Großvaters und Urgroßvaters, und sein Blick blieb schließlich an einem Gemälde hängen: Böcklings Toteninsel.

Heinz lächelte vor sich hin. Die Toteninsel erschien ihm plötzlich wie ein Symbol der Zeit. Ja, man stand am Rande der Toteninsel, und die vermummte Gestalt in dem Kahn, die über das wellenlose Meer fuhr, konnte Deutschland sein, Hitler oder Heinz Wüllner selbst. Wer wußte es? Und dieser Fährmann, der die Gestalt in das Reich des Schweigens ruderte – Charon nannte ihn die Sage –, konnte er nicht die Verkörperung des Gewissens und der Verantwortung sein? Wie still diese Insel lag, welcher unheimliche Frieden aus dem Bild drang... und doch war es, als wehe über das stille Wasser der süßliche Geruch verwesender Leiber.

Wüllner stand auf und ging zu den Bildern der Vorfahren. Er knipste die hohe Stehlampe an, da es draußen zu dunkeln begann. Da hingen sie nebeneinander, lächelnd und ernst, würdevoll und lässig, die Ahnen der Familie Wüllner. Sie stammten aus einem Geschlecht, das einmal vor Hunderten von Jahren auf einer wilden Burg hauste und zu den gefürchtesten Raubrittern seiner Zeit gehörte. Da hing sein Großvater, der Tuchfabrikant. Sein Urgroßvater, der Spitzenwebereien hatte. Da hing in einem neueren Rahmen sein Vater, Robert Wüllner, ehemaliger Regierungspräsident und Abgeordneter der Landratskammer. 1939, als der Krieg die Welt aufriß, war er still entschlafen in dem Augenblick, als der Rundfunk die Sondermeldung von der Einnahme Warschaus brachte.

Kurz zuvor hatte er zu seinem Sohn gesagt: »Siege erringen, das gewinnt keinen Krieg. Glaube mir, mein Junge, ich bin so froh, daß ich diesen Sturz in den Abgrund nicht mehr erlebe.«

Zwei Tage später starb er. Die Ärzte sagten, es sei Abzehrung gewesen; aber Heinz Wüllner kannte seinen Vater, den alten, strengen Deutschnationalen – er wollte sterben, weil er sein geliebtes Deutschland vor dem Ende sah.

Jetzt stand der Sohn vor dem Bild, strich leise mit der Hand über die blanke Glasscheibe und sah seinem Vater tief in die Augen.

»Du hattest recht, Vater, recht wie immer«, sagte er leise. »Ich wollte es damals nicht glauben... Aber heute weiß ich, daß jede Stunde dieses Krieges alles nur noch schlimmer macht. Und ich selbst unterstütze die Verbrecher sogar, weil ich feige bin, weil ich Angst habe vor dem Massengrab und mich mit der Lüge verdumme, trotz aller Unmenschlichkeit um mich herum müsse ich durchhalten – dem Vaterland zuliebe. Ich weiß, was du jetzt sagen würdest: Hör auf, mein Junge, geh lieber Steine klopfen oder Straßen kehren als der Lüge Beistand zu leisten. O Vater, du kennst unsere Zeit nicht. Wer diesem Staat den kleinen Finger reicht, der verliert nicht nur die ganze Hand, sondern seinen Kopf. Heute heißt es nicht mehr Pressefreiheit, sondern Konzentrationslager; nicht mehr eigener Wille, sondern Gestapo; nicht mehr freies Menschenrecht, sondern Massengrab. Ja, Vater, du staunst. Manchmal beneide ich dich, daß du rechtzeitig sterben durftest. Du hast den besseren Teil erwählt... aber warte nur, Vater, auch ich komme bald, ich fühle es... so lange warte und tröste Mutter... ist dann alles vorbei, bin ich wieder bei euch!«

Wüllner wartete ein wenig, als könnte das Bild ihm eine Antwort geben, dann drehte er sich um und ging im Zimmer hin und her. Er steckte sich dabei eine neue Zigarette an und sah den kleinen Rauchwolken nach, die fein sich ringelnd zur Decke stiegen. Unwillkürlich mußte er dabei an Frau Lancke denken, die ihm das Rauchen im Speisezimmer untersagt hatte, weil die Spitzengardinen darunter leiden würden.

Heinz schüttelte den Kopf. Da hatte man nun eine große Wohnung, Speisezimmer, Herrenzimmer, Musikzimmer, Schlafzimmer, Arbeitszimmer, eine große Küche, ein Damenzimmer, Balkone, eine Sonnenterrasse, Bad und allen Komfort – und lebte nun schon jahrelang allein in dieser Umgebung, die nach einer jungen Frau rief, einer Frau, die vielfältiges, junges Leben in diese dumpfen Räume tragen konnte.

Er dachte an Hilde. Hatte er es gefunden, dieses Leben? Den Glanz der unbekümmerten Jugend? Durfte er froh sein und aufatmen im Glück? Ja, er konnte jetzt eine Frau in seine Wohnung holen, aber was hatte das für einen Zweck? Morgen früh war alles zu Ende, war vielleicht der Tod sein ständiger Begleiter. Dann ging er auf die große Fahrt ins Unbekannte, und dann hatte dies alles keinen Sinn gehabt, diese ganze große Liebe zu Jugend und Freiheit, zu Glück, Erfüllung und Ziel seines Lebens. Dann war er nur ein Körper, der zerfiel, und der mit seinem faulenden Fleisch die Felder düngte. Dann stand sie allein in der Welt, trauerte Hilde um ihn mit der ganzen Kraft ihrer liebenden Seele, und doch war alles so sinnlos, weil eben diese Zeit es nicht erlaubte, ein Glück zu suchen! War es nicht unverantwortlich von ihm, ein Mädchen wie Hilde an sich zu binden? Durfte er ihre Jugend mit Trauer und Entsagung vergiften, ihr alle Ideale rauben, nur um sagen zu können: Ich liebe dich, du bist meine Frau?!

Frau Lancke trat ins Zimmer und sagte schlicht: »Die Unterhose hat ein Loch!«

Auf Wüllner wirkte dieser nüchterne Satz aus dem realen Leben wie ein eiskalter Wasserstrahl. Er fuhr herum und schrie:

»Lassen Sie mich mit Ihren Unterhosen in Ruhe!«

Aber Frau Lancke war nicht einzuschüchtern.

»Es sind Ihre Unterhosen, nicht meine. Aber wenn Sie Löcher tragen wollen – von mir aus. Sind eigentlich alle Künstler so schlampig?«

Wüllner setzte sich auf die Lehne eines Sessels.

»Frau Lancke, können Sie sich nicht denken, daß ich gerade am heutigen Abend andere Gedanken habe?«

»Das schon, aber Sie sollten den traurigen Gedanken nicht nachgeben. Ein Mann muß sich immer im Leben um das Nächste kümmern.«

Wüllner lachte. »Sie haben recht wie immer.« Dann legte er den Arm um Frau Lancke und sagte:

»So, ehe ich jetzt gehe, will ich mir mit Ihnen

noch einmal meine Wohnung ansehen... in die hoffentlich bald eine junge Frau einzieht.«

Langsam gingen sie durch das Speisezimmer mit seinen schweren Nußbaummöbeln im Barockstil, durch das Musikzimmer, in dem ein großer Blüthnerflügel in weißem Chippendalestil stand, das Schlafzimmer in Kirschbaum, das Damenzimmer in lichtem Rokoko und das Arbeitszimmer aus einfachem Eichenholz, asketisch und eng. Im Badezimmer aus grünem Marmor blieb Wüllner eine Weile stehen und meinte, wenn man so vor dem Bade stünde, könnte man nicht widerstehen, hineinzuspringen. Aber als Frau Lancke das Wasser einlaufen lassen wollte, winkte er doch ab. Zum zweiten Mal kam es ihm zum Bewußtsein, wie einsam er in all diesem teils ererbten, teils selbst angeschafften Prunk gelebt hatte.

»Sehe ich Sie morgen früh?« riß ihn Frau Lancke aus seinen Gedanken. »Oder wollen Sie wieder so ohne Gruß – wie damals – abreisen?«

»Noch nicht vergessen?« lächelte Heinz.

»Das vergesse ich Ihnen nie. Einfach nach Rußland zu fahren, ohne Nachricht und Abschied.«

»Nein, diesmal sage ich auf Wiedersehen.« Er ging noch einmal ins Herrenzimmer, öffnete eine Seitenklappe am Bücherschrank und entnahm einen kleinen dicken Buddha aus Jade. Mit breitem Grinsen sah die winzige Gestalt ihn an.

»Mein kleiner Buddha. Hätte ich dich nicht gehabt, wäre ich damals nicht aus Tibet herausgekommen. Nun bringe jemand anderem Glück.«

Damit steckte er ihn in die Jackettasche, ging nach einem langen Blick auf das Bild seines Vaters aus dem Zimmer, zog seinen Mantel an, nahm eine bereitgestellte Flasche Wein unter den Arm und verließ die Wohnung.

Als er bei Hilde in das Atelier trat, wehte ihm schon an der Türe der Duft von gebratenem Fleisch entgegen. Er gab der am Herd hantierenden Geliebten einen langen Kuß und stellte die Weinflasche unter der Wasserleitung kalt.

»Warum läßt du das Wasser laufen, Heinz?« fragte Hilde aus der Kochnische.

»Ich kühle mir den Puls«, antwortete er trocken und drehte die Flasche um.

Hilde sah erstaunt auf und lugte um die Ecke.

»Den Puls? Bei zehn Grad Kälte kühlst du dir den Puls! Was soll das wieder für eine Idee sein?«

Heinz stellte den Wasserstrahl auf klein und setzte sich an den großen Tisch im Atelier. Das schräge Fenster war verdunkelt; nur der Drache, der mit seinen Phosphoraugen vom Geburtstag übriggeblieben war, grinste ihn von der Wand an. Sonst war alles so gedeckt, als erwarte eine Hausfrau ihren Gatten – eine Tischdecke war da, ein Blumenstrauß, Teller, Tassen, Besteck. Das einzige, was noch fehlte, waren die Zeitung und leise Tafelmusik.

Wüllner aber sorgte auch dafür. Er entnahm seiner Jackettasche eine Zeitung, ging zum Radio und stellte den Deutschlandsender ein, der mit der Musik zur Dämmerstunde eine stille Feierlichkeit im Raum verbreitete. Dann setzte er sich in die Nähe der jetzt wieder kleinen Hausbar, knipste die Leselampe an und begann, ganz gemütlich die Zeitung zu lesen. Vom Nebenzimmer hörte er Hilde mit Tellern und Töpfen klappern, und alles war so, als sei er schon jahrelang verheiratet und habe es bisher gar nicht anders gekannt.

Es dauerte nicht lange, da trug Hilde auf einer Platte den Braten ins Zimmer.

»Angebrannt?« fragte Heinz und feixte.

Hilde streifte ihn mit einem höhnischen Blick, als wollte sie sagen: Armer Knabe, mir und anbrennen! Laut aber sagte sie:

»Wenn er angebrannt wäre, müßtest du ihn trotzdem essen.«

Heinz schälte sich aus seinem Sessel, ging zum Tisch, setzte sich und wartete geduldig auf das Stück Fleisch, das Hilde ihm zuteilte, und auf das Gemüse, das sie auf seinen Teller klatschte.

»Klitsch! Mein Vater ist Maurer!« sagte sie dabei und bohrte in das Gemüse ein Loch, in das sie die Soße goß. Und Heinz lächelte über dieses Mädchen, das sich schon ganz als seine Frau benahm und im Grunde doch noch so sehr ein junges Mädchen war. Er überlegte manchmal, ob es richtig sein würde, solch ein unbekümmertes und verspieltes Menschenkind schon jetzt in eine Ehe zu führen.

Hilde, die schon zu essen begonnen hatte, sah auf.

»Schmeckt's dir nicht? Du ißt ja gar nicht.«

»Ich habe über etwas nachgedacht.«

»Du sollst nicht denken, sondern essen!« Aber dann brach doch die weibliche Neugier hervor. »Darf man wissen, an was mein Schnöselchen gedacht hat?«

»An dich. – Ich fragte mich, wie alt du bist!«

»Dir kommen manchmal komische Gedanken. Und dabei hast du meinen Geburtstag selbst mitgefeiert. Dreiundzwanzig Jahre!«

»Äußerlich. Aber wie alt bist du innerlich?«

»Vielleicht hundert!«

»Typisch!« lachte Heinz. »Mir scheint, du bist keine achtzehn.«

»Und warum?«

»Weil du immer und ewig ein kleiner Satan bleiben wirst, wie ich...«

»Wie du, mein ewiges Schnöselchen«, fiel ihm Hilde ins Wort.

»Darauf müssen wir trinken«, erklärte Heinz feierlich und holte aus dem leise laufenden Wasserstrahl die Flasche Mosel. Blub! machte der Korken beim Öffnen und sprang aus dem Flaschenhals.

Heinz setzte die Flasche an den Mund und trank.

»Heinz!« rief Hilde. »Tut man das?«

»Ja«, meinte er trocken und stellt die Flasche auf den Tisch, »es geht nichts über einen Probeschluck vom Faß oder aus der Flasche...«

Da reizte es Hilde, einen Angelhaken auszuwerfen:

»Wie wäre es mit einer Probeehe?«

»Sauer!«

Hilde schlang den Arm um ihn und flüsterte ihm leise ins Ohr: »Von heute an bleibst du immer bei mir, immer, immer... nicht wahr?«

Wüllner war auf einmal ernst. Er aß schweigend sein Abendbrot, kaum daß er die nötigsten Worte sprach, und Hilde wunderte sich wieder über den plötzlichen Umschwung seiner Stimmung.

Was mag er bloß haben, fragte sie sich. Ob ich etwas Falsches gesagt habe? Und sie wiederholte für sich noch einmal alle Worte, aber da war keines, das ihn hätte beleidigen können. Da sie nicht wußte, was ihn bedrückte, sagte sie leise:

»Du hast Kummer, Heinz.«

Als Wüllner nach dem Essen mit nervösen Fingern eine Zigarette anzündete, sagte auch Hilde nichts mehr und räumte das Geschirr ab.

Heinz sah vor sich hin. Er war noch nie so unsicher gewesen wie heute. Sollte er ihr Klarheit geben über sich und seinen Marschbefehl? Oder war es besser, ihr nur eine schöne Erinnerung zu lassen? Sollte er einfach gar nichts sagen und alles der Zeit überlassen? Morgen war ja alles vorbei, *konnte* alles vorbei sein, wenn der Tod ihn rief. Ja, und dann war ihr Leben genauso zerrissen wie seines, und sie mußte daran zerbrechen, weil sie innerlich zu jung und unvollkommen war, um diesen Verlust zu verkraften. Er liebte sie, aber vor sich sah er das Ende des Reiches, sein eigenes Ende und den Fluch des Jahrhunderts auf diesem Geschlecht.

Unschlüssig stand er auf und ging im Zimmer hin und her. Die Zigarette war längst ausgegangen, er hielt den erloschenen Rest im Mundwinkel, und dabei kreisten seine Gedanken um zwei Worte: Ja oder nein?

Das Klappern aus der Küche hörte auf. Anscheinend hatte Hilde schnell das Geschirr abgewaschen und war nun fertig. Heinz Wüllner ging in die Küche, nahm das über einer Stuhllehne liegende rotgestreifte Handtuch und begann, ohne ein Wort zu sprechen, abzutrocknen.

Hilde sah ihn an und konnte dann ein Lachen nicht verbeißen.

»Warum lachst du?« fragte er ein wenig hart.

»So müßten dich deine Kameraden oder deine Kollegen sehen. Was würden die sagen?«

Heinz stellte den Teller ab, den er gerade in der Hand hielt, und fragte:

»Liebst du mich? Hast du keine Angst vor dem Glück?«

Ehe Hilde antworten konnte, ging er ins Atelier zurück, setzte sich wieder in den Sessel, seinen ›Sorgenstuhl‹, und schloß die Augen.

Hilde war ihm nachgekommen und knipste nun die Deckenlampe aus.

Heinz fühlte eine Hand auf seiner Stirn, ein Lippenpaar strich zart über seine Augen, an der Nase entlang und blieb auf seinen Lippen haften, saugte sich daran fest und kleine, aber scharfe Zähne bissen ihn leicht in die Unterlippe. Da legte er den Arm um die zierliche Gestalt und zog sie zu sich auf den Schoß. So saß sie nun bei ihm, den Kopf an seiner Schulter, und ihre wirren blonden Locken streichelten ihm das Gesicht. »Nein«, flüsterte sie, »ich habe keine Angst.«

Heinz wagte nicht zu atmen, so schön war diese Stunde.

»Was mag wohl in einem Jahr sein?« fragte er nachdenklich.

»1944? Ob wir dann noch Krieg haben?«

Wüllner nickte mit dem Kopf.

»Solange es einen Hitler gibt, gibt es auch einen Krieg. Aber willst du heute, gerade heute, wieder von Politik hören?«

Hilde sah ihn erstaunt an.

»Ist denn heute ein besonderer Tag?«

Heinz wich ihrem Blick aus und gab seiner Stimme einen gleichgültigen Ton.

»Das nicht... aber der Abend ist zu schön, als daß man ihn mit der schmutzigen Politik verpesten sollte. Und weil er so schön ist, darum ist er etwas Besonderes.«

»Und sonst nichts?« Hilde war mißtrauisch geworden. Sie zupfte ihn am Ohr. »Du, sei ehrlich zu mir!« Heinz lachte – es klang etwas gezwungen, aber er lachte. »Was sollte denn sein?«

Hilde hatte das unbestimmte Gefühl, daß Heinz ihr etwas verheimlichte, das ihn bedrückt und schweigsam machte. Aber da sie es auf diese Art und Weise nicht aus ihm herauslockte, schwieg sie nun auch und lehnte ihren Kopf wieder an seine breite Schulter.

So träumten sie schweigend in den Abend hinein, jeder mit seinen Gedanken beschäftigt.

Erst nach einer ganzen Weile fragte Heinz:

»Wie spät mag es sein?«

Hilde sah auf ihre kleine Platinarmbanduhr, ein Konfirmationsgeschenk der Großmutter.

»Gleich vierundzwanzig Uhr.«

»Mitternacht. Wollen wir das Radio anstellen?«

»Wenn du willst.«

Wüllner stand auf, ging zum Apparat und schaltete ihn ein. Hildes Uhr ging nach – die 24-Uhr-Nachrichten waren schon zu Ende, und Wilhelm Strienz sang mit seiner vollen, tiefen Stimme das Nachtlied, das unzählige Menschen in der Heimat und an den Fronten des Krieges jetzt voller Sehnsucht hören mochten:

»Hört ihr Leut und laßt euch sagen,
löscht das Licht und geht zur Ruh,
wenn die Mitternacht geschlagen,
geht's dem neuen Morgen zu.

Guten Mut in allen Dingen,
mag ein rechter Schlaf bescher'n,
mög ein Band euch all' umschlingen,
eure Lieben nah und fern...«

Wüllner zog die Radio-Zuleitungsschnur aus dem elektrischen Steckkontakt an der Wand, und plötzlich war es wieder still im Raum. Nur das leise Atmen Hildes war zu hören. Ein feines Beben durchzog ihren Körper.

Weinte sie? Fror sie? Wüllner faßte ihr leicht unter das Kinn, hob das widerstrebende Gesicht zu sich, küßte ihre Augen.

Unter seinen Küssen lächelte sie.

»Ich bin so glücklich... so unsagbar glücklich... Kann das immer so bleiben... darf es überhaupt so bleiben... das Glück?«

Da nahm Wüllner den kleinen Buddha aus der Tasche, den er von zu Hause mitgebracht hatte, und drückte ihn Hilde in die Hand.

»Was ist das? Ein Buddha? Und mit Rubinaugen?«

»Ein Andenken an Tibet.«

»Du warst auch schon in Asien?«

»Vor dem Krieg... 1938. Ich reiste damals ganz allein, nur mit meiner Kamera, einem Auto und einem Schäferhund. Und dieser Buddha rettete mir mehrfach das Leben. In Lhasa, der heiligen Stadt des Dalai-Lama, gab ihn mir ein Oberpriester als Ausweis für alle Gegenden, denn es war einem

Fremden bei Todesstrafe verboten, die heilige Stadt zu betreten oder die Klöster aufzusuchen. Wie oft wurde ich in diesen Monaten von Lamakriegern gefangen, und immer war es der kleine Buddha, der mich rettete. So wurde er mein Talisman in all den Jahren, die folgten – und er tat seine Pflicht.«

»Und du trägst ihn immer bei dir?«

»Nicht immer. Aber von heute an soll er jemand anderem Glück bringen und ihn trösten über alle Gefahren und Sorgen... er gehört dir.«

»Nein, Heinz.«

»Nimm ihn! Mein eigener Talisman ist von heute an etwas anderes: deine Liebe!«

Hilde strich mit dem Zeigefinger zart über den kleinen, dicken Bauch der Figur und tippte auf die Rubinaugen.

»Ich danke dir, Heinz... Er wird mich an dich erinnern, sooft ich ihn sehe.«

»Habe ich auch eine solch dicke Figur?«

»Er hat dir das Leben gerettet. Ist ein Stück von dir geworden in allen Gefahren... und ich werde ihn lieben und immer bei mir tragen, und sein lachender Mund wird leise zu mir sagen: Ich soll dich grüßen von deinem Schnöselchen...«

Wieder barg sie ihren Kopf an seiner Schulter.

Sacht hob Wüllner sie auf, trug sie zur Couch und bettete sie auf die Kissen. Dann ging er zur Garderobenablage, zog seinen Mantel an und trat wieder zu Hilde.

Sie richtete sich erstaunt auf.

»Du willst gehen?«

»Ich muß! Morgen – nein, heute – ganz früh habe ich eine Besprechung in Potsdam – da muß ich die erste S-Bahn nehmen.«

»Es ist so einsam ohne dich...«

»Morgen und übermorgen... immer bleibe ich bei dir, und du sollst träumen in meinen Armen...«

Hilde erhob sich. »Wann kommst du morgen?«

Wüllner blickte zur Seite.

»Um elf Uhr bin ich wieder da«, log er und fügte hinzu: »...wenn es sich einrichten läßt...« Dann riß er Hilde in seine Arme, küßte sie wild, strich mit den Lippen über ihren Hals und stammelte dabei: »Lebe wohl... Lebe wohl... Lebe wohl« und »Ich liebe dich«, und »Verzeih mir« und immer wieder »Lebe wohl... Lebe wohl...«

Dann riß er sich los, eilte zur Tür, öffnete sie und taumelte hinaus in die kalte, dunkle Winternacht. Zitternd sank Hilde zurück in die Kissen und krallte sich mit den Händen in die Federn, um nicht laut aufzuschreien. Sie wußte nicht, warum; sie ahnte nicht, weshalb... aber ihr Herz wollte schreien, ihre Seele schluchzen, und der Körper schüttelte sich wie in Krämpfen.

So schlief sie ein... festgekrallt in die Kissen, den Kopf vergraben, tränennaß und müde.

In dieser Nacht sahen zwei verspätete Bummler einen Mann im Tiergarten vor einem großen

Schneemann stehen und ihm über das Gesicht streicheln. Fast schien es, als weine dieser Mann.

Da sagte der eine Nachtbummler zum anderen: »Du, Willke – ick globe, et jibt in Berlin noch mehr Besoffene als uns...«

Hilde hatte am nächsten Vormittag den Tisch wie in einem Bilderbuch gedeckt. Der letzte Bohnenkaffee der Sonderzuteilung hatte daran glauben müssen, ein bißchen Kuchen war auch ersteigert worden, und in der Mitte stand in einer großen Vase ein Blumenstrauß aus Narzissen, den ihr Heinz vor einer halben Stunde durch einen Boten geschickt hatte. Eine Karte lag nicht dabei, und der Junge konnte beschwören, daß auch keine abgegeben war. Ein bißchen merkwürdig kam es ihr schon vor, daß Heinz Blumen schickte, wenn er doch selbst bald kam – aber dann verdrängte sie den Gedanken.

Noch einmal überblickte sie ihren Tisch, zupfte hier und dort ein Fältchen zurecht, besah sich im Spiegel in ihrem neu geschneiderten Kleid.

Die Zeit eilte schnell dahin. Schon war es halb elf, doch Heinz hatte ja gesagt, daß er gegen elf Uhr kommen wollte – und so setzte sich Hilde in eine Ecke, nahm ihre Bücher und vertiefte sich in die Gedanken des Philosophen Schelling.

So merkte sie nicht, daß es elf, halb zwölf wurde, und erst als die Uhr zwölf schlug, zuckte sie hoch.

Unruhig ging sie im Atelier hin und her und ließ vor ihrem inneren Auge den gestrigen Abend vorüberziehen. Da war diese Schweigsamkeit, dann der plötzliche Ausbruch mit dem immer neu wiederholten »Lebewohl« – wie ein Blitz aus heiterem Himmel überkam Hilde die erschreckende Erkenntnis:

Das war ein Abschied für immer gewesen... Nie mehr würde sie Heinz sehen, nie mehr seine Stimme hören, seine Lippen spüren und das zärtliche Streicheln seiner Hände. Aber warum? Mein Gott – warum? Was hatte sie ihm getan, daß er ihr Narzissen zum Abschied schickte und eine große Liebe so begrub? War denn alles nur eine Lüge gewesen?

Mit einem Sprung stand Hilde auf und riß die Blumen aus der Vase und schleuderte sie zu Boden. Aber kaum hatte sie es getan, kniete sie nieder, legte die Wangen auf die kühlen Kelche der Narzissen, und ihre Tränen rannen über die Blüten.

So an der Erde liegend, weinend und die Blumen küssend, fand Oma Bunitz sie, die von einem Einkauf nach Hause zurückkehrte.

Für Oma Bunitz lag der Fall sofort klar. Sie hatte in ihrer Wohnung schon viele Mädchen getröstet, die genauso verzweifelt waren wie diese kleine Hilde Brandes.

»Hat dieser Schuft Sie verlassen?«

Hilde blickte auf und erhob sich.

»Ich weiß es nicht«, schluchzte sie. »Oh, ich weiß es nicht...«

Und sie erzählte Oma Bunitz von ihrem letzten Abend. Von den letzten Worten Wüllners, wie sie wartete und wie die Zeit verging.

Da wurde Oma Bunitz ernst.

»Er wollte um elf Uhr hier sein? Und er war gestern in gedrückter Stimmung? Kind, Kind... das ist kein Schuft, aber ein Feigling, ein großer Feigling...«

»Wieso, Oma Bunitz?«

»Ich komme eben von Frau Wirtz. Ihr Junge ist heute mit einem Truppentransport an die Front... nach Rußland... vom Bahnhof Zoo aus... um halb zwölf... Und er hinterließ einen kleinen Zettel, auf dem unter anderem stand: Wir haben einen neuen Oberleutnant – einen tollen Kerl!«

»Heinz!« schrie Hilde auf. Sie mußte sich an der Tischkante festhalten. – »Nach Rußland... Heinz nach Rußland?... Wieder in das Grauen...« Sie warf sich laut aufschluchzend in den Sessel und schlug die Hände vor das Gesicht.

Oma Bunitz trat zu ihr und streichelte über die blonden Locken.

»Fahre zu ihm nach Hause. Dort wissen sie bestimmt, wo er hingekommen ist.«

»Aber ich kann doch nicht zu einem Mann... Ich soll wirklich hinfahren?«

»Ja, und zwar gleich. So was nennt sich nun Schriftleiter. Kneift nach Rußland aus ohne Abschied, weil er den Abschied scheut. Dem würde ich es geben, wenn er wiederkommt. Und nun zieh deinen Mantel an – wo wohnt er denn?«

»In Dahlem.«

»Also dann auf nach Dahlem. Wenn du erfährst, daß er der neue Oberleutnant ist, dann versuche, seinen Transport zu erreichen – vielleicht triffst du ihn noch.«

»Aber wo?«

»In Friedrichshagen halten die meisten Transporte noch einmal an, ehe sie auf die Strecke nach Frankfurt an der Oder rollen und weiter nach Osten. Aber du mußt dich beeilen.«

Sie holte Hildes Mantel, zog ihn ihr an, nahm das Kopftuch, band es ihr um die Locken und drückte ihr die kleine Handtasche zwischen die Finger. Dann schob Oma Bunitz sie kurzerhand vor die Tür und schloß energisch drinnen ab.

In Dahlem konnte es Frau Lancke noch immer nicht fassen, daß ihr Wüllner heute mittag um halb zwölf Uhr wieder in das Unbekannte fuhr. Als er sich verabschiedete, hatte er gesagt: »Und nun seien Sie weiter mein Engel Gabriel und passen Sie auf unser Paradies auf. Nur wenn ein Mädchen kommt, klein, schlank, ganz blond, mit großen blauen Augen, und wenn dieses Mädchen Hilde Brandes heißt, so lassen Sie Ihr Flammenschwert sinken, denn dieses Mädchen wird einmal meine Frau sein. Sollte sie traurig sein, so trösten Sie sie und seien Sie ihr eine Mutter, wie Sie mir eine gewesen sind. Am besten wäre es, sie bliebe gleich hier in der Wohnung. Aber vielleicht kommt sie auch gar nicht – ich hätte es verdient, wenn sie nichts mehr von mir wissen will.«

Dann war er gegangen und hatte sie mit allem Kummer zurückgelassen. Trösten! Das kleine Mädchen trösten! Sie fand ja nicht einmal Worte des Trostes für sich selbst.

Als es an der Tür klingelte, war Frau Lancke nicht überrascht. Sie schlurfte zur Tür und öffnete.

Da stand ein junges Mädchen und weinte.

»Treten Sie ein«, sagte Frau Lancke nur, führte die Schluchzende in das Herrenzimmer und drückte sie sanft in einen großen Sessel.

»Sie wollen Herrn Wüllner sprechen, nicht wahr? Und Sie sind Hilde Brandes?«

»Ja.«

Nur dieses Ja sagte sie, aber in ihm lag eine bange Frage, die Erwartung, die Hoffnung und ein unsagbarer Schmerz. Frau Lancke fühlte es sofort heraus und setzte sich neben Hilde auf die Lehne des Sessels.

»Da ist nun nichts zu machen, mein Kleines. Heinz ist fortgereist, weit fort … und wann er wiederkommt, ahnen wir beide nicht.«

»Ich weiß – er ist nach Rußland. Als Oberleutnant.«

»Als Oberleutnant schon, aber nicht nach Rußland.«

Hilde fuhr auf.

»Nicht nach Rußland?«

»Nein, auf den Balkan. Wieder ein Einsatz als Funkberichter. Er hat mich noch mal kurz angerufen.«

»Funkberichter?« fragte Hilde. »Heinz ist Funkberichter?«

»Hat er Ihnen das nicht gesagt? Es liegt doch nahe – bei seinem Beruf.«

Hilde schüttelte den Kopf. Kriegsberichter! Er gehörte also zu den Männern, die mit Kamera oder Mikrofon in vorderster Linie ihr Leben einsetzten, um das Kriegsgeschehen für alle Zeiten zu dokumentieren. Warum hatte er mit ihr nicht darüber gesprochen?

»Er hat überhaupt nichts erzählt über sich und...«

Sie konnte nicht weitersprechen, weil ein Weinkrampf sie plötzlich schüttelte.

Da umfaßte Frau Lancke Hildes schmalen Körper und versuchte sie zu trösten und abzulenken.

»Mein Kind... mein liebes Kind... wir wollen zusammen warten, bis er wieder vor der Tür steht und sagt: Engel Gabriel, weise mir die abgeschlagenen Häupter der Paradiesfrevler vor!«

»Sagte er das immer?«

Frau Lancke nickte. »Sein Erzengel Gabriel – so nannte er mich – hatte manchmal auch rechte Mühe, die Eindringlinge zu verjagen.«

»Bekam Heinz so viel Besuch?«

»Hm, es ging, für einen Junggesellen...«

»Alles Frauen?«

»Eine kluge Frau sollte so nie fragen.«

»Ich bin schrecklich eifersüchtig... weil ich ihn so schrecklich liebe.«

»Aber das war die Vergangenheit. Die Zukunft gehört dir.«

Nachdem Hilde sich wieder einigermaßen beruhigt hatte, ging Frau Lancke in die Küche, goß schnell einen Tee auf und schüttete ein wenig Konfekt in eine Schale.

Hilde sah sich im Zimmer um. Der vornehme Prunk gefiel ihr, aber ihr kam alles ein wenig stumpf und dunkel vor... die schweren Übergardinen, die dunklen Spitzen, die Teppiche – alles drückte auf das Gemüt und machte melancholisch. Auch ein Foto von Vater Wüllner sah sie in der Ecke hängen; die Ähnlichkeit mit Heinz fiel ihr sofort auf – nur daß der Vater strenger blickte, während der Sohn ein geliebtes Schnöselchen blieb.

Hilde mußte lächeln bei dem Gedanken und hob unbewußt ein Blatt vom Boden auf, das aus einer halboffenen Schublade des Schreibtisches gefallen zu sein schien. Dabei fiel ihr Blick auf den Namen Heinz Wüllner. Interessiert begann sie zu lesen. Es war ein Gedicht, mehr eine Ode, eine Hymne, auch wenn darüber stand, es solle eine Elegie sein.

Halblaut las sie vor sich hin:

ELEGIE AN EINE GELIEBTE

Ich will dich nicht nennen,
denn du bist das Feuer, das brennt,
du bist das Meer,
in das ich all' meine Gedanken tauche,
meine Seele und meinen Willen
und mehr, viel mehr –
mich selbst, wie ich bin
und nicht, wie ich sein will.
Du bist wie eine Blüte,
die sich dem Tau des Morgens öffnet,
begierig, das Naß zu schlürfen
und doch im Zittern gebunden in der Angst
vor der reifenden Fruchtbarkeit.
Einem Liede gleichst du,
einem seligen Sang von der Freiheit der Seele
und doch von den Schmerzen der Welt.
Nein, Geliebte,
deinen Namen nenne ich nie,
denn du bist das Urbild der Erde,
du bist das Leben selbst... GELIEBTE!

Während sie las und ihre Stimme sich steigerte, war Frau Lancke hereingetreten und setzte sich leise in eine Ecke, bis Hilde geendet hatte. Erst dann trug sie den Tee und das Gebäck zum Tisch und nahm auf einem Stuhl an Hildes Seite Platz.

»Sie haben eine schöne Stimme«, sagte sie anerkennend. Hilde schlug die Augen auf und lächelte. »Sie hätten Schauspielerin werden können.«

»Die Bühne war auch immer mein Traum. Aber Onkel wollte es nicht... Was sagen Sie zu dem Gedicht von Heinz? Ich dachte immer, er sei ein Hallodri, ein Lümmel, ein Schnöselchen trotz seiner Stellung, und alles sei bei ihm Spiel, er nehme alles leicht, auch die Liebe. Und jetzt dieses Gedicht? Ich hätte es nicht geglaubt... haben Sie Heinz auch so lieb?«

»Er ist mein zweiter Sohn. Und Sie sollen meine Tochter sein.«

»Wenn ich darf...«, sagte Hilde schüchtern und blickte zu Boden. »Wenn Sie mir nicht böse sind, daß ich Ihnen Heinz entzogen habe.«

»Entzogen? Dem Lümmel fehlte schon längst so eine Frau wie Sie!«

»Sie haben seinen Vater noch gekannt?«

»Ja. Das war ein strenger Mann, so, wie er da auf dem Bild blickt. Ganz Aristokrat. Als er erfuhr, sein Sohn wolle Künstler werden, steckte er ihn in ein Internat. Aber Heinz kletterte nachts über die Mauer und schloß sich einer Wanderbühne an. Der Vater erfuhr bald, wo er steckte, holte ihn mitten aus der Vorstellung heraus – Heinz spielte mit achtzehn den alten Moor in den Räubern von Schiller –, und er mußte unter strenger Obhut sein Abitur machen und Philosophie belegen. Nach seinem Staatsexamen aber pfiff er auf die Wissenschaft, ging schließlich als lyrischer Bariton zur Oper und ersang sich an der Staatsoper Dresden den Kammersängertitel. Dann erst ging er zur Presse über, schrieb eine Reihe Theaterstücke und Bücher und wurde als Redakteur – oder Schriftleiter, wie man heute sagt – und durch seine weithin bekannten Kommentare im Rundfunk zur Kulturpolitik, zur Literatur und Kunst der große Presse-Wüllner... Der ganze Lebensablauf ist typisch für ihn; ein Unruhegeist, wie er im Buche steht, voller neuer Ideen und Pläne und dabei immer auch zu einer Albernheit aufgelegt. Seine Ironie kann nicht jeder ertragen...«

»Schnöselchen!« sagte Hilde mit Nachdruck. »Aber ich werde ihm das unruhige Leben abgewöhnen. Er soll Ruhe haben und ein Heim... und wenn erst ein kleiner Wüllner da ist...«

Frau Lancke umarmte Hilde stürmisch.

»So ist es richtig! Beschneide ihm die Hörner. Sei der ruhende Pol in seinem Leben... Heinz braucht das. Weißt du was? Du darfst nicht wieder fort. Du bleibst hier, in dieser Wohnung. Als seine Frau kannst du hier walten, wie du willst. Ich soll auf dich aufpassen und dich zu mir nehmen – das waren seine letzten Worte. Wie eine Tochter...«

Plötzlich dämpfte sie ihre Begeisterung und sagte ernst: »Aber du mußt erst deine Eltern fragen, ob es ihnen recht ist.«

»Ich habe Vater und Mutter gefragt... sie sind einverstanden und segnen mich«, entgegnete sie schlicht.

»Du hast schon mit ihnen gesprochen?«

»Ja, im Gebet... ich habe keine Eltern mehr...«

Frau Lancke fühlte, wie ihre mütterliche Liebe, die sie bisher nur dem äußerst selbständigen Wüllner geben konnte, nun auch auf dieses süße, kleine tapfere Mädchen überging. Sie nahm Hildes Kopf zwischen ihre verarbeiteten Hände, küßte Hilde auf die Stirn und sagte:

»So will ich deine Mutter sein... und du sollst Mutter zu mir sagen... wenn du magst...«

Da barg Hilde ihren Kopf in dem Schoß der alten Frau und nickte nur.

Frau Lancke, die ihre Rührung kaum verbergen konnte, flüchtete sich in eine polternde Grobheit:

»Jetzt wird endlich Tee getrunken und gegessen. Verstanden?!«

»Ja«, sagte Hilde folgsam, trank Tee, knabberte Gebäck und erzählte dabei, wie sie Heinz kennengelernt hatte – von der S-Bahn, dem ungespitzten Bleistiftstummel, der zwei Tage alten Zeitung, der scharfen Kurve und der Wüllnerschen charmanten Frechheit. Immer wieder nickte Frau Lancke mit dem Kopf und sagte: »Typisch, typisch.« Nur das Erlebnis mit dem Kriminalbeamten in der Bar gefiel ihr nicht. Denn sie hatte eine Abneigung gegen alles, was geheim hieß. Seitdem man in Dahlem einmal einen politischen ›Verbrecher‹ gesucht und das ganze Haus auf den Kopf gestellt hatte, war sie nicht gut zu sprechen auf die Polizei, und erst recht nicht auf die Gestapo.

»Meine Mutter war so zart wie ich«, lächelte Hilde, »und jung, kaum achtzehn, als sie auf einem Hausball meinen Vater traf. Es war Liebe auf den ersten Blick. Mein Großvater aber erlaubte eine Ehe nicht, weil seine Tochter zu jung sei. Da wurde mein sonst so realistischer Vater sehr romantisch, entführte meine Mutter des Nachts und fuhr mit ihr nach Italien. Dort wurden sie getraut und wohnten in Venedig, Genua und Mailand. Als ihn ein wichtiger Auftrag – mein Vater war ein bekannter Architekt – nach Neapel rief, reiste er mit meiner Mutter zur Stadt des Vesuvs, obgleich ihr die Ärzte abrieten. Meine Mutter trug mich damals im letzten Monat, und die Strapazen der Reise werde sie nicht aushalten, warnten die Ärzte. Aber mein Vater mußte am Stichtag in Neapel sein, sonst hätte er diesen wichtigen und für die Zukunft maßgeblichen Auftrag verloren. Meine Mutter wollte kein Hindernis sein, schlug alle Warnungen in den Wind und begleitete ihn. Sie hätte es nicht tun sollen, es war doch zu viel. Was kommen mußte, kam. Kurz vor Neapel begannen die ersten Wehen. Vater schaffte Mutter sofort in die beste Klinik, und dort kam ich unter schrecklichen Schmerzen nach zwölf Stunden zur Welt. Meine Mutter aber ... fünf Tage später ist sie still gestorben. Mein Vater war völlig gebrochen, sagte seinen Auftrag sofort ab, fuhr zurück nach Deutschland, bezog wieder seine Villa im Berliner Grunewald und bestattete meine Mutter nach einer großen Totenfeier auf dem Invalidenfriedhof. Hierfür bekam er eine Ausnahmegenehmigung. Auf das Grab baute er ein großes Marmormonument mit der Inschrift: ›Wo ich auch bin, es folgt mir deine Liebe, du bist nicht tot, in meinem Herzen lebst du ewig fort‹...«

»Und dann starb auch der Vater?« Frau Lancke liebte den Vater Hildes allein schon wegen seiner Liebe zu seiner Frau. Sie konnte ihn sich vorstellen – ein Künstler mit einem zarten Herzen, aber einer unbändigen Energie, der seine ganze Seele an diese Frau hängte, die so gewesen sein mußte wie Hilde, dieses blonde, zierliche Mädchen, die Frau Heinz Wüllners.

»Vater starb, als ich fünf Jahre alt war. Nach Mutters Tod ist er nie wieder richtig froh geworden und ließ mich von einer Hausdame erziehen. Ich hatte viele Freiheiten, die ein anderes Mädchen in meinem Alter nicht besaß. Aber mein Vater hatte einen Fehler: Er war zu gewissenhaft. Selbst kletterte er auf dem Bau herum, um zu sehen, ob auch alles nach seinen Anordnungen ausgeführt wurde. Da brach eines Tages ein Brett unter seinen Füßen. Sieben Meter tief fiel er und brach sich die Wirbelsäule an. So lag er dann im Krankenhaus, drei Monate völlig gelähmt, bis ihn ein gütiges Schicksal erlöste... Ganz ruhig, ohne

Schmerzen schlief er ein. Mein Onkel, der Bruder meiner Mutter, wurde mein Vormund, erzog mich, ließ mich das Lyzeum besuchen. Ich durfte mir einen Beruf erwählen – allerdings keinen künstlerischen, denn die Kunst sei, so sagte er, in unserer Familie ein Fluch; meine Mutter war Modezeichnerin. Ich studierte Psychologie mit der Absicht, später einen Sozialberuf zu ergreifen. Das Studium mußte ich größtenteils selbst bezahlen. Mein Onkel hatte in der Inflation fast alles verloren und konnte mir nur einen kleinen Zuschuß zahlen. Da habe ich geschneidert, Stunden gegeben und ab und zu gezeichnet und gemalt, was mir immer einen netten Gewinn einbrachte... Und nun sitze ich hier!«

Frau Lancke war über die einfache Art dieses Mädchens, über die naive Natürlichkeit so verwundert und beglückt, daß sie eine Zeitlang kein Wort sprach und Hilde in die großen blauen Augen blickte.

»Und was willst du tun?« fragte sie endlich.

»Weiter studieren, Stunden geben, Bilder verkaufen... und warten auf Heinz... ein, zwei, drei Jahre... bis der Krieg zu Ende ist.«

»Und er hat tatsächlich überhaupt nichts gesagt, dieser Lümmel?«

»Gar nichts – und ich weiß mir das nicht zu erklären.«

Frau Lancke nickte mit dem Kopf.

»Feig war er, weiter nichts. Er scheute sich zu

sagen, daß er vielleicht nicht mehr wiederkommen könnte. Er wollte dir und sich den Abschied nicht so schwermachen.«

»Das sagte Oma Bunitz auch.«

»Wer ist Oma Bunitz?«

»Meine Wirtin. Eine prächtige Frau. Sie wird traurig sein, wenn ich sie verlasse... Aber auf jeden Fall behalte ich meine Atelierwohnung. Wenn ich von der Universität komme oder eine Vorlesung überspringen muß, wäre es zu umständlich und zeitraubend, mit der S-Bahn bis hierher nach Dahlem zu fahren – und da ist es dann gut, wenn ich noch eine zweite Bleibe habe.«

»Kannst du diese Oma Bunitz nicht einmal zu mir einladen? Oder besser zu dir, wenn du hier wohnst. Ich möchte sie gern kennenlernen. Wie wäre es mit nächsten Sonntag nachmittag zum Kaffee?«

Da mußte Hilde an ihren gedeckten Tisch denken, an die weißen Narzissen und das Warten auf ihn, auf ihr Schnöselchen.

Sie wurde wieder sehr traurig und sah zu Boden.

»Wo mag er jetzt wohl mit seinem Zug sein?«

»Heinz? Der ist nicht mit dem Zug gefahren!«

»Nicht mit dem Zug?«

»Nein, ab Tempelhof mit dem Flugzeug bis Belgrad, dann mit einem Wagen zur Front auf dem Balkan. Er wird in diesem Augenblick über Wien schweben.« Frau Lancke machte ganz sehnsüchtige Augen. »Das möchte ich auch einmal – fliegen... richtig fliegen, so über Städte und Dörfer schweben, die Welt unter mir, und, bei Gott, ich würde das tun, was ich schon als Mädchen tun wollte, als das Fliegen noch ein Hirngespinst war: Ich würde den Menschen auf den Kopf spuken...«

6

Umrahmt von schroffen Felsen, von denen Wildwasser rauschen und Steinlawinen ins Tal donnern, liegt das kleine Dorf Petrowna, eine jener Siedlungen armer jugoslawischer Bergbauern, die hier auf wenigen kargen Almen und Vorsprüngen der Natur die anspruchslose Nahrung abringen. An die Felswände gedrückt, möglichst in Mulden mit Vorsprüngen gelegen, um gegen den Steinschlag geschützt zu sein, wachsen die Lehm- und Steinhäuschen aus dem Felsgestein, grau, unansehnlich, eng und muffig. Die rauschenden Wildbäche liefern das Wasser, einige schwarze Bergziegen die Milch, den Käse und die Butter, die im Sommer, wenn die Steinwände glühen und die Luft vor Hitze flimmert, zu Öl zerläuft und ranzig wird. Überhaupt ist das Leben dieser jugoslawischen Bauern in den Dinarischen Alpen so genügsam, daß sie sich wundern würden, wenn sich einmal ein Mensch in diese rauhe Gegend verirrte, der behauptete, es gäbe noch etwas anderes als Felsen, Wildwasser, Ziegen und härteste Arbeit.

In diesen Dezembertagen des Jahres 1943 aber hatte sich das Gesicht des Dorfes von Grund auf verändert. Statt der Bauern zogen deutsche Soldaten durch die Schluchten. Die Häuser waren geschmückt mit trocknenden Unterhosen und Hemden, und einige Deutsche saßen vor der Tür und suchten in den Falten ihrer Unterwäsche nach Läusen und Flöhen. Wo aber sonst nur der Wildbach in das kleine Staubecken brauste, da stand jetzt ein hoher Mast, von dem aus eine Menge Drähte in die Berge und zu dem Gehöft des Dorfschulzen führten. Ein großes Zelt mit der Fahne des Roten Kreuzes stand am Dorfausgang, davor ein Schild: Hauptverbandsplatz. Und zwischen dem Rattern der Sanitätswagen und der Meldefahrzeuge tönte das leise Jammern und Stöhnen der Verwundeten in die an Stille gewöhnte Landschaft.

Petrowna war zur Befehlsstelle der ›Fliegenden Division‹ geworden. Generalleutnant Beyering, der mit seinem Stab dieses Dorf erwählt hatte, schien an der Verträumtheit der Landschaft Gefallen gefunden zu haben, auch wenn darunter die Sicherheit litt, da die Front keine sieben Kilometer von der Befehlsstelle entfernt lag, und man aus der Ferne deutlich die Abschüsse und Einschläge der Artillerie, das Hämmern der MGs und das helle Bellen der Granatwerfer hörte. Ab und zu schlug ein schwerer Brocken ganz in der Nähe ein – doch General Beyering lächelte nur und meinte, Krieg sei eben unangenehm, und daß dabei geschossen werde, sei selbstverständlich. Die Verwundeten zählte er nicht. Da er, ein großer Anhänger des Schwimmsportes, bei jeder Witterung im Staubecken badete, sah er nicht die Mängel seiner Stellung, sondern nur seinen persönlichen Nutzen. Außerdem hatte er im Dorf ein süßes jugoslawisches Mädchen gefunden, das vor einigen Jahren in Split bei einer deutschen Kaufmannsfamilie in Stellung gewesen war. Wenn dieses Mädchen auch schlechter Deutsch sprach, als es zu ertragen war, so hatte er sie doch als Dolmetscherin eingestellt, wohl damit rechnend, daß sie etwas anderes bestimmt besser beherrschte.

Er hatte richtig gerechnet und war nun aus dem Dorf Petrowna nicht mehr wegzubringen.

In einem Felsloch unweit von Petrowna lag um die gleiche Zeit, als General Beyering zu seiner Dolmetscherin schlich, ein Oberleutnant mit einem Leutnant und drei Mann und beobachtete die Bewegungen in einer Schlucht vor sich. Ihre Gesichter waren schmutzig, verschmiert, von den Strapazen gezeichnet.

»Wie lange liegen wir hier schon, Willi?« fragte der Oberleutnant und zog an einer Pfeife, die er mit der Hand überdeckte, um keine Funken springen zu lassen.

»Drei Tage, Heinz«, meinte Kriegsberichter Wilhelm von Stohr. »Und wenn es so weitergeht, liegen wir hier noch drei Wochen.«

Heinz Wüllner nickte. »Es ist eigentlich eine sonderbare Fügung des Schicksals. Wir kehren beide aus Rußland zurück, jeder bekommt Urlaub, jeder denkt: Wo mag der Bengel wohl stecken – und dann kommte ich hier auf den Balkan, wandere durch die Felsen, und wen treffe ich in dem Drecksnest Petrowna? – Den Willi. Den galanten Willi... wie die kleinen Französinnen sagten.«

Wilhelm von Stohr lächelte.

»Frankreich. Wenn ich daran denke! Das war noch eine Zeit für uns. Damals glaubte ich fest: Jetzt hat Deutschland die Welt besiegt. Pustekuchen! Die Rückzüge begannen... Rußland, Afrika, Italien, Balkan, Griechenland... und nun hängen wir hier, kämpfen gegen diesen Partisanen Tito, und keiner weiß, warum. Das Land gehört uns nicht, es gehört nicht zu unserem Interessengebiet – wenigstens nicht zu meinem – und Tito verteidigt sein Vaterland, wie wir es auch tun würden. Aber seine Soldaten werden als Räuberbanden behandelt, die Gefangenen erschossen, die Verwundeten zu Tode operiert... Ich wundere mich nur, daß ich noch Leutnant bin... mir müßten die Schulterstücke wie Feuer brennen...«

Heinz Wüllner, der neben seinem Mikrofon lag und die Gegend vor sich betrachtete, schüttelte den Kopf.

»Es hat keinen Zweck, Willi. Es ist zu spät, um irgend etwas zu erhoffen oder gar zu ändern. Wir hätten viel früher aufwachen müssen. Jetzt können wir nur noch gehorchen und bluten... alles andere ist verboten.«

»Aber wir sind doch Menschen!«

»Gewesen. Du bist jetzt ein nationalsozialistischer Deutscher, eine Maschine ohne Gedanken und Seele. Du bist zu einem Roboterwesen geworden, weil du damals vor acht Jahren mit ›Ja‹ gewählt hast, als der Führer uns fragte, ob wir mit seiner Politik zufrieden seien.«

»Ich habe nie gewählt! Ich habe bei Ja und Nein je ein Kreuz gemacht.«

»Das mag sein. Aber 97 Prozent wählten mit Ja. Und weißt du, warum sie alle so begeistert waren? Weil die Wahlurnen gar nicht zur Zählung der Stimmen geöffnet wurden, sondern die Gaue einfach meldeten: Mein Führer, 97 Prozent wählten mit Ja. Die Wahlzettel aber wurden in der gleichen Nacht verbrannt.«

»Das ist nicht wahr, Heinz! Das ist eine grobe Hetze!«

»Ich kenne selbst Männer, die im Vertrauensrat der Wähler saßen und ihr Schweigen verkauften.«

Kriegsberichter Wilhelm von Stohr war es, als friere er.

»Du bist also davon überzeugt, daß wir von Anfang an betrogen und hintergangen wurden?«

»Man nannte das ›die Kunst, ein Volk zu führen‹! Und wer einen Scharlatan wie Dr. Goebbels zum Propagandachef ernennt, der muß selbst ein Alchimist sein, dem alle Mittel der politischen Giftküche recht sind...«

Plötzlich bemerkten sie vor sich in den Felsen eine Bewegung. Heinz nahm sein Mikrofon auf,

Wilhelm von Stohr zückte seine Filmkamera. Eine Streife der Tito-Soldaten näherte sich kriechend dem Felsvorsprung, der Heinz Wüllner deckte. Behutsam brachten die drei zur Bedeckung mitgenommenen deutschen Landser ihr leichtes MG in Stellung und zogen einen Fünfzigergurt ein. Ruhig wie auf dem Schießplatz visierte der Schütze 1 den Spähtrupp an.

»Zur Aufnahme eignet sich das Trüpplein nicht, aber du kannst schnell ein paar Bilder drehen«, flüsterte Heinz seinem Freund zu, während der MG-Schütze sich leise an seine Kameraden wandte:

»Was meint ihr ... eine Salve, zehn Schuß, und die ganze Bande liegt flach.« Er lächelte.

Schütze 2 machte ein bedenkliches Gesicht.

»Auf die Entfernung. Niemals!«

»Mit zehn Schuß? Quatsch!« bekräftigte auch Schütze 3.

»Ruhe«, zischte Heinz. Das Gespräch erlosch.

Langsam kroch der Trupp näher, geführt von einem Leutnant und einem Sergeanten, wie Heinz durchs Glas erkennen konnte. Willi, der sein Fernobjektiv auf die Kamera geschraubt hatte, legte den Apparat auf die Brüstung und wartete auf eine günstige Gelegenheit. Eine unheimliche Ruhe lag über der Landschaft. Nicht einmal das Rumpeln der Artillerie war zu hören. Wie ein friedliches Felstal lag der Weg im Gebirge. Und doch lauerte der Tod.

Der Weg machte eine kleine Biegung, und um diesen Knick herum schlich jetzt der jugoslawische Leutnant, gefolgt von seinen acht Mann. Fast zärtlich drehte Willi den Knopf an der Seite seiner Kamera. Ein leises, helles Surren klang in die Felsen. Es konnte eine Mücke sein, die vor Freude summte, oder eine Biene auf dem Blütenflug – doch es war das Auge des Feindes, das jede Bewegung festhielt, um sie in der nächsten Woche in Tausenden von Kinos vor Millionen Deutschen abrollen zu lassen.

Dem Schützen 1 am MG ließ das Mißtrauen seiner Kameraden in bezug auf seine Schießkünste keine Ruhe.

»Den Leutnant da treffe ich mit Einzelfeuer mit einem Schuß genau in die Stirn!« sagte er und war reichlich nervös dabei, weil seine Kameraden ihn angrinsten.

»Verrückt«, meinte auch der Schütze 2 und tippte sich an die Stirn. Das brachte den Schützen 1 um seine letzte Ruhe.

»Was wetten wir?«

»Eine Zigarette!«

»Aber genau in den Kopf!«

»Mit Leichtigkeit.« Er wandte sich leise an Heinz: »Ich gebe jetzt Punktfeuer.«

Heinz, den diese Unterhaltung um ein Menschenleben anwiderte, nickte bloß.

Schütze 1 zog den Kolben fest an die Schulter, visierte ruhig, krümmte langsam den Finger durch, nahm Druckpunkt und zog. Ein Schuß gellte durch die Felsen. Heinz war es, als sei es ein Aufschrei der Natur – und der Leutnant drüben warf die Arme in die Luft und fiel zurück. Dann hämmerte das MG in kurzen Feuerstößen zwischen die laufenden, stolpernden sieben Mann. Als sie den Ausgang der Felsschlucht erreichten, zählte Heinz durch sein Glas nur noch vier.

Eine ohnmächtige Wut schüttelte Wüllner. Der Schütze 1 hatte die Zigarette grinsend in Empfang genommen und steckte sie sich genießerisch an. Da riß Heinz sie ihm aus dem Mund und schrie:

»Schämen Sie sich nicht?«

»Warum?« war die dumme Antwort.

»Ist der Mensch nicht mehr wert als eine Zigarette?«

»Es war doch nur ein Bandit!« Der Soldat wunderte sich sehr über seinen Oberleutnant. War der immer so sentimental? Und dabei trug er das EK I! Wer weiß, wo er das bekommen hatte. Aber er bückte sich nicht, um die Zigarette aufzuheben. Die beiden anderen Soldaten blickten betreten zu Boden.

Wüllner wandte sich ab. Ekel stieg in ihm hoch. Da wurde ein Mensch ermordet, einer Wette wegen. Dieser Mensch war ein Mann, der vielleicht Frau und Kinder hatte und eine Mutter, die Tag und Nacht für ihn betete. Nun würde ein Brief kommen: Gefallen fürs Vaterland auf dem Feld der Ehre! Und ein jugoslawischer Vater würde nach dem ersten Schmerz stolz sein und sagen: Mein Sohn war tapfer, er starb den Heldentod wie ein rechter Mann... und in Wirklichkeit wurde er doch nur erschossen einer Zigarette wegen, die einem deutschen Soldaten fehlte... Das war der Heldentod ohne Maske, das Gesicht des Krieges... So mag es Tausenden ergangen sein, die in der Erinnerung ihrer trauernden Angehörigen als sogenannte Helden weiterleben.

Heinz Wüllner kroch aus seinem Loch heraus und wandte sich an Willi:

»Ich muß ihn sehen – kommst du mit?«

»Ja. Ich habe seinen Tod auf dem Filmstreifen.«

Sie gingen zu dem Leutnant, der mit ausgebreiteten Armen auf den Felsen lag. Es war ein junger, schwarzlockiger Mann, hübsch, braungebrannt und von sportlicher Figur, ein Sohn seiner balkanischen Berge. Mitten in der Stirn hatte er ein kleines Loch... ein Meisterschuß.

Heinz knöpfte die Jacke des ›Feindes‹ auf, nahm die Brieftasche heraus und öffnete sie. Erschüttert ließ er sie sinken und reichte sie an Wilhelm von Stohr hinüber. Zuoberst lag eine Fotografie in Postkartengröße – eine hübsche junge Frau mit zwei kleinen Kindern, einem Mädelchen und einem Buben, der eben erst laufen lernte.

Wüllner winkte den Soldaten heran, zeigte ihm das Bild und fragte ihn dann:

»Sind Sie verheiratet?«

»Nein!«

»Haben Sie Eltern?«

»Ich bin Vollwaise, Herr Oberleutnant.«

»Sind Sie verlobt oder sonst gebunden?«

»Bis jetzt noch nicht.«

»Gut! Sie melden sich heute abend bei mir.«

Er drehte sich auf dem Absatz herum und ging die Schlucht zurück bis zu einem Zelt, das in einer Spalte aufgeschlagen war – fast unsichtbar von draußen. Dort warf er sich auf sein Lager, eine Strohmatte, zog die Wolldecke über sich, als friere er, und schloß die Augen.

So lag er, bis der Abend hereinbrach. Kriegsberichter von Stohr, der ihn einmal ansprach, erhielt keine Antwort.

Als schwere Schatten dann die Felsen ganz in Schwarz hüllten und die Schlucht fast undurchdringlich wurde, meldete sich MG-Schütze 1 bei dem Oberleutnant. Er war noch immer wütend darüber, daß er die ehrlich gewonnene Zigarette nicht hatte rauchen dürfen. Ja, ja, die Herren Offiziere – sie gönnen einem Landser aber auch gar nichts.

Wüllner trat aus seinem Zelt, sah an dem Soldaten vorbei und sagte nur:

»Sie beziehen strafweise die Schanze drei. – Gehen Sie!«

Schütze 1 fluchte in allen Tonarten. Beim Satan, das war eine Schinderei. Schanze drei lag am weitesten draußen. Eine halbe Stunde mußte man gehen, über Felsblöcke und über Wildbäche, und das bei dieser Dunkelheit! Und dann noch allein! Der Teufel hole den ganzen Militärkram. Und die Offiziere zuerst! Weil sie hier in den Felsen keine Huren finden, müssen sie uns knüppeln! Knurrend trollte er sich davon.

Was in dieser Nacht geschah, wurde nie geklärt. Am nächsten Tag wurde lediglich gemeldet, daß der MG-Schütze 1 nicht mehr in der befohlenen Stellung angetroffen worden sei und somit als vermißt gelte. Wüllner nahm die Meldung mit starrem Gesicht entgegen. Nichts zeigte, welch einen Kampf er im Innern führte.

Auch Kriegsberichter Wilhelm von Stohr hatte in Petrowna ein Erlebnis, an das er in späteren Zeiten niemals erinnert werden wollte.

Es war am letzten Tag der Ruhe, als Stohr ein Fußbad im Staubecken nahm und dabei die Felsen vor sich in einen Zeichenblock skizzierte. Da die Sonne gerade einen Schattenwurf hatte, beeilte er sich, das Bild schnell zu vollenden.

Flink flog sein Zeichenstift über das Papier, und er war in seine Arbeit so vertieft, daß er nicht bemerkte, wie ein junges Balkanmädchen hinter ihm stand und voll Interesse über seine Schulter auf die Zeichnung sah.

Erst als sie sich an seiner Seite auf die Steine niederließ und die Beine im Wasser schlenkerte, wurde er aufmerksam und blickte in zwei schwarze feurige Augen.

Kriegsberichter Wilhelm von Stohr, der die ganze Welt bereist hatte, den so leicht nichts aus der Ruhe bringen konnte, zumal er als Bildsonderberichter in den tollsten Situationen geschwebt hatte, wurde es beim Anblick dieser Augen doch ziemlich warm ums Herz. Immerhin war man schon zwei Monate von Berlin weg, hatte all die Kriegsjahre asketisch gelebt und nur hier und da einen kleinen Flirt angefangen, vor allem in Paris und in der Champagne. Hier auf dem Balkan hatte man bisher nur Felsen und Wildwasser, Kadaver und Dornen gesehen.

Nun saß dieses Mädchen an seiner Seite. Sein Künstlerauge, als Maler wie als Filmmann besonders empfänglich für Schönheit, verfing sich an dem süßen Oval des Gesichts mit der braunen Haut, den schwarzen Locken, dem schlanken Hals und der runden Schulter, die in eine hohe, geradezu ideal geformte Brust überging. Der schlanke Leib, die gewölbten Oberschenkel, die der kurze Rock kaum verdeckte, die festen Waden und Fesseln – alles war an diesem Naturkind Rasse und Glut. Während die junge Frau still sein Bild betrachtete, lockten ihre vollen, roten Lippen.

Stohr konnte nicht mehr sitzen. Er erhob sich und nahm den Zeichenblock an sich. Da er kein Wort der Landessprache kannte, versuchte er es auf deutsch:

»Bist du hier aus der Gegend?«

»Ja, aus Petrowna.«

Die Kleine konnte Deutsch! Das war ja besser, als er erhofft hatte.

»Woher kannst du Deutsch?« fragte er sie.

»Ich war bei deutsche Kaufmann in Stellung für Putzen. In Split.« Sie lächelte verführerisch.

Stohr, der sich vorstellte, wie dieses Mädchen in einem tollen Abendkleid wirken müßte, konnte ihrem Reiz nicht widerstehen. Er nahm die Kleine in den Arm und knallte ihr einen herzhaften Kuß auf die Lippen. Dann ließ er sie los und wartete, wie sie sich dazu stellen würde.

Dem Mädchen schien dieser Kuß außerordentlich gefallen zu haben. Sie lachte ihn mit ihren blitzenden Zähnen an und meinte nur:

»Warum nur einen?«

Das ließ sich der Kriegsberichter nicht zweimal sagen. Er nahm die Kleine um die Hüfte und wollte mit ihr in eine stillere Gegend wandern, da erschien um die Ecke der Generalleutnant Beyering.

Stohr nahm stramme Haltung an, das Balkanmädchen wurde rot und lief davon. General Beyering aber verfärbte sich und stürmte auf den Kriegsberichter zu.

»Wer sind Sie?« brüllte er und fuchtelte mit einer Reitgerte vor seiner Nase herum. »Wie heißen Sie?!«

»Kriegsberichter Leutnant Wilhelm von Stohr, Herr General.«

»Aha. Immer die Propaganda! Sie melden sich heute abend bei mir, verstanden?!«

»Jawohl!«

»Um einundzwanzig Uhr!«

»Jawohl. Aber darf ich Herrn General fragen, warum ich...«

»Halten Sie den Mund!« brüllte Beyering und wurde leichenblaß vor Wut. »Ich werde es Ihnen austreiben, mit Balkanmädchen zu schäkern...«

Er stürmte weiter in sein Quartier.

Stohr sah ihm kopfschüttelnd nach. Was mochte der Alte haben? Was kümmerte es ihn, ob er einem Mädchen einen Kuß gab oder nicht? Ob es hier verboten war, lustig zu sein, weil den Herrn General der Kragenknopf drückte?

Er dachte noch über den Fall nach, als sich ihm einige Offiziere näherten, die den Vorfall aus der Ferne beobachtet hatten.

»Na, Herr Kamerad, übelgenommen, dieser Kuß?« fragte der eine, ein junger Pionierleutnant. »Der Alte hat schön getobt!«

»Ich würde mich vorsehen«, meinte der nächste, ein Hauptmann der Fallschirmjäger. »Der Alte hat es nicht gern, wenn man seiner Dolmetscherin, die er Tag und Nacht braucht – bedenken Sie: auch des Nachts! –, einen anderen Geschmack angewöhnt als den seinen.«

Wilhelm von Stohr riß die Augen auf.

»Die Kleine war...«

»Die Gelegenheitshure des Alten«, lachte der

junge Leutnant und bog sich vor Vergnügen. »Und die Propaganda rutscht natürlich wieder hinein!«

»Aber nichts für ungut... bis heute abend um einundzwanzig Uhr ist noch eine lange Zeit... Kommen Sie mit, einen Schnaps trinken.«

Stohr schloß sich den Offizieren an, die in ihr Kasino gingen, ein Landhaus, das sie recht und schlecht zu einem feudalen Saufhaus gemacht hatten. Auf dem Wege trafen sie Wüllner, dem sie den Vorfall brühwarm erzählten.

»Willi, ich kenne diese hohen Herren im zweiten Frühling. Die Burschen sind gefährlich. Ich würde mich vorsehen.«

So bereitete sich Stohr auf einen heißen Tagesabschluß vor. Als es 21 Uhr wurde und er schon die zweite Flasche Schnaps allein getrunken hatte, drehte sich die Stube in einem Wirbel vor seinen Augen. Aber als Offizier kannte er keine Hemmungen, schnallte um und wankte zum General.

Dieser saß in seinem Lehnstuhl, kaute an seinem Schnurrbart und hatte anscheinend nur auf den Kriegsberichter gewartet. Er war besonders wütend, denn seine Dolmetscherin hatte es vorgezogen, nach dieser Affäre in den Felsen zu verschwinden. Zwar war eine Streife unterwegs, aber Beyering erhoffte sich nicht viel von ihr. So ein Naturkind kennt ja alle Winkel seiner Heimat.

Wilhelm von Stohr trat ein, grüßte stramm und wartete.

General Beyering musterte ihn von oben bis unten und brüllte dann:

»Ihr Koppel sitzt einen Zentimeter zu tief!«

Aber da kam er böse an. Dieser Kasernendrill an der Front war für Stohr wie ein Skorpionstich.

Er sagte deshalb auch nur:

»Ich habe eine lange Taille, Herr General!«

»Schlampig sind Sie!«

»Bei Herrn General fehlt der linke Brusttaschenknopf«, war die kühne Antwort. Ohne den Schnaps hätte er sie wohl kaum gesagt.

Dem General verschlug es die Stimme. Er starrte den Kriegsberichter an und holte dann zweimal tief Luft.

»Sie Aufwiegler!« brüllte er. »Ich lasse Sie auf der Stelle abführen!«

Ganz ruhig kam die Entgegnung: »Bitte, bedienen Sie sich!«

Diese Kaltblütigkeit schien selbst Beyering neu zu sein. Er wurde stiller und fragte herrisch:

»Sie sind Propagandamann?«

»Erster Kameramann und Bildberichter des Reichspropagandaministeriums.«

»Sie kennen auch Dr. Goebbels?«

»Wir duzen uns!«

»Hm. Sie duzen sich. – Gewinnen wir den Krieg?«

»Das dürften Herr General besser wissen als ich.«

»Wir gewinnen ihn!«

»Wie Herr General meinen!«

»Der Ton, in dem Sie das sagen, gefällt mir nicht. Sie können abtreten!«

Stohr grüßte, drehte sich um und ging hinaus. Hinter sich hörte er Beyering knirschen, und er verstand nur die wenigen Worte, die ihm alles sagten:

»...das werden Sie mir büßen müssen...«

Drei Tage später erhielt der Kriegsberichter den Befehl, seine Sachen zu packen und sich zur Versetzung zu melden. Es sei ein ehrenvoller Auftrag, der schwer sei, sich aber lohne: Er solle eine U-Boot-Fernfahrt filmen.

In Wirklichkeit war es ein Todeskommando.

Stohr drückte Wüllner noch einmal die Hand, als er sich im Schützenloch von ihm verabschiedete.

»Mach's gut, Willi«, sagte Wüllner und sah dem Freund fest in die Augen. »Du mußt wiederkommen, hörst du – wir haben nach dem Krieg noch manches zu regeln und nachzuholen, noch manchen die Wahrheit zu lehren und das Gewissen zu stärken. Es gibt kein Halten für uns, nur ein Vorwärts. Und hebe deine Wut für eine andere Zeit auf. Denke immer daran: Unsere Zeit ist noch nicht gekommen, aber sie dämmert bereits heran.«

Stohr blickte seinen Freund an.

»Ich glaube nicht, daß ich wiederkomme. Bei diesem Kommando werde ich verschollen und verkommen sein, wenn der Frieden da ist – oder das Ende ... Sieg wollen wir nicht sagen, denn es wäre ein Witz!«

»Keine Todesahnungen, lieber Freund«, meinte Wüllner und drohte mit dem Finger, »sonst werfe ich dich aus meinem Loch. Wir wollen doch noch zusammen die neue Zeit erleben, das wirkliche Erwachen Deutschlands! Und nun ziehe mit Gott, mein Junge. Wenn du mal eine schwere Minute hast, so denke an ein Wort, das so alt ist wie die Menschheit: *Trotzdem!*«

Kriegsberichter Wilhelm von Stohr lächelte seinem Freund noch einmal zu. Zwei Männer, die im gemeinsamen Erlebnis des Schreckens hart und groß geworden waren, drückten sich die Hand wie zwei Brüder. Dann war der Freund in der Dunkelheit verschwunden und ließ in Wüllners Herzen eine dumpfe Leere, eine ohnmächtige Wut zurück, die nur von einem Gedanken verdrängt wurde: dem Gedanken an die Geliebte in Berlin.

In dieser Nacht schrieb er einen Brief an Hilde.

Es war nach über zwei Monaten der erste Brief, hingekritzelt bei einem flackernden Kerzenstumpf. Auf dem Steinboden eines Zeltes in einer Felsspalte.

Da saß er, der Kriegsberichter Heinz Wüllner. Über seine sonst so harten Züge zog ein feines, verschmitztes Lächeln, ein wenig Sonnenschein von innen her. Er durfte ihr doch nicht zeigen, wie sehr er litt; er durfte ihr ja nicht schreiben, wie er hier lebte. Sie würde dann nur weinen, sie würde schaudern und zweifeln... und so mußte er wieder das Schnöselchen sein, das sie liebte, der Lümmel und freche Bengel.

Was sollte er um Himmels willen schreiben? Daß es ihm gutgeht? Daß er bald heimkommt, daß der Krieg hoffentlich bald am Ende ist? Es war alles so leer. Nur Phrasen. Doch was konnte er anderes schreiben? Selbst wenn man die Wahrheit sagen wollte – sie kam nicht an beim Empfänger, weil der Riegel der Briefzensur eingeschoben war. So mußte er ein Bajazzo sein, mußte lächeln und singen, tändeln und flirten, tanzen und purzeln, auch wenn das Herz blutete.

Langsam fügte sich Zeile an Zeile, Satz an Satz:

Meine geliebte Frau! Ich schreibe Dir so, als sei ich gestern erst abgereist, nicht, als seien nun schon zwei Monate vorbei, die wir getrennt wurden. Ich entschuldige mich auch gar nicht, daß ich erst heute schreibe, denn wer die Front kennt und weiß, wie ich bin, der wird verstehen, daß die Tage mit Kampf und die Nächte mit Wachen vergingen, und der wenige Raum der Freiheit nur für den Körper blieb, damit er schlafen und sich stärken konnte.

Heute endlich darf ich in einem Zelt in den balkanischen Felsen sitzen, zu Füßen einer Schlucht, wo jede Minute der Feind erwartet wird. Trotz allem will ich jetzt meinem Frauchen sagen, daß ich immer bei ihr bin, daß mich ihr Bild auf allen Wegen begleitet, und daß meine Schweigsamkeit kein Vergessen, sondern die Versenkung meiner Liebe in die tiefste Seele ist.

Um mich ist jetzt schwärzeste Nacht. Eine Nacht, wie man sie in Deutschland nicht kennt. Doch es ist, als atmen diese Felsen, werfen hauchend den Glutatem des Tages zurück und flüstern untereinander von vergangenen Jahrmillionen. Ich schließe mich ihnen an, flüstere mit ihnen von meiner Liebe und erzähle ihnen, den ergrauten Weisen der Erde, von der Sehnsucht meines Herzens nach Deinen Lippen, nach Deinem duftenden goldenen Haar. Da wispert der Wind, da singen die Steine, da ächzen die Kiefern und säuseln die Büsche: Du bist verliebt... rettungslos verliebt... Du dummes, dummes Schnöselchen... Ach, mein Frauchen, wann kehre ich zurück? Wann wird dieser Krieg sein Ende finden?

Heute ist mein Freund von Stohr zur U-Boot-Waffe abkommandiert worden. Ich bin nun allein in der Ferne, nur Dein Bild im Herzen und Dein Versprechen, zu warten, zu glauben und stark zu sein. Und siehe – das wollen wir... immer füreinander dasein, immer die Seele dem anderen in der Ferne schenken und beten für sein Glück, ich für Deins, die Du die Luftangriffe ertragen mußt und die Hungersnot, Du für mich, der ich hier in vorderster Linie liege und meine Pflicht erfülle, so gut ich es kann... und will... und darf...!

Wie es hier aussieht, wie ich lebe, das alles ist so nichtig vor unserer Liebe, die alles leichter ertragen läßt. Sei auch Du stark und ruhig, denn so sehr ein Schicksal uns schlagen kann... Einst kommt die Zeit, wo die Ruhe uns das lohnt, was der Unfriede uns ertragen hieß.

Von draußen meldet man, ein feindlicher Spähtrupp nähere sich meiner Stellung. Ich muß zu meinen Leuten. Leb wohl, meine Geliebte, und blicke in die Sterne, so wie man es in Märchen- und Kinderbüchern liest... unsere Augen werden sich treffen in der Reinheit des Himmels, und unsere Liebe wird blühen unter dem Segen Gottes.

Dein Schnöselchen

PS.: Willst du meine Stimme hören, so schalte jeden Abend um 19 Uhr das Radio ein – ab und zu kommt ein Bericht von mir. Hier ist es still, darum spreche ich seltener. *H.*

Wüllner überlas noch einmal seine Zeilen. Er war zufrieden, auch wenn er am Ende gelogen hatte... es näherte sich kein Spähtrupp, sondern er fühlte, daß er so nicht mehr weiterschreiben konnte, ohne in die Ironie zu verfallen – und das hatte Hilde nicht verdient.

Draußen rauschte der Wind um die Felsen, in der Ferne brauste der Gebirgsbach, von den feindlichen Linien hörte man Gesang, leise nur und wie unter einem Schleier, eine schwermütige Melodie der jugoslawischen Heimat, langgezogen und eintönig wie die grauen Blöcke der Berge, und doch schnitt sie ins Herz mit ihrer Sehnsucht nach Glück und freiem Leben. Dort lebten Menschen, die arbeiten und glücklich sein wollten wie wir.

Warum ließ man ihnen nicht den Frieden? Warum durften sie nicht ihre Almen bebauen? Nicht ihre Ziegen hüten? Oh, wer weiß eine Antwort darauf?

Lauter pfiff der Wind draußen, die Zeltpflöcke ächzten, das Leinen knatterte und jaulte. Die Schritte der Posten klangen durch die Schlucht, ihre Nagelschuhe klapperten eintönig den Rhythmus: Klipp... klapp... klipp... klapp... stundenlang, stumpf, geduldig... immer klipp, klapp, klipp, klapp...

Drinnen im Zelt saß ein Mann, der einen Brief küßte und ihn dann verschloß. Mit großen Buchstaben malte er die Adresse: Hilde Brandes, Berlin-W.

Und fern, ganz fern waren die Gedanken.

7

Das Leben in der Reichshauptstadt Berlin ging seinen gewohnten Gang. Und das hieß: Luftangriffe im rollenden Einsatz. Unerbittlich schlug die Faust des Krieges in das Herz der Stadt, und die Menschen verloren den Glanz des Blickes und den Mut zum Lächeln.

Doch die Zeitungen schrien weiter die Lüge vom kommenden Sieg in die Welt. Eine Lüge, die zu den Lächerlichkeiten der Weltgeschichte gehörte.

Dieses ganze Leben ertrug Hilde ruhig und mit der mutigen Zuversicht ihrer dreiundzwanzig Jahre. Unentwegt, trotz Angriff und schlafloser Nächte, ging sie ihrem Studium nach, saß in den Hörsälen, büffelte in den Repetitorien, wälzte Bücher über Bücher und versenkte den Kummer ihrer Seele, die Hoffnung ihrer Liebe und die Angst vor der ungewissen Zukunft in die Buchstaben von Schillers Ästhetik oder Herders Weltenlehre.

Wenn die Freunde sie fragten: »Hast du Nachricht von Heinz?«, dann schüttelte sie nur den Kopf und meinte, als müsse sie den fernen Geliebten verteidigen vor dem vorwurfsvollen Blick der Frager: »Er lebt, ich weiß es, ich fühle es – und das ist mir genug. Er braucht nicht zu schreiben. Wenn er an mich denkt, so ist es mir, als höre ich im Inneren seine Stimme...«

Wenn ihr auch heimlich die Tränen kamen und sie in Wüllners Arbeitszimmer seinen Schreibtisch streichelte und die wenigen Schriftzeichen, die sie fand, mit den Lippen berührte, so daß das Papier sich kräuselte von den vielen heimlichen Küssen – eine Stimme in ihr sagte ihr, daß sie stark und gläubig sein müsse. Wie sollte man ein Leben im Krieg auch anders ertragen?

Zu Weihnachten dieses Jahres geschah es, daß Oma Bunitz, Hildes Wohnungswirtin, sich ihr Schwarzseidenes anzog, einen selbstgebackenen Kuchen in ein Packpapier rollte, sich eine Karte der S-Bahn löste und einer Einladung folgte, die Frau Lancke ihr zugesandt hatte: Sie möge doch die Feiertage bei Hilde und ihr verleben.

Es war das erste Mal, daß sich Hildes zweite und dritte Mutter – wie sie die beiden nannte – persönlich sahen, auch wenn sie schon aus Hildes Erzählungen voneinander wußten und sich ein deutliches Bild hatten zusammensetzen können.

Frau Lancke fand Oma Bunitz ausgesprochen sympathisch; eine Frau, die das Leben meisterte, und auch Oma Bunitz war von Frau Lanckes offenem Wesen sehr angetan.

Die Kanne Kaffee war in einer halben Stunde leer, und beim zweiten Aufguß kam das Gespräch auf Heinz Wüllner.

Als Hilde einmal draußen war, regten sich Oma Bunitz und Frau Lancke darüber auf, daß Wüllner nichts von sich hören ließ. Besonders im Hinblick auf Hilde fanden sie sein Schweigen empörend und rücksichtslos.

Was wußten die guten Weiblein vom Krieg, vom Schrecken der Front und vom Leben des Landsers in Dreck und Feuer! Was wußten sie in ihrer bürgerlichen Einfältigkeit von den einsamen Menschen im Land des Feindes, die auf verlorenem Posten ausharren mußten und dem Tod zuwinkten wie einem fahrenden Gesellen am Straßenrand.

Frauen stellen sich den Weltbau als einen babylonischen Turm des Gefühls vor, sie regieren mit der Seele, denken mit dem Herzen. Alle Schrekken und alles Grauen meinen sie heilen und bekehren zu können mit der Reinheit ihrer liebenden mütterlichen Herzen.

Still gingen die Weihnachtstage vorüber, stiller noch die letzten Stunden des Jahres. Als die Glokken über die verschneite Stadt klangen, als fern einige übermütige Stimmen ihr Prosit Neujahr in die klirrende Luft schrien, da stand Hilde allein am Fenster von Wüllners Herrenzimmer, in der rechten Hand ein Glas dampfenden Punsches und in der linken sein Bild. Sie stellte das Bild auf die Fensterbank und blickte in den klaren Sternenhimmel. Als ihre Blicke zur Venus fanden, von der Venus zum Mars und vom Mars zum Großen Wagen, da stellte sie auch das Punschglas neben das Bild, faltete die Hände und sagte leise mit einer zitternden, flehenden Stimme:

»Venus, stolze Venus, gib mir die Liebe und die Kraft, die alles vergessen und ertragen läßt. Und du, Mars, du finsterer Geselle des Krieges, wende dein Angesicht von den Schlachtfeldern dieser Welt und wandere weiter zu anderen Welten und Sternen. Und du, Großer Wagen, fahre mit meinem Heinz heim, wo er auch sein mag, lade ihn auf und ziehe den Weg bis zu mir. Ich will in Hütten wohnen und zufrieden sein mit der Not – wenn ich ihn nur wiederhabe!«

Und sie hob das Glas hoch zu den Sternen und rief in die kalte Nacht:

»Prosit Neujahr, mein Schnöselchen...«

Nach den Festtagen der Einsamkeit stürzte sie sich weiter auf das Studium und verbrachte die meiste Zeit in den Räumen der Universität, um nicht immer in Wüllners Wohnung an die Sehnsucht erinnert zu werden. Doch nach und nach verwandelte sich die frische Farbe ihres Gesichts in ein durchsichtiges Weiß, wurden die Hände schmaler und die kleine Nase spitzer, legte sich vor den Glanz der Augen ein Schleier der Tränen, zuckte hin und wieder eine flackernde Angst auf vor der Zukunft und der Wahrheit.

»So geht es nicht mehr weiter«, meinte eines Tages Rolf, der Chirurg, und versammelte seine Freunde um sich. »Hier muß etwas geschehen.«

Ernst, der Maler, der unterdessen seine Ellen geheiratet hatte, um sicher zu sein vor Verwechslungen – wie er sagte –, machte ein kluges Gesicht und meinte:

»Man könnte sich nach Heinzens Feldpostnummer erkundigen.«

»Schön und gut – aber bei wem?«

»Heinz hat doch öfters von einem Dr. Elbers im Propagandaministerium gesprochen, mit dem er sich ganz gut verstand. Ministerialrat ist der, glaube ich. Der müßte uns helfen können.«

»Meinst du, die lassen uns so einfach mir nichts, dir nichts da rein?«

»Warum nicht? Versuchen wir's halt!«

So geschah es, daß eines Morgens beim Ministerialrat Dr. Elbers drei junge Männer erschienen – ein Chirurg, ein Maler und ein Chemiker, wie die Karten verrieten –, in klaren, aber spontanen Worten den Fall erklärten und um die Anschrift des Kriegsberichters Heinz Wüllner nachsuchten.

Ministerialrat Dr. Elbers lehnte sich lächelnd im Sessel zurück.

So etwas wie heute war ihm noch nie passiert. Aber da ihn alles interessierte, was Wüllner betraf – warum er den Kerl so sympathisch fand, konnte er sich nicht erklären –, hatte er die drei Bittsteller sofort vorgelassen.

»So, so, er schreibt seiner Braut nicht?« meinte er und suchte in den Akten herum. »Uns schreibt er alle zwei Tage. Einen tollen Bericht nach dem anderen. Nachdem der Balkan lebendig wurde, ist Wüllner überall da, wo Späne fallen.«

»Aber warum schweigt er sich dann aus bei seiner Braut?« staunte Rolf und rang nervös seine schmalen Chirurgenhände.

»Vielleicht aus Edelmut. Ich darf Ihnen jedenfalls die Versicherung geben, daß Wüllner bei bester Gesundheit ist.«

»Alles ganz schön – aber wie kann man an ihn heran?«

Ernst, der resolute Maler, verfehlte zwar den Ton, aber seine Direktheit hatte eine verblüffende Wirkung.

Ministerialrat Dr. Elbers schlug ein Aktenstück auf und sagte:

»Wüllner steht mit mir auch in Privatkorrespondenz. Erst vor wenigen Wochen erhielt ich einen Brief, in dem er schreibt: Lieber Elbers, ich mache mir redliche Sorgen um meine kleine Frau. Ich kann ihr nicht schreiben, wie ich hier lebe und was uns das Schicksal auferlegt. Ich möchte sie nicht kränken und in Sorge stürzen... mag sie trauern um meine Schweigsamkeit, es ist besser als das, was sie nicht weiß. Und lügen kann ich nicht vor ihr, sooft ich auch im Beruf zu lügen gezwungen bin. Nur erfüllen Sie mir einen Gefallen: Passen Sie ein wenig auf mein Frauchen auf, berichten Sie mir, wie es ihr geht.«

Dr. Elbers sah auf. »Sie sehen, Ihr Freund Wüllner denkt durchaus an seine Braut. Er hat nur den seltsamen Komplex, Briefe an seine Hilde könnten sie mehr verwirren und unglücklich machen als freuen. Vielleicht gelingt es Ihnen, ihm diesen Unsinn auszureden. Schreiben Sie ihm, ich gebe Ihnen die Adresse. Hier, schreiben Sie das ab!«

Er schob den dreien ein Kuvert hin mit Wüllners Adresse. Ernst schrieb sie fein säuberlich und genau ab. Weil er der Meinung war, die Chirurgen- und Chemikerhandschrift, diese unglaubliche Kritzelei, sei hinterher ja doch nicht mehr zu entziffern.

Am gleichen Abend entstand bei Borchardt in einem kleinen Hinterstübchen für Weinkenner ein Brief, den drei Männer gemeinsam aufsetzten und der diesen gelehrten Köpfen eine solche Mühe machte, daß der Ober nicht schnell genug den Wein bringen konnte, um die erhitzten Geister zu kühlen.

Wie es der Zufall wollte: An genau demselben Tag erlebte Hilde eine der schönsten Stunden ihres Lebens.

Als sie nämlich gegen Abend in die Wohnung kam, wie immer mit einem lauten »Ich habe einen Bärenhunger«, da tat Frau Lancke ganz geheimnisvoll und führte sie an der Hand ins Arbeitszimmer Wüllners.

Verblüfft sah Hilde auf dem Tisch eine brennende Kerze und einen Tannenzweig. Frau Lancke deckte den Zweig auf und sagte:

»Es hat lange gedauert. Februar ist es geworden. Aber was zu Weihnachten kommen sollte, kommt nie zu spät.«

Da lag auf dem Tisch ein kleiner Brief. Ein schlichter, einfacher, kleiner Brief an Hilde Brandes, Berlin-W. Da leuchtete die Kerze heller und wuchs zum Licht, das die ganze Stube anfüllte. Und ganz von fern hörte Hilde einen Schrei, der klang, als sei es ihre Stimme: »Heinz! Heinz, mein Heinz... mein Heinz...«

Leise klappte eine Tür ins Schloß, und Frau Lancke schlich sich in die Küche.

In dieser Nacht saß ein Mädchen allein in der Einsamkeit der großen Stadt und las und las, immer und immer wieder, küßte jedes Wort, jeden Buchstaben, weinte und jubelte.

Für den nächsten Abend rief Hilde ihre Freunde zu sich in Wüllners Wohnung. Sie sagte nicht, warum, aber sie kamen alle: Rolf, der Mediziner; Willi, der Chemiker; der Maler Ernst, der seine Ellen mitgebracht hatte und einen Skizzenblock dazu, da er sich einbildete, er sei ein zweiter Menzel; und schließlich auch Oma Bunitz.

Als sie alle rund um den Volksempfänger saßen, nahm Hilde aus der Schreibtischlade Wüllners Brief heraus. Sie sah dabei nicht die erstaunten Gesichter des Triumvirats, das bei Ministerialrat Dr. Elbers und nachher bei Borchardt erbittert um das gekämpft hatte, was zu gleicher Zeit ins Haus flatterte. Und Rolf flüsterte Ernst zu:

»Da kannst du prosaischer Mensch sagen, was

du willst: Es gibt eine seelische Übertragung der Gedanken.«

Ernst malte in seinen Skizzenblock ein großes Fragezeichen, in das er die Züge von Wüllner komponierte.

Hilde las einfach den Nachsatz des Briefes vor:

»Willst du meine Stimme hören, so schalte jeden Abend um neunzehn Uhr das Radio ein, ab und zu kommt ein Bericht von mir. Hier ist es still, darum spreche ich seltener...«

Ernst, der ewige Kritikaster, konnte es sich nicht verkneifen, zu fragen:

»Wer garantiert uns, daß heute ›ab und zu‹ ist?«

Zwar trat ihn Willi noch schnell auf den Fuß, aber der Satz war herausgerutscht. Dafür war Ernst auch das Enfant terrible des Clubs. Aber Hilde sagte ganz schlicht, so, wie es ihre Art war:

»Ich fühle es... er ist mir heute so nah. Bitte, bitte... hofft mit mir...«

Marschmusik ertönte. Es ging auf 19 Uhr. Oma Bunitz putzte noch schnell ihre Brille, weil sie behauptete, daß sie mit Brille besser hören könne, was Rolf ihr lebhaft mit allen medizinisch verfügbaren Gründen auszureden versuchte. Aber Oma Bunitz meinte, ihre Mutter konnte besser schlafen mit ihrem Ehering am Finger, und sie könne mit Brille eben besser hören.

Dann war es wieder still, nur der Marsch hallte durch das weite, dunkle Zimmer mit den schweren Möbeln und den blitzenden Bücherrücken philosophischer Luxusausgaben.

Hilde saß, auf den Sessel gekauert, dem Apparat am nächsten, und hatte die Augen geschlossen.

Da meldete sich eine kräftige, volle Männerstimme:

»Hier ist der großdeutsche Rundfunk. Wir bringen Frontberichte aus Rußland, Norwegen, der Kanalküste und dem Balkan.«

Hilde richtete sich interessiert auf. Aber zunächst kamen Informationen über Panzerschlachten in den Weiten des Ostens, ein Vorpostenbootscharmützel an der Küste Norwegens und ein Artillerieduell bei Calais. Das Krachen und Bersten der Granaten, das Tuckern der Maschinengewehre klang durch den Raum, doch die Stimmen der Berichter überschrien den tosenden Lärm. Wer konnte ermessen, was diese Kriegsberichterstatter durchmachten, wenn sie scheinbar gelassen und ruhig die schrecklichsten Szenen des Krieges schilderten und mit Worten, mit Mikrofonen und Kameras einen Eindruck vom Geschehen an der Front zu vermitteln versuchten. Endlich war es so weit; ein Kommentator kündigte an:

»Vom Balkan berichtet Kriegsberichter Heinz Wüllner über ein Stoßtruppunternehmen gegen einen Felsenpaß.«

Atemlose Stille war im Raum. Rolf, Ernst und Willi saßen wie Puppen in ihren Sesseln. Ellen hatte sich an Hilde geschmiegt. Oma Bunitz rückte ihre Brille immer näher zu den Augen. Frau Lancke fingerte vorsichtig nach einem Taschentüchlein.

Dann war sie auf einmal da, die Stimme des Kriegsberichters Heinz Wüllner. Voll, geschmeidig, für Hilde so vertraut und in diesem Augenblick doch so unendlich fremd. War das wirklich Heinz? Diese tiefe, ruhige Stimme, dieser ergreifende Ernst, diese Besinnung auf das Wesentliche! Nichts erinnerte hier mehr an das Schnöselchen, an den Lümmel, der in Bars Reden gegen die Regierung hielt. Hier sprach ein reifer, ernster, vom Schicksal getroffener Mann. Ein Mensch, der im Fegefeuer des Krieges gelernt hatte, Schein und Sein zu unterscheiden.

Hilde hörte gar nicht, was Heinz sagte; sie erfaßte den Sinn seines Berichts überhaupt nicht. Sie hörte nur den Ton, die Melodie und hin und wieder mal ein Wort: »... Glauben ... Vertrauen ... Hoffnung ... Sehnsucht ...« Erst am Schluß paßte sie genauer auf, als Heinz sagte:

»Während hier in einem Felsloch um mich her das Feuer der feindlichen Maschinengewehre prasselt, denke ich an meine Heimat und an ein kleines Mädchen, das zu Hause auf mich wartet, obwohl ich sie so plötzlich verlassen mußte und vielleicht enttäuscht habe. Bestimmt sitzt sie jetzt am Radio, um mich zu hören. Ich grüße sie, und sie wird stark sein, weil sie weiß, daß es für unsere

Liebe keine Grenzen gibt. So grüße ich heute die Heimat und die Liebe und sende allen die unsichtbaren, unhörbaren Wünsche und Grüße von Millionen deutscher Soldaten aus weiter Ferne der Heimat entgegen in der Gewißheit, daß wir nach den Schrecken dieses Krieges endlich wieder heimkehren!«

Damit endete Heinz Wüllner, und das Lied von den Glocken der Heimat beschloß die Radioberichte von der Front.

Da saß Hilde neben dem Radio und streichelte den Apparat, liebkoste ihn geradezu, während der Geliebte sprach, und es war ihr, als bebe das Radio unter ihren Fingern, als wollte es sagen: Ja, ich bin es, der dich mit ihm verbindet, ich allein ... über Berge und Flüsse, über Täler und Seen – durch mich ist er bei dir im Zimmer, durch mich hörst du seine Stimme, seinen Atem, seine Worte ...

Später, als die Freunde gegangen waren und Hilde nur noch mit Oma Bunitz und Frau Lancke zusammen war, räumte sie die Spuren der kleinen Gesellschaft fort, küßte Oma Bunitz und Frau Lancke auf die Stirn und bat mit viel Entschuldigung, ins Bett gehen zu dürfen.

Dann war sie allein, lag auf dem Rücken und starrte an die Decke, an der sich der Kreis der Nachtlampe spiegelte. Sie konnte nicht denken, ja, sie wollte auch nicht denken – sie wollte nur glücklich sein, ganz einfach glücklich. Sie spürte, daß Heinz in Gedanken bei ihr war und leise sagte: ›Mein Frauchen... mein liebes, kleines Frauchen...‹

Und leise flüsterte sie zurück:

»Ich danke dir, daß du zu mir gesprochen hast... ich danke dir...«

Dann dämmerte sie hinüber in die Welt des Traumes, und ihre Lippen flüsterten und bebten... »Mein Heinz... mein lieber, lieber Heinz...«

Am nächsten Morgen kam Hilde auf der Straße ein Mann in einem dunklen Lodenmantel entgegen und grüßte sie mit solcher Ehrfurcht, daß sie unwillkürlich stehenblieb und den Fremden musterte. Auch der Herr hielt im Gehen inne, kehrte zurück und zog den Hut.

»Gnädige Frau, erkennen Sie mich nicht mehr?« fragte er. Hilde meinte, diese knöcherne Gestalt und die tiefe Stimme schon irgendwo gesehen und gehört zu haben.

»Ich kann mich nicht recht entsinnen«, antwortete sie ehrlich, »aber bekannt kommen Sie mir schon vor.«

»Wenn Sie gestatten: Borgas, Friedrich Borgas. Bildhauer.« Er verbeugte sich etwas steif und müde.

Hilde war es, als müßte sie unwillkürlich zurückprallen. Das furchtbare Erlebnis in dem Weinlokal kam ihr ins Gedächtnis, das grauenvolle

Schicksal dieses Mannes und seine Erzählung von einer Hölle, von der sie vorher nichts gewußt hatte. Wieder stand er wie ein Mahnmal des Schreckens vor ihr, ein Mahnmal dieser verfluchten, verdammten Zeit deutschen Niedergangs.

Höflich sagte sie ein paar Phrasen und wollte weitergehen, aber da verbeugte sich Borgas wieder und sagte mit einer Stimme, die keinen Widerspruch duldete:

»Darf ich Gnädigste in ein kleines Café gleich hier in der Nähe einladen? Nachdem mein Freund Heinz wieder an der Front ist, fühle ich mich verpflichtet, auf Sie achtzugeben... zumal er mir das ans Herz legte, bevor er in den Balkan flog...«, fügte er nach einer kleinen Gedankenpause hinzu.

Hilde wußte nicht, ob dies die Wahrheit oder eine Notlüge war, aber sie spürte auf einmal ein solches Verlangen, das Geheimnis dieses Mannes zu ergründen, daß sie zustimmte.

In dem kleinen Café setzten sie sich hinten in eine Ecke, bestellten einen Glühpunsch und ein wenig Gebäck.

Wüllner ist ein patenter Junge«, sagte Borgas. »Er hat ja auch gestern abend im Radio gesprochen, da mußte ich an Sie denken – denn damals, als er abflog, da hat er mich vorher noch einmal angerufen. Friedrich, sagte er, paß mir ein bisserl auf die Hilde auf.«

»Dann ist unser Zusammentreffen also gar kein Zufall?«

»Schicksal, würde ich sagen – Schicksal! Aber sprechen wir lieber nicht von dieser Göttin... sie schlug mich zu hart, als daß ich sie lieben oder auch nur verehren könnte. Ich habe mir kürzlich ein kleines Atelier in Moabit gemietet. Nicht gerade eine schöne Gegend, aber billig und sauber für den Wiederaufbau!« Er legte in das Wort Wiederaufbau einen solchen bitteren und ironischen Ton, daß es Hilde unwillkürlich wieder über den Rücken lief wie ein Strahl Eiswasser.

»Die erste Kundschaft ist auch schon gekommen«, fuhr der Bildhauer fort. »Und merkwürdigerweise war einer dabei, den ich in Moabit am allerwenigsten vermutet hätte: Ich mache eine Büste von unserem lieben Dr. Robert Ley!«

Hilde sah erstaunt auf. »Ley?«

»Ja. Unser saufendes Arbeitsfrontgenie! Irgendwie muß er erfahren haben, daß ich wieder eine Werkstatt habe. Da kam er angekeucht, spuckte mir das Atelier voll und verbreitete Alkoholfahnen um sich, daß man denken mußte, mein Atelier sei eine Schnapsbudike. Wir kennen uns von früher her, als ich in Köln-Marienburg mein Atelier hatte und noch der berühmte Borgas vom Rhein war. Damals kam er zu mir und wollte sich das Geld für einen Besuch der Kölner Oper leihen – heute hat er drei Rittergüter von je 300000 Mark Einheitswert.«

»Und er erkannte Sie wieder?«

»Sofort! Er klopfte mir auf die Schulter und verlangte, ich solle eine Bronze von ihm machen – ein galantes Geschenk für eine Künstlerin, der er zur Zeit zu Füßen liegt.«

»Ist Ley nicht verheiratet?«

»Spielt das eine Rolle für unsere vorbildlichen Führer? Der eine ist scharf auf blaue Augen, der andere auf schlanke Tänzerinnenbeine. Noch vor wenigen Jahren saß Ley in einem kleinen Laboratorium in Leverkusen und durfte nur Flaschen schütteln. Als Chemiker war er eine Null. Dann gründete er eine Zeitung in Köln, ließ sich einige Messerstiche beibringen, mit Sektflaschen verprügeln und ab und zu auch im Klingelpütz – dem Kölner Gefängnis – einsperren. So wurde er ein Märtyrer der Nazibewegung. Oft kam er zu mir, um sich das Theater bezahlen zu lassen. So mußte ich ihm bald die Anzüge kaufen und bald die Unterwäsche. Aber wenn er mich bat, der Partei beizutreten, lehnte ich jedesmal höflich, doch entschieden ab. Eine Partei nämlich, in der ein Ley einmal einen führenden Posten erhalten würde, war für mich von vornherein ein Kasperlespiel, ein Puppentheater der Weltgeschichte. Dann kam 1933. Und siehe da, auf einmal war Ley Reichsleiter, Reichsorganisationsleiter, er stieg und stieg – und als der kleine Chemiker zurückblickte, sah er auf seinem Weg eine schmale Gestalt stehen... seine Frau. Sie war einfach und schlicht geblieben und konnte nicht dem Wahnsinnsflug ihres Mannes folgen. Da ließ sich der Reichsorganisationsleiter Dr. Robert Ley scheiden, weil ihm die Frau nicht mehr standesgemäß erschien. Da alle unsere Minister, einschließlich des Oberhauptes, eine Vorliebe für das Theater haben, heiratete er die Soubrette eines Berliner Tingeltangels und führte die wasserstoffblonde Dame als Gattin seinem geliebten Führer und dem deutschen Volk vor.«

Hilde schüttelte den Kopf; sie war sprachlos. Von solchen Dingen hatte sie noch nie etwas gehört und sich deshalb auch nie Gedanken darüber gemacht.

»Doch nicht genug damit«, erzählte Borgas weiter. »Er hatte Geschmack am Theaternachwuchs gefunden und verfolgte den Werdegang junger Schauspielerinnen, bis er eine besonders knackige Siebzehnjährige fand, die er zu seiner Lieblingsmätresse machte. Seine Ehefrau zog die Konsequenz: Sie verließ das Gut ihres Mannes am Rhein und trat in Berlin wieder auf der Bühne auf. Robert ertränkte seinen Kummer in einigen Flaschen, holte dann seine Frau eigenhändig von der Bühne herunter und sperrte sie wieder ins Rheingut ein. Dort starb Frau Ley nach wenigen Wochen. Der Arzt, der den Totenschein ausschrieb, verschwand kurz darauf in einem fernen Konzentrationslager. So blieb es für immer ungeklärt, ob es Selbstmord war aus Gram über einen Mann, der höher gestiegen war als es seine Nerven ertragen konnten!«

Hilde war blaß geworden.

»Woher wissen Sie das alles?« fragte sie zitternd

und zerbröckelte vor Nervosität den Kuchen auf ihrem Teller.

»Ich war mit vielen, inzwischen bekannt gewordenen Leuten vertraut, die sich heute nicht mehr an mich erinnern wollen – ob sie nun Göring, Goebbels, Rosenberg, Himmler, Grohe oder Bormann heißen –, ich kannte sie, als sie froh waren, eine Scheibe trockenes Brot von mir zu bekommen. Wenn ich heute den dicken Reichsmarschall sehe mit der Brust voller Orden, so denke ich mir hinter ihm den ehemals schlanken Mann, der in Dachkammern hauste... wie jetzt ich! Aber sie wollen es alle nicht mehr wissen, sie wollen nur noch groß sein, waren nie klein gewesen, waren immer Helden und Kämpfer, immer Idealisten. Und als Idealisten haben sie die Gotteshäuser der Juden geschändet und ihre Villen, Wohnungen, Möbel und Kleider zerfetzt und zerschlagen. In Köln sah ich einen Tempel, in den hatte man ein Aborthäuschen gezerrt und es direkt vor das Allerheiligste geschoben. O mein Gott, man darf nicht daran denken, ohne dem Schicksal zu fluchen, in dieser Zeit als Deutscher geboren zu sein!«

Hilde Brandes spürte einen schwefligen Geschmack auf der Zunge, sie konnte sich noch an diese Stunden erinnern, wo die Synagogen in ganz Deutschland in Flammen aufgingen, wo Konzertflügel aus den Fenstern geschleudert, Gardinen zerrissen, Möbel zertrümmert und die

Bewohner auf Wagen der städtischen Müllabfuhr verschleppt wurden. Aus den Gerichtssälen holte man die jüdischen Richter und Anwälte während der Verhandlung heraus und fuhr sie im Talar neben den Mülltonnen durch die Straßen. Ärzte wurden aus den Kliniken von den Patienten weggerissen, Schauspieler im Kostüm über die Straßen gerollt... dies alles zuckte Hilde in Sekundenschnelle durch den Kopf. Auf einmal verstand sie ihren geliebten Heinz Wüllner; sie verstand, daß er immer wieder von Gedanken an das schreckliche Geschehen dieser Zeit gequält wurde. Und sie ahnte, daß nun auch sie selbst nicht wieder aus diesem Irrgarten der Ideen und Gedanken herausfinden konnte ohne die Erkenntnis, in einer Epoche zu leben, die für ewig zur Schande des deutschen Volkes gehören mußte.

Borgas beugte sich zu ihr:

»Sind Sie mir böse, daß ich Ihnen solch schlimme Sachen erzähle?«

»Nein, im Gegenteil! Endlich ist mir der Blick geöffnet auf eine Welt, in der ich bisher nur das Äußerliche sah. Die Fassade, die glänzend und schön wirkte. Die Reden klangen so frei und sicher, man versprach uns goldene Berge...«

»... die uns im Sturz erschlagen hätten! Glauben Sie mir, es wäre ein Übel, wenn Deutschland den Krieg gewinnen würde! Sie nehmen doch nicht im Ernst an, ein gewonnener Krieg würde Deutschland im Inneren freier machen? Nein, die Kinder würden vom Mutterleib weggerissen und in eine Uniform gepreßt werden, das Leben spielte sich nur noch im militärischen Gleichschritt ab, jeder Beruf hätte seine Uniform, seinen Ritus, die Frau würde zu einer Gebärmaschine werden, die man bestraft, wenn sie weniger als fünf Kinder zur Welt bringt – ja, man trägt sich bei einer SS-Konferenz in Prag bereits mit dem Gedanken, den Männermangel nach dem Krieg dadurch zu überbrükken, daß jeder Mann gesetzlich zwei Frauen heiraten darf. Staatlich erlaubte Bigamie! Aber nur weil man nachwachsende Soldaten braucht, immer nur Soldaten. Ein Heer will man großziehen wie Dschingis-Khan oder Attila. Das soll dann die goldene Zeit werden nach dem gewonnenen Krieg! Nein, wir dürfen nicht siegen, es wäre Selbstmord! Hitler sagte einmal: ›Nach dem Krieg werde ich als noch fanatischerer Nationalsozialist zurückkehren...‹ Wissen Sie, was das bedeutet? In jeder Stadt ein Konzentrationslager, in jedem Dorf die Gestapo, in jedem Haus ein Spitzel, auf Schritt und Tritt der Anblick der schwarzen Uniform mit dem Totenkopf.«

Friedrich Borgas hielt inne, als er jetzt auf die leichenblasse Hilde sah, die ihn mit großen Augen anstarrte. Wie ein Reh, mußte er denken, das im Schnee liegt und erfriert. Leise sagte er:

»Ich glaube, ich habe Ihnen zuviel zugemutet. Es ist besser, wir gehen.«

Er bezahlte die Zeche und führte Hilde hinaus in

die frische kalte Schneeluft. Ein Stück noch begleitete er sie, ehe er sich verabschiedete.

Als sie zu Hause in die Diele trat, kam Frau Lancke ihr entgegen und flüsterte:

»Ein Mädchen war da: Erna Vollmer. BdM-Führerin. Sie behauptet, sie sei deine Freundin.«

Hilde nickte.

»Wir waren zusammen auf der Penne. Saßen nebeneinander im Lyzeum und schrieben die französischen Klassenarbeiten ab. Aber ich habe sie schon sehr lange nicht mehr gesehen.«

Damit trat sie in das Herrenzimmer, das nach stillem Übereinkommen als Empfangszimmer diente.

Erna Vollmer erhob sich und streckte Hilde lächelnd die Hand hin. Sie war groß und stramm, mit gut entwickelten Brüsten, breiten Hüften und einem gesund geröteten Gesicht, etwas zu dick in den Beinen, aber sonst in der ganzen Anlage ein ›arisches‹ Mädchen aus den Träumen des Führers. Sie hatte ihre BdM-Uniform an und die Haare streng nach hinten gekämmt.

Hilde blieb erstaunt stehen.

»Wie siehst du denn aus?« fragte sie und betrachtete das lebensfrische Gesicht und die stramme Figur. »Du warst doch immer die Schwächste in der Klasse... aber jetzt?«

Stolz reckte Erna ihren Busen nach oben.

»Das macht das frische Wetter, Sport, Bewegung und... ein bißchen Liebe.«

»O je, dann müßte ich die dickste Frau der Welt werden – denn ich bin schrecklich verliebt.«

»Ich weiß, ich weiß, ich hörte es bereits auf der Universität«, lächelte Erna und sah dabei auf einmal schrecklich dumm und einfältig aus. »Du bist verlobt mit dem berühmten Wüllner. Ein toller Fang. Wie hast du das bloß gemacht? Du warst ja sonst immer so scheu... aber hier muß es doch verdammt viel Raffinesse gekostet haben. Na ja, ich sage immer: Fünf Minuten stillhalten und man hat ein ganzes Leben gewonnen.«

Wie ein Wasserfall kamen die Worte. Hilde war auf einmal ernüchtert von dem Wiedersehen, ja, sie wünschte sich, es hätte gar nicht stattgefunden.

Still sagte sie:

»Laß uns von etwas anderem reden... Das verstehst du doch nicht.«

Aber Erna war nicht zu bremsen; sie glühte vor Interesse.

»Du«, bohrte sie, »seid ihr zum Tiergarten gewandert oder an den Wannsee? Oder warst du bei ihm oben? Ach, das möchte ich gesehen haben, du hattest ja gar keine Ahnung. Hat es sehr weh getan? Bei mir hat Fritz gesagt, ich sei so gut gebaut, daß alles von allein ginge. Fritz ist SS-Mann, weißt du, und jetzt in Prag auf der Schule; er wird Offizier. Ein toller Kerl, sag' ich dir – fast so toll wie dein Wüllner. Hat deiner übrigens auch solchen Durst? Fritz hatte immer einen schrecklichen

Brand, wenn er mit mir zusammen war, überhaupt wenn er etwas getan hatte. Er konnte dann Fässer leeren. Ob das mit der Speicheldrüse zusammenhängt...?«

Erna mußte tief Luft holen. Hilde hatte sich in den Sessel fallen lassen und die ganze Flut der Worte über sich ergehen lassen. Als jetzt Frau Lancke mit einer Kanne Ersatzkaffee hereintrat, wäre ihr Hilde am liebsten um den Hals gefallen, denn Erna machte gezwungenermaßen eine Pause, und dann konnte Hilde das Gespräch auf ein anderes Thema lenken:

»Bist du schon lange in Berlin? Du warst doch zuletzt in München auf der Kunstakademie?«

»Ich bin vom BdM versetzt worden. Ich soll einen Jungmädelring in Berlin übernehmen. Da ich zufällig einen alten Freund an der Uni traf, erfuhr ich deine Eroberung und deine Adresse und segelte sofort zu dir. Ich will dich nämlich mitnehmen.«

»Ach, und wohin? Etwa zu deinem SS-Fritzen? Da geh nur allein hin.«

Hilde goß Kaffee ein, denn Frau Lancke war gleich wieder hinausgegangen.

»Alte Schraube!« meinte Erna, nachdem sie einen mißbilligenden Blick der Haushälterin aufgefangen hatte. »Gönnt der Jugend keinen Pflaumenbaum! Aber du sollst auch gar nicht zur SS, ich habe etwas viel Feineres und Selteneres für dich: Ich bin eingeladen nach Karinhall, zu Göring, eine ganz große Ausnahme – und ich darf eine Begleitperson mitbringen. Da dachte ich an dich.«

»Nach Karinhall?« Hilde sah sinnend vor sich hin. Das war schon immer ihr Wunsch gewesen, einen Blick in Hermann Görings Märchenschloß zu werfen, dieses sogenannte Jagdhaus, und Göring einmal privat zu erleben, nicht immer nur als Reichsmarschall. Man hatte ja auch schon viel von den schönen großen Wäldern rings um Karinhall gelesen und gehört, von dem Wisent- und Büffelhof, den Elchen, den Mardern, Bibern und Fasanen... und nun bot sich eine einmalige Gelegenheit, dies tatsächlich zu besichtigen. Auch Heinz würde sich darüber freuen und ihren Bericht mit Spannung lesen.

So sagte Hilde nach einer Viertelstunde, in der das Gespräch wieder auf das für Erna so beliebte Thema: ›Wie betört man Männer‹ zurückkehrte, zu. Und sie versprach, sich ganz schick zu machen, da, wie Erna betonte, eine Menge Offiziere anwesend seien, die etwas von Frauen verstünden und von denen man noch einige Kniffe lernen könnte. Dann verabschiedete sie sich und wippte ihren Busen zur Reichsjugendführung, wo ein Gebietsführer auf sie wartete, der sich erstaunlicherweise in sie verknallt hatte.

Hilde kotzte das Ganze an, aber sie tat doch, was sie versprochen hatte. Sie zog ihr bestes Kleid an, puderte und schminkte sich diskret, tröpfelte etwas Eau de Cologne in die blonden Locken und fuhr mit der S-Bahn zu Ernas Wohnung in der Nähe der Reichsjugendführung.

An dem, was an diesem Nachmittag in Karinhall geschah, war Frau Lancke hinterher wahnsinnig interessiert, aber Hilde erzählte nur, daß gar keine netten Offiziere zu Gast waren, sondern nur diplomatische Vertreter und andere hohe Herren, und daß es Bohnenkaffee gab mit echter Schlagsahne. Alles andere verschwieg sie, schrieb es jedoch nachts in ihr heimliches Tagebuch, das sie seit der Quarta des Lyzeums gewissenhaft führte. Es war unterdessen angewachsen auf drei schöne dicke Kladden. Auch heute kamen einige Seiten hinzu.

Dann schrieb sie den Bericht nochmals säuberlich ab und steckte ihn in ein Kuvert für Heinz Wüllner, das sie in die Schublade des Schreibtisches legte. In dem Tagebuch stand:

Samstag, den 20. Febr. 1944

Empfang bei Hermann Göring in Karinhall. Was soll ich über dieses Fest berichten? Die Eindrücke stürmten so auf mich ein, daß ich nicht weiß, wo ich anfangen soll. Zuerst der Empfang. Göring kam uns entgegen in seiner Jägeruniform, war sehr freundlich, tat sehr väterlich, hakte uns ein und stolzierte so in die Halle. Da erst merkte ich, warum er es tat: Wir wurden von allen Seiten fotografiert. Wenn sich ein Mann wie Göring mit jungen Mädchen zeigte, so ist das immer eine gute Propaganda.

Dann begrüßte uns Frau Göring, die trotz des Winters ganz in Weiß ging und die kleine Edda an der Hand führte. Sie tat sehr geziert, aber betont freundlich, weil auch in der Halle einige Pressefotografen standen und die kleine Edda, die sich wie eine Filmdiva drehte, von allen Seiten, von oben und von unten knipsten.

Ich verbeugte mich leicht und begrüßte Frau Göring mit ›gnädige Frau‹. Da wurde sie auf einmal sehr kühl und ließ mich stehen. Erstaunt sah ich mich nach Erna um, die im Hintergrund mit einem Botschafter flirtete; da faßte mich ein sympathischer älterer Herr am Arm und flüsterte mir zu:

»Sie haben sich mit der ›Gnädigen Frau‹ alle Chancen verpatzt. Frau Göring möchte – das ist ihr Ehrgeiz – als einzige Frau Deutschlands ›*Hohe Frau*‹ genannt werden.«

»Hohe Frau?« fragte ich erstaunt. »Mit welcher Berechtigung?«

»Mit der gleichen, mit der Nero Rom niederbrannte.«

Da wußte ich, welche Luft hier wehte und daß der Größenwahn hier seine Heimat hatte. Im Gespräch mit dem freundlichen Herrn erfuhr ich dann noch mehr. Die *Hohe Frau* hatte einst den Wunsch, eine neue Toilette zum Ball zu bestellen. Sie fuhr also nach Berlin zu ihrem Atelier und wollte sich ein neues Kleid aussuchen. Da merkte sie, daß es kalt im Atelier war.

»Warum heizt ihr nicht, Kinder?« fragte sie und zog ihren Pelz wieder an.

»Es ist Kohlenknappheit, Hohe Frau«, antwortete die Inhaberin, »wir haben nichts mehr zum Brennen.«

»Und da soll ich das Kleid anprobieren?« entrüstete sich Frau Göring. »Das muten Sie mir zu? Soll ich eine Lungenentzündung bekommen? Schikken Sie mir die Auswahlen hinaus nach Karinhall.«

»So kühl ist es nicht, Hohe Frau«, wagte die Inhaberin zu widersprechen. »Meine Mädchen nähen in dieser Kühle zwölf Stunden und dürfen nicht frieren. Ich kann auch keine Mädchen auf zwei Tage entbehren.«

Frau Göring tat sehr beleidigt, stellte die Ministergattin heraus und befahl, daß die Kleider nach Karinhall gebracht würden.

So mußten eine Direktrice und zwei Mädchen alles mit schweren Koffern nach Karinhall schleppen, weil es der *Hohen Frau* zu kühl war, ein Kleid anzuprobieren, wo 25 Mädchen 12 Stunden still an einem Platz saßen und nähten.

Soweit diese Geschichte, die typisch ist für das Verhältnis der Nazigrößen zum Volk und das Gerede von der ›Volksgemeinschaft‹ und der angeblichen Verbundenheit unserer Regierenden zum ›Arbeiter der Faust‹ Lügen straft.

Die größte Überraschung in Karinhall kam nach dem Essen. Göring ›geleitete‹ uns persönlich zu seinen Büffeln und Elchen, zeigte einige Biber, die äußerst schwer waren, und führte uns dann zu einem großen Pavillon. Dieser Pavillon bestand aus einem Damenzimmer, einem Gesellschaftsraum und einem Boudoir mit eingebauten Spiegeln.

»Hier gibt Edda ihre Kinderfeste«, sagte Göring mit sichtbarem Stolz und schmunzelte. Die Herren lobten die väterliche Fürsorge des Ministers. Aber bedachten die Herren in diesem Augenblick, daß zur gleichen Zeit in Berlin und im Rheinland, in ganz Deutschland, Millionen Deutsche – Frauen, Greise und Kinder, werdende Mütter und gichtige, kranke, halbverhungerte Männer – hilflos auf der Straße standen, in der Gosse kampierten? Daß täglich und nächtlich viele Tausende aus ihren Wohnungen gebombt wurden, alles Hab und Gut verloren, vielleicht auch Gesundheit und Leben! Da gab es kein Mädchen von kaum sechs Jahren, das einen großen Pavillon hatte, Kinderfeste gab, zur persönlichen Bedienung über eine Dienerschaft von drei Mann und zwei Zofen verfügte.

Göring führte uns zurück nach Karinhall und trat in ein verdunkeltes Zimmer, dessen Hintergrund mit einem Vorhang verhängt war. Auf diesen Vorhang richtete er mehrere Scheinwerfer, so daß das Zimmer im Dunkeln, der Vorhang aber in blendendweißem Licht lag. Dann zog er den Vorhang beiseite. Wir staunten. Ein wundervolles Bild bot sich uns: Eine überlebensgroße Madonna saß auf einem goldenen Stuhl inmitten von Rosen, auf dem Arm das Jesuskind, und schaute träumerisch in die Ferne.

»Ein wundervolles Gemälde«, rief es von allen Seiten. Auch ich war von der Wirkung tief ergriffen.

Da wippte Göring stolz auf den Zehenspitzen und sagte mit seiner hellen, etwas fetten Stimme: »Blicken Sie bitte genauer hin, meine lieben Gäste. Kommt Ihnen nichts bekannt vor?«

Wir sahen genauer hin.

Waren es anfangs das Motiv und die Farbgestaltung gewesen, die uns in den Bann gezogen hatten, so erschreckte uns jetzt eine Entdeckung, die so unglaublich war, daß wir regelrecht zu Eis erstarrten: Die Madonna trug die Gesichtszüge der *Hohen Frau*, und das Jesuskind war Edda!

Eine bleierne Stille lag plötzlich über dem Raum. Göring nahm sie als Ergriffenheit hin und Ehrung, er blähte sich förmlich auf. Mir schwindelte. Es war gut, daß die Herren das Zimmer verließen und von dem kredenzten Rotwein reichlich Gebrauch machten.

Bevor wir verabschiedet wurden, nahm Göring uns nochmals beiseite und führte uns in seine Bibliothek, wo er aus einem Safe große Kästen entnahm, innen ausgelegt mit blauem oder rotem oder grünem Samt. Die Kästen waren bis zum

Rand gefüllt mit Saphiren, Diamanten, Rubinen und Perlen. Göring kullerte einige Diamanten über den Tisch: ›Gemälde können verbrennen, Banken krachen, Aktien fallen – aber edle Steine behalten ihren Wert.‹ Woher er diese wertvollen Stücke hatte, das erzählte er nicht.

Zum Abschied führte er uns an einen großen Tisch, auf dem viele kleine Figuren standen; es waren Elfenbeinschnitzereien. Sie alle stellten offensichtlich Göring dar in seinen verschiedenen Uniformen: als Reichsjägermeister, als Reichsmarschall, als Ministerpräsident, als SA-Mann, als Fliegeroffizier mit dem Pour le mérite und was weiß ich, was er alles für Titel führt und welche Spezialorden und Spezialuniformen er besitzt. Wir durften uns eine Figur als Andenken aussuchen. Ich nahm mir Göring als Reichsjägermeister.

Dann öffneten sich die Tore von Karinhall und spien uns wieder aus. Ich war froh, dieser Burg des Wahnsinns entronnen zu sein. Mich überkam ein Schauder vor der Zukunft. Was wird passieren, fragte ich mich, wenn eines Tages vor aller Welt aufgedeckt wird, was in unserem Vaterland vor sich ging.

Wie wird vor allem das deutsche Volk selbst reagieren, wenn es irgendwann einmal die Wahrheit erfährt – dieses Volk, das bisher blind den Worten traute, die von oben in die Masse hineingeträufelt wurden. Nur die stumpfe Blindheit der Menge, der abgetötete Wille nach dem Hinterfragen, die gewaltsam erstickte Sehnsucht nach moralischer Rechtfertigung des eigenen Tuns machten es den Bonzen an der Spitze möglich, hundert Millionen Menschen zu täuschen. Bonzen, denen der Größenwahn aus der Visage starrte – aber nur wenige merkten es.

Es war wie immer in der Menschheitsgeschichte: Macht verführte zum Wahnsinn. Wer früher Maurer war und heute Regierungschef, dem mußte der Hut nicht mehr passen, den er vor 20 Jahren trug. Wer früher als Jesuit durchs Leben geisterte und heute als Propagandaminister fungierte, wer einst für Sektfirmen reiste und heute das Außenministerium führte, oder wer gar vom kleinen Landwirt zum Gewaltigen der SS, der Gestapo und zum Henker einer Kultur befördert wurde, der mußte über kurz oder lang in den Wahn verfallen, er sei selbst ein Auserwählter, ein politischer Messias.

Trotz aller Erklärungsversuche blieb es dennoch ein Rätsel, wieso ein Kulturvolk wie das deutsche dies alles ertrug. Warum diese Blindheit? Sah es nicht den Abgrund? Spürte es nicht, daß sie zu Sklaven geworden waren – Nullen, nur Nullen. Deutschland ein Land der geistig Blinden und seelisch Tauben. Ein Reich, ein Führer und hundert Millionen Nullen, das Ende einer zweitausendjährigen Kulturentwicklung.

Man müßte unentwegt heulen, wenn man überhaupt noch weinen könnte...

Als Hilde Brandes wenige Tage später ihre Tagebuchblätter noch einmal durchlas, stellte sie mit Verwunderung fest, daß sie ganz im Stil von Heinz Wüllner geschrieben hatte. So, als habe er hinter ihr gestanden und den Text Satz für Satz diktiert. Die ganze Auffassung, das Fazit ihrer Gedanken, der wache Blick für die Hintergründe, das Entsetzen über die Geschehnisse – das alles sah so sehr nach Heinz aus, daß Hilde sich fragte, ob sie schon so völlig eins mit ihm geworden war, daß sie seine Gedanken dachte und seine Empfindungen in sich trug.

Am Abend dieses Tages brachte die Nachmittagspost etwas verspätet – die Briefträgerin wohnte nebenan möbliert und belieferte die Straße deshalb immer erst nach Dienstschluß – zwei Briefe zu Hilde. Der eine trug die Aufschrift ›Feldpost‹ und war von Wüllners Hand geschrieben, der andere sah nüchtern und steif aus, trug die Schrift: ›Frei durch Ablösung Reich‹ – und kam vom Arbeitsamt.

Hilde riß zuerst den letzten Brief auf, denn ihr Herz klopfte schneller vor Aufregung und der bangen Frage: Was will das Arbeitsamt? Das konnte doch nichts Gutes bedeuten.

Ja, da stand es: Man könne jetzt im totalen Krieg nicht mehr dulden, daß ein Mädchen Psychologie studiere, da der Arbeitseinsatz die Erfassung aller Kräfte anstrebe. Man müsse sie deshalb mit den anderen Kolleginnen dienstverpflichten. Sie solle sich am Freitag bei den Bartel-Eisenwerken melden zwecks Einstellung als Betriebsassistentin. Zuvor müsse sie zum Vertrauensarzt des Arbeitsamtes kommen, Abtl. Gesundheitsdienst. Heil Hitler! Unterschrift!

Hilde legte den Brief mit einem wütenden »Pah« beiseite und nahm vom Schreibtisch Wüllners den Elfenbeinbrieföffner. Behutsam, geradezu feierlich, öffnete sie das zweite Kuvert und zog den Brief des Geliebten heraus. Es war ein eng mit Schreibmaschine beschriebener Bogen. Hilde setzte sich in den großen Sessel in der Ecke, knipste die Lampe an und las.

Was Heinz schrieb, las sie wieder und wieder, sie spürte deutlich die kleinen, versteckten Vorwürfe zwischen den Zeilen, daß sie so wenig von sich hören lasse. Aber sie fühlte auch voller Glück die Sehnsucht nach ihren Worten und die Angst, ihr könne etwas geschehen sein. Er erzählte kurz von seinem Leben, erklärte in seiner anschaulichen Art die Gegend und malte ein Bild des Balkans. Seine Beschreibung war so einfühlsam und treffend, daß sie, wenn sie die Augen schloß, die Felsenschluchten fast greifbar vor sich sah.

Auch in der Nacht stand sie noch zweimal auf, um den Brief zu lesen, obwohl sie ihn inzwischen fast auswendig kannte.

Am nächsten Tag fuhr sie erst zum Vertrauensarzt und dann in das Kontor des kaufmännischen Direktors der Bartel-Eisenwerke AG.

Dieser Direktor, ein Mann mit dem goldenen Parteiabzeichen, empfing sie mit übertriebener Höflichkeit, tastete mit seinen Blicken ihre Figur etwas zu deutlich ab und meinte, sie könne direkt anfangen. Als Psychologin sei sie ja Seelenkennerin, so etwas könne er gebrauchen, erklärte er; er wolle auch einmal seine Seele vor ihr ausbreiten und dergleichen Unsinn und fade Sprüche mehr. Er stellte sie ein als Assistentin der Werbeabteilung.

Hatte Hilde jedoch geglaubt, eine Arbeit zu erhalten, die dem totalen Krieg nützlich sei und eine Unterbrechung des Studiums rechtfertigte, so wurde sie bald eines anderen belehrt. Ihre vordringliche Aufgabe bestand darin, die fertigen Plakatentwürfe und Versandpackungen auf ein bestimmtes Maß zurechtzuschneiden, ja, oft brauchte sie nur die Striche und Bleistiftlinien der Tuschschriften auszuradieren und die Plakate von Klecksen oder Fehlern zu säubern.

Hilde war empört. Da verbot man ihr das Studium eines totalen Kriegseinsatzes wegen, der aus Papierschneiden und Radieren bestand. Ja, man drohte ihr im Verpflichtungsvertrag mit Gefängnisstrafen, wenn sie die ihr übertragene ›kriegswichtige Arbeit‹ auch nur einen Tag unentschuldigt versäume.

So radierte sie, schnitt, radierte, schnitt und staunte über ihre Mitmenschen, die jeden Morgen im Büro die Morgenzeitung lasen, ihre Meinungen austauschten und offensichtlich nach wie vor glaubten, Deutschland werde den Krieg gewinnen... weil es die Zeitung schrieb!

Eines Tages ließ der junge Direktor mit dem goldenen Parteiabzeichen sie in sein Büro rufen, hieß sie Platz nehmen, setzte sich neben sie und entkorkte eine Flasche Kognak.

Man wolle eine Beförderung begießen, meinte er. Es sei ihm gelungen, sie aus dem sturen Betrieb der Werbeabteilung herauszunehmen und sie als seine Privatassistentin umzubuchen.

»Was ist meine neue Aufgabe?« fragte Hilde mißtrauisch, denn das Benehmen dieses eingebildeten Mannes mit den schwarzen Pomadehaaren gefiel ihr gar nicht.

»Ihre Aufgabe?« Er lachte. »Zuerst einmal trinken. Dann werden wir uns weiter unterhalten. Ich habe Sie die ganze Zeit im Betrieb beobachtet; Sie sind ein tüchtiges Mädchen, immer zurückhaltend, immer still... und dabei diese Figur! Haben Sie keinen Freund?«

»Ich bin verlobt!«

»Ach? Der Herr ist im Feld?«

»Ja. Als Kriegsberichter!«

»Interessant! – Wie lange schon?«

»Es sind jetzt über drei Monate seit seinem letzten Urlaub. Er ist Oberleutnant.«

»Hm. Ein Vierteljahr.« Er nippte so genießerisch an seinem Glas, daß die fleischige Unterlippe sich am Rande festsaugte. »Er kann stolz sein, daß Sie ihm treu sind. Ihnen müssen die Männer doch nachlaufen. Bei diesem Gesicht, dieser Figur... oder tun Sie nur so, als ob Sie treu wären?«

Hilde stand empört auf.

»Wir wollten geschäftliche Dinge besprechen, Herr Direktor.«

»Gemach, gemach... wer wird gleich beleidigt sein! Bedenken Sie – wir sind ein sozialer Betrieb. Uns interessiert das häusliche Leben unserer Betriebsgemeinschaft.« Dabei ergriff er ihre Hand und wollte Hilde in den Sessel ziehen.

Sie entzog ihm brüsk die Hand und wollte zur Tür. Da sprang der Mann auf, riegelte die Tür ab und stand lächelnd davor.

»Machen Sie sofort die Tür auf und geben Sie den Weg frei!« rief sie wütend und schüttelte die Locken in den Nacken.

»Süß!« meinte das goldene Parteiabzeichen. »Und wenn ich es nicht tue?«

»Dann schreie ich!«

»Die Tür und die Wände sind gepolstert, das hört niemand.«

»Was wollen Sie von mir?«

»Dich!«

Frech, geil, brünstig kam dieses *Dich* von seinen Lippen. Seine Augen wurden starr und glasig. Hilde wich zurück zum Schreibtisch und versuchte, auf einen der Signalknöpfe zu drücken. Da stand der Direktor mit einem Satz neben ihr und bog ihren Leib zurück. Wild trat Hilde um sich, bekam eine Hand frei und schlug mitten in das lüsterne Gesicht, mitten auf die Nase, so daß Blut auf die weiße Hemdbrust des goldenen Parteiabzeichens tropfte. Dann sprang sie, während er zurücktaumelte, zur Tür, riß den Riegel auf und stürmte durch das Sekretariat aus dem Haus.

Von diesem Tage an kam Hilde nicht mehr in die Bartel-Werke, trotz aller Mahnungen und Strafandrohungen wegen Sabotage und Arbeitsverweigerung.

Die Folgen zeigten sich in einer Woche.

Hilde Brandes bekam eine Ladung zum Sondergericht wegen Arbeitsverweigerung, Mißhandlung des Direktors, tätlicher Beleidigung und antinationaler Aufhetzung der Kollegen.

Obwohl sie sich denken konnte, wie gefährlich die ganze Angelegenheit war in einer Zeit, in der schon ein falsches Wort zu einem Todesurteil führen konnte, ging sie erstaunlich gefaßt zum festgesetzten Termin, ließ alle Anklagen über sich ergehen, sagte dann mit einer festen und klaren Stimme, die nicht ohne Eindruck blieb, wie der Fall in Wirklichkeit sei, wie man sie notzüchtigen wollte und sie sich in Notwehr verteidigt habe.

Das Gericht sah es dennoch nicht ein. So etwas käme im nationalsozialistischen Reich nicht vor. Der Betrieb sei ein Musterbetrieb und habe von Dr. Ley die goldene Fahne bekommen. Der Direktor sei bekannt als ein guter, ordentlicher und pflichtbewußter Bürger, als ein hervorragender

Nationalsozialist, was sein goldenes Parteiabzeichen beweise. Schon darum sei es eine Anmaßung, solche Lügen vorzubringen. Sie gehöre in ein Konzentrationslager, weil sie die Arbeiter verhetze. Ihre Aussagen seien Landesverrat und Sabotage.

Hilde Brandes vermochte diese Anklagen nicht zu entkräften. Was sie auch vorbrachte – es wurde nicht beachtet.

Da trat plötzlich eine Wendung ein.

Der Name Wüllner fiel in der Runde.

Erstaunt sah der Vorsitzende auf.

»Der Wüllner vom Europaruf?«

»Ja, er ist mein Verlobter.«

Der Vorsitzende sah zu dem goldenen Parteiabzeichen hinüber und zuckte leise mit den Achseln. Dann fragte er: »Weiß Ihr Verlobter von dem Prozeß?«

»Nein, aber ich werde ihm genau berichten!« sagte Hilde hart und fühlte, daß sie gewonnen hatte.

So war es. Hilde wurde freigesprochen ›mangels Beweises‹, mußte unterschreiben, an den Betrieb keine Forderungen zu stellen und über alle Vorkommnisse zu schweigen. Im übrigen solle sie zu ihrem Studium zurückkehren – ihre Verpflichtung sei ein Irrtum gewesen, man wolle das Arbeitsamt dergestalt benachrichtigen. Heil Hitler! Unterschrift!

So wurde Hilde mit der nationalsozialistischen

Justiz, mit der Rechtsprechung eines Volksstaates bekannt. Und wieder war es ihr, als würde dieser ganze Bau völlig zerfressen hin und her wanken und nur eines leisen Anstoßes bedürfen, um zu stürzen.

Das goldene Parteiabzeichen aber engagierte sich eine neue Assistentin, die willfähriger war und nebenbei dem BdM Glaube und Schönheit angehörte. Er nahm ihr schnell die Schönheit, weil der Glaube, wie er sagte, für ein Mädchen wichtiger sei.

Er war froh, dieser Wüllner-Hexe entkommen zu sein.

Und außerdem hatte das neue Mädchen einen größeren Busen – er war sehr mit sich zufrieden.

In dieser Nacht nach dem Gerichtsentscheid hatte Hilde einen merkwürdigen Traum. Sie sah die Felsen des Balkans und unter den Felsen eine ziehende deutsche Truppe. Sie selbst schwebte wie ein Engel über allem und sah inmitten der Kolonnen Heinz Wüllner gehen. Blaß sah er aus, verhungert und schmutzig. Da neigte sich auf einmal der Felsen über den Soldaten, bröckelte, Steine rollten in die Schlucht... »Heinz!« schrie sie... »Heinz, Vorsicht!« – Da rollte mit dumpfem Knirschen die Felswand ins Tal, zermalmte die Kolonnen und senkte sich in ihrer ganzen Breite zur Seite, schwer, langsam und grollend... Heinz Wüller aber hob die Arme flehend zum Himmel, rief noch ein Wort – da hatte ihn der Felsen unter sich begraben.

»Heinz...«, schrie sie da auf, »...Heinz... Heinz...«, laut, gellend und schrill, »...Heinz... Heinz... Heinz!!«

Entsetzt fuhr sie aus den Kissen hoch, erwacht von der eigenen Stimme...

In der gleichen Nacht, um die gleiche Stunde, trugen vier Soldaten in einer Zeltbahn einen verwundeten Oberleutnant aus dem Feuer der Schlacht, während die Felsen bebten und die Steine jaulten vom Einschlag der Granaten... Es war Kriegsberichter Heinz Wüllner...

8

Im Reserve-Lazarett III zu Belgrad saß fünf Wochen später ein großer, schmächtiger Mann vor dem Chefarzt und hielt seine Entlassungspapiere in der Hand. Die ergrauten Haare flatterten im Zugwind der offenen Fenster und legten sich um das schmale, angegriffene Gesicht.

Der Chefarzt blickte ihm freundlich in die Augen und putzte dabei seine Goldbrille.

»Tja, nun ist es soweit, lieber Wüllner. Den Kratzer auf der Brust hätten wir glücklich zu und kv. sind Sie auch wieder, wenn Sie auch an die fünfzehn Pfund abgenommen haben – was tut's, das holen Sie bald wieder auf. Als Kriegsberichter hat man ja ein gutes Leben.«

Heinz Wüllner vermied es, eine andere Ansicht zu äußern und nickte nur.

»Aber da ist gestern ein Schreiben aus Berlin eingelaufen. Sie sollen im Besitz einer sensationellen Funkaufnahme sein und sie persönlich in Berlin abliefern. Ich gebe Ihnen sechs Tage Sonderurlaub, um Ihre Sache in Berlin zu regeln.«

»Darf ich wissen, von wem dieser Brief kommt?«

»Vom Propagandaministerium.«

»Und wer unterschrieb ihn?«

Der Oberstabsarzt nahm ein Schreiben aus der Mappe und sah nach.

»Die Schrift ist unleserlich. Es sieht aus wie Eber oder Ewers oder...«

»Dr. Elbers. Ministerialrat Dr. Elbers. Der Leiter der Frontpropaganda.«

»Dr. Elbers? Der hat doch gestern im Rundfunk gesprochen. Von wegen Sieg und so weiter. Na, dann fahren Sie man nach Berlin und grüßen Sie mir das Brandenburger Tor. Da habe ich als Junge immer darunter gestanden, wenn die Wachtparade um zwölf Uhr vorbeimarschierte.«

Der Chefarzt drückte Wüllner die Hand, klopfte ihm auf die Schulter und schob ihn dann aus seinem Zimmer.

Da stand er nun, der Kriegsberichter Heinz Wüllner, aus dem Lazarett kv. entlassen, mit sechs Tagen Sonderurlaub nach Berlin und der Ungewißheit darüber, warum er diesen Urlaub erhalten hatte. Die Tonaufnahme konnte er ebenso mit der Kurierpost schicken, wie die anderen Aufnahmen auch. Daß Dr. Elbers den Antrag stellte, war ihm ein Rätsel. Doch was sollte er weiter darüber nachdenken – die Hauptsache, er kam ein paar Tage von hier weg.

In Belgrad setzte er sich in das Kurierflugzeug nach Berlin, landete am nächsten Morgen in Tempelhof bei hellem Sonnenschein und fuhr zum Propagandaministerium in der Wilhelmstraße.

Ministerialrat Dr. Elbers empfing ihn mit einem herzlichen Händedruck.

»Sie haben sich sicher gewundert über den unerwarteten Sonderurlaub«, sagte er. »Als ich von Ihrem Lazarettaufenthalt erfuhr, sah ich eine Chance für ein Gespräch unter vier Augen – abgesehen davon, daß Ihnen dies Gelegenheit gibt, Ihre Verlobte wiederzusehen. Also … na ja, vielleicht ist das unser letztes Treffen. Ich werde nämlich überwacht. Von der Gestapo.«

Wüllner glaubte nicht recht gehört zu haben.

»Sie stehen unter Überwachung? Ja, warum denn?«

»Wegen meiner Röhm-Geschichte. Man vermutet, ich unterhalte geheime Verbindungen mit den Verschwörern und vor allem mit den Brüdern Strasser.«

»Und? Wie ist die Wahrheit?«

»Mit Röhm – das stimmt. Da hing ich mit dazwischen und konnte mich im letzten Augenblick retten. Mit Strasser verband mich tiefe Freundschaft, als er noch zu den Vertrauten Hitlers zählte. Ab und zu schrieben wir uns auch über ein Postamt in der Schweiz und postlagernd nach Basel. Aber ich versichere, daß es nur eine rein freundschaftliche Korrespondenz war, wenn auch Strasser ab und zu seine Pläne andeutete und vieles voraussah, was heute eingetroffen ist. Ich frage mich nur, *wie* man das bei Himmler herausbekommen hat.«

»Spionage gegen das eigene Volk«, entgegnete

Heinz Wüllner. »Es sollte mich nicht wundern, wenn man Sie eines Tages in Dachau wiedertrifft. Ist es schon soweit, daß man Sie überwacht, so kann ich Ihnen nur einen Rat geben: Kehren Sie zurück zu Karl May und von mir aus auch zu Edgar Wallace und kleben Sie sich einen falschen Bart an, setzen Sie sich eine Brille auf und retirieren Sie in die Schweiz oder nach Schweden.«

Dr. Elbers sah Wüllner zweifelnd an.

»Aber wenn ich flüchte, wird man das als ein Schuldbekenntnis auffassen. Man wird meine Auslieferung erwirken, und dann rettet mich nichts mehr vor dem Strang.«

»Mein Gott, sind Sie umständlich, Dr. Elbers.« Heinz Wüllner schüttelte den Kopf. »Kennen Sie unsere Regierung so wenig? Ob Sie flüchten oder bleiben – schuldig sind Sie in jedem Fall. Man wird Sie auf der Folter strecken, bis Sie alles zugeben, auch wenn es eine Lüge sein sollte. Dabei sind Sie nach dem Gesetz unseres Staates wirklich schuldig. Ein Verkehr mit Freunden, die nicht oder nicht mehr die Freunde des Staatsoberhauptes sind, ist eben in Deutschland heutzutage ein Todesurteil. Wenn Sie flüchten, dürfen Sie natürlich nicht als Dr. Elbers, Ministerialrat im Propagandaministerium auftreten – sondern als Albert Meyer, Beruf Kuhhirt oder Bankangestellter. Falsche Pässe gibt es in Berlin genug – man darf sich nur nicht scheuen, in den dunklen Vierteln der Stadt unterzutauchen. Und dann ab in die Schweiz.«

»Um nie wieder zurück zu können!«

»Liegt Ihnen soviel an Deutschland?«

»Es ist meine Heimat!«

»Meine auch! Aber glauben Sie mir – diese Regierung hält sich nicht mehr lange! Mit ihrem Sturz beginnt unser neues Leben!«

»Wer garantiert mir dafür?«

»Keiner! Aber wir können den Verfall doch sehen!«

»Und wenn sich alles wieder klärt? Dann sitze ich auf ewig in der Verbannung und kann meine Heimat nicht mehr sehen.«

Wüllner wurde ungeduldig und hieb mit der Faust auf den Tisch.

»Mein Gott, werden Sie nicht sentimental, Dr. Elbers. Was ist Ihnen denn lieber: daß Sie in Ihrer Heimat noch einmal den Frühling blühen sehen und danach in einer netten Chlorkalkgrube liegen – oder daß Sie heute abbrausen und noch ein Leben vor sich haben, das sich zum Besten wenden kann... wenn das Schicksal gnädig ist.«

»Ich habe einen Eid geleistet!«

»Heute wird jeder Straßenkehrer vereidigt!«

»Ich trage eine Verantwortung.«

»Verantwortungslosen gegenüber!«

»Auch Sie stehen unter Überwachung, weil Sie mein Freund sind. Das darf ich doch sagen?«

Für Wüllner kam diese Mitteilung, daß er überwacht werde, nicht überraschend; er hatte so etwas bereits vermutet. Er sagte: »Wenn meine Überwacher mit mir an der Front im Dreck liegen, so sind es Kameraden, denn sie bluten mit. Was hier in Berlin geschieht... lieber Dr. Elbers, das ist mir so gleichgültig wie die Liebschaften unserer Chefs.«

»Und wenn man Sie verhaftet?«

»Man wird mich auch wieder freilassen. Ich stehe weder zu Röhm noch zu Strasser.«

»Aber zu mir!«

»Sie sind mein nächster Chef.«

Dr. Elbers wiegte seinen Kopf besorgt hin und her.

»Wüllner, Wüllner, Ihre Unbekümmertheit, Ihre Frechheit und Ihre Offenheit werden Ihnen noch einmal den Hals brechen. Ich warne Sie. Ich kenne unsere nationalsozialistische Musterorganisation zu genau. Darum möchte ich auch nicht in die Schweiz, weil sie zuviel Agenten dort haben, die mich eines Tages doch vergiften oder erschießen werden. Himmler hat einen langen Arm. Auch Sie wird er einst überraschen.«

Wüllner lächelte nur, aber dieses Lächeln war wie gefroren. Es konnte heißen: Armer Tor! Oder auch: Ich bin bereit! Laut sagte er:

»Bis dahin ist der Krieg verloren, oder ich bin gefallen. Und sollte tatsächlich vorher etwas passieren, dann werden das einige Herren bitter bereuen – dann reiße ich möglichst viele dieser Bonzen mit... Auf jeden Fall danke ich Ihnen für Ihre Warnung.«

Dr. Elbers sah sein Gegenüber ernst an:

»Darum ließ ich Sie nach Berlin rufen, nicht der Tonaufnahmen wegen. Schreiben konnte ich Ihnen nicht – auch die Post wird überwacht.«

Wüllner drückte ihm die Hand. »Ich glaube nicht, daß man mir gegenüber Gewalt anwendet, ohne wenigstens eine Handvoll Beweise zu haben… und diese wird man nie erhalten.«

»Was soll ich tun?« fragte Dr. Elbers unsicher.

»Da Sie nicht in das Ausland wollen… warten Sie ab, bis man Sie holt!«

»Dann jage ich mir eine Kugel durch den Kopf.«

Ganz langsam sagte es der Ministerialrat, als habe er schon die Pistole in der Hand. Mutlos klang es, weit ab von jeglicher Hoffnung. Stumpf und erschreckend mutlos kam Wüllner in diesem Augenblick dieser sonst so rege Mann vor. Wieder ein Opfer des Nationalsozialismus, dachte er. So gehen alle klugen Köpfe dahin, werden liquidiert ihrer anständigen Gesinnung wegen. Was übrigbleibt, sind die Bonzen, die aus nichts etwas wurden, die im Straßengraben schliefen und jetzt in Palästen regieren. Das nennt man anmaßend national und sozial und eine revolutionäre Idee, die die ganze Welt reformieren soll!

Dann jage ich mir eine Kugel durch den Kopf – das war die Parole dieses Staates.

Wüllner schüttelte den Kopf.

»Eine Kugel wäre ebensosehr ein Schuldbekenntnis wie eine Flucht. Es gibt für den einzelnen keine Flucht aus solch einem Unrechtstaat. Aber eines sage ich Ihnen, Dr. Elbers. Nero wurde gerichtet, die Medici versanken, Robespierre und Danton endeten auf dem Schafott, Napoleon starb in der Verbannung, Oliver Cromwell ging zugrunde durch das Beil... auch Adolf Hitler und seine Handlanger werden eines Tages für ihre Taten bezahlen müssen.«

»Dann leben wir längst nicht mehr!«

»Oder doch! Stürze sind schneller als Aufstiege.«

»Wir reden wie die Anarchisten!«

»Aber dieser Ton ist befreiend. Es gibt nur ein Vorwärts über Leichen, nicht mehr ein Rückwärts über Gehorchen und Ducken!«

Wüllner sagte es hart und bewußt. Dr. Elbers empfand in diesem Augenblick eine eisige Scheu vor diesem Mann. Was würde sein, wenn Wüllner an der Spitze stände, dachte er – es gäbe keine Höhen und Tiefen, es würde alles eine Ebene sein – alles klar und durchsichtig wie Glas, kalt und doch wieder schillernd wie bemalte Gläser und Fenster in tausendfältiger Form.

Heinz stand auf und zog seinen Uniformmantel wieder an. Während er das Koppel umschnallte mit der kleinen Pistole daran, sah er zu Elbers hinüber und hob drohend den Finger.

»Also machen Sie mir keine Dummheiten, Elbers. Behalten Sie den Kopf hoch und lassen Sie sich nicht entmutigen. Erst soll man Ihnen beweisen...

Das wird – wenn Sie vorsichtig waren – sehr schwer sein.«

»Ich will sehen, wie ich aus dieser Affäre herauskomme, lieber Wüllner. Geht es nicht anders, so muß ich einen Ausweg suchen, der mich in das einzige Land bringt, das für mich am günstigsten ist, weil ich dort bekannt bin und Verwandte habe: nach Portugal!«

»Und wie wollen Sie nach Lissabon?«

»Mit dem Flugzeug!«

»Woher bekommen Sie eine Maschine?«

»Wir haben gleichgesinnte Freunde auch im Luftfahrtministerium. Es könnte klappen.«

»Dann drücke ich Ihnen beide Daumen. Wie gesagt: Im Vierten Reich werde ich mich Ihnen wieder in Erinnerung bringen.«

Wüllner drückte dem Ministerialrat die Hand, sah ihm noch einmal tief in die Augen und sagte leise, aber fest:

»Elbers... nur Mut!«

»Den habe ich! – Nun hauen Sie ab zum Funkhaus! Und dann zu Ihrer Hilde!«

Damit schob er Wüllner aus der Tür und schloß sie hinter ihm mit einem lauten Ruck. Dann ging er in seinem Zimmer hin und her, setzte sich hinter den hohen Schreibtisch und zog die mittlere Lade auf. Aus ihr entnahm er einen kleinen Browning, nahm das Magazin heraus, zählte die acht Schüsse ab und legte die entladene Pistole spielerisch an seine Schläfe.

»Ein wenig kalt, dieser Stahl«, meinte er leise.

Er lud die Pistole wieder, schloß sie in den Schub und wanderte im Zimmer umher, von einer Wand zur anderen... hin und her wie eine Maschine. Es war ihm, als bringe ihn jeder Schritt dem Grabe näher.

Im Berliner Funkhaus bekam Wüllner die Aufforderung, für die Abendsendung einen Bericht vorzubereiten. Außerdem erhielt er eine Einladung des Sendedirektors zu einem kleinen Bummel am Abend. Nun schlenderte er erst einmal durch die Straßen der Reichshauptstadt, die jetzt, da der Schnee geschmolzen war und der Frühling sich bemerkbar machte, alle Wunden zeigte, die der erbarmungsloseste Krieg aller Zeiten in ihren einst glänzenden Leib geschlagen hatte. Aus den Trümmerhaufen von Stein und Holz, von verbogenen Eisenträgern und zerstörten Möbeln glaubte er das Wimmern und Schreien der Frauen und Kinder zu hören, die hier verschüttet worden waren.

So kam er auch über den nachmittäglich bewegten Kurfürstendamm, ging vorbei an Kranzler und Borchardt in jene Straße, wo Hilde ihre Atelierwohnung besaß.

Jetzt konnte er der Sehnsucht nach Hilde nicht mehr länger widerstehen und fuhr mit der U-Bahn bis Dahlem. Als er in der alten Baumallee vor dem hohen Sandsteinhaus stand, in dem er wohnte, kam auf einmal ein Gegenstand von oben geflattert, legte sich naß auf seine Mütze, schlang sich um seine Ohren und ließ einen dünnen Strahl Wasser in seinen Kragen laufen.

Wüllner griff nach oben, riß das merkwürdige Etwas herunter und sah, daß es ein Fensterleder war, das irgend jemandem aus der Hand gefallen sein mußte. Gerade wollte er den Lappen an den Zaun hängen, als eine helle, sehr vertraute Stimme ihn zurückhielt:

»Entschuldigen Sie, es geschah bestimmt nicht mit Absicht. Sind Sie mir sehr böse? Ich komme mir das Leder sofort holen.«

Dann hörte er ein Fenster klappen und wußte, daß Hilde über die Treppe zu ihm herabhüpfte. Einen Augenblick lang war er in Versuchung, das Leder einfach an den Zaun zu hängen und zu flüchten.

Hilde trat aus der Tür, lief auf den fremden Oberleutnant zu, der ihr den Rücken zukehrte, ging um ihn herum, stutzte und klammerte sich dann sprachlos an das Gitter des Vorgartens.

Wüllner, der seiner Verlegenheit mühsam Herr zu werden versuchte, streckte ihr die Hand hin.

»Bist du es wirklich?!!« rief sie.

Und dann stand sie mit einem Sprung neben ihm und jubelte und drehte sich vor Freude im Kreis und zog Wüllner zur Tür. Er nahm sie in die Arme und küßte ihre Augen.

»Nun ist alles wieder gut...«

»Du hast Urlaub?«

»Sonderurlaub. Ich spreche heute abend im Rundfunk, diesmal persönlich und in voller Lebensgröße.«

»Wie lange bleibst du in Berlin?«

»In Berlin nur bis heute...«

»Heinz!«

»...aber bei dir noch ganze fünf Tage!«

Er küßte sie wieder.

In diesem Augenblick trat Frau Lancke aus der Tür und sah Hilde in Umarmung mit einem fremden Offizier. Zuerst prallte sie zurück, aber als der Mann sich herumdrehte, riß sie den Mund auf, suchte Stütze an der glatten Hauswand und starrte Wüllner wie eine Erscheinung an. Dann schloß sie langsam den Mund, holte tief Luft und sagte nur:

»Sie?«

»Haben Sie etwas Gutes zum Kaffee?«

»Plätzchen, die Oma Bunitz gebacken hat«, stotterte die überrumpelte Frau Lancke.

»Oma Bunitz? Dann sind sie bestimmt gut.«

Heinz nahm Frau Lancke am Arm, umfaßte mit der Rechten Hilde und stieg mit den beiden die Treppe hinauf, wo man die zufällig zu Besuch gekommene Oma Bunitz aus der offenen Wohnungstür zählen hören konnte:

»Eins... zwei... drei... vier.« Pause. Dann ging es weiter: »Sieben, acht, neun, zehn... Bube... Dame... König... As...«

Wüllner blieb stehen.

»Was ist denn das?«

»Oma Bunitz legt Karten«, erklärte Hilde. »Sie sagt uns immer die Zukunft. Jede Woche einmal.«

»Bei einer Tasse Bohnenkaffee und Plätzchen. Wie in Romanen unserer Großmütter. Hat sie wenigstens meine Ankunft vorausgesehen?«

»Ja«, meinte Hilde, bevor Frau Lancke antworten konnte. »Vorige Woche sagte sie uns: Großer Schreck um die Nachmittagsstunde...«

Eng umschlungen traten sie ins Zimmer und begrüßten Oma Bunitz.

Dieser kurze Nachmittag wurde für jeden der Anwesenden ein Fest. Es war, als stünde die Zeit still, als sei alles weit entrückt, was man in diesem halben Jahr der Trennung erlebt und erlitten. So dachte niemand daran, auf die Uhr zu schauen, und es fiel auch nicht auf, daß draußen die Sonne langsam an den Horizont rückte und die Schatten länger wurden: der Abend kam...

Im Berliner Funkhaus erwartete man abends Viertel vor sieben Uhr den Kriegsberichter Heinz Wüllner. Die Aufnahmen des Zeitspiegels liefen schon, gleich begannen die Frontberichte.

Sendeleiter Wilhelm raufte sich die Haare.

»Typisch! Typisch! Wenn der Wüllner nicht in fünf Minuten erscheint, bekomme ich einen Gehirnschlag!«

Aber auch die fünf Minuten gingen vorüber. Der Senderaum war in einen Bienenschwarm verwandelt. Direktor Dr. Curtius schwitzte, Sendeleiter Wilhelm rang nach Luft, der Abendsprecher wurde heiser.

»Man müßte bei ihm anrufen, Wilhelm«, stöhnte Dr. Curtius. »Vielleicht ist er zu Hause und hat verschlafen!«

»Als ob wir das nicht schon längst getan hätten!« bellte Wilhelm. »Aber es geht niemand an den Apparat. Die verdammten Weiber!«

»Wieso Weiber?«

»Wenn bei Wüllner etwas nicht klappt, sind nur die Weiber schuld! Ich kenne das! Typische Prominentenkrankheit!«

»Acht Minuten vor sieben«, sagte tonlos der Abendsprecher. »Was soll ich sagen? Wegen technischer Schwierigkeiten...«

»Hören Sie auf!« brüllte Dr. Curtius. »Sie machen mich wahnsinnig! Wenn Goebbels am Apparat hängt, um Wüllner zu hören, und wir sagen: wegen technischer Schwierigkeiten... Kinder, Kinder – das überlebe ich nicht!«

Sendeleiter Wilhelm war nahe daran, Amok zu laufen. Er fluchte auf die Weiber in allen Tonarten, ersann die schrecklichsten Torturen für alle Frauen, überbot sich in Gesetzen, die man erlassen müßte, und tobte, brüllte, schrie, bellte.

Der Abendsprecher sah auf die Uhr. »Zwei Minuten vor sieben!«

»Das Ende«, stöhnte Wilhelm und wischte sich den Schweiß von der Stirn. »Es ist vorbei! Wüllner kommt nicht! Wir sind geplatzt, mit einem lauten Knall zerfetzt, aus, vorbei! Himmelherrgott – ich schwöre, daß ich alle Weiber umbringe!«

Da wurde die Tür aufgerissen, ein Mann stürzte herein und schrie. Keiner verstand ihn, aber alle hörten nur ein Wort:

»Wüllner... Wüllner...«

Da stand er in der Tür, lächelte höflich, nahm aus der Tasche ein Manuskript, ging ans Standmikrofon, schaltete ein, sah auf die Uhr und begann zu sprechen.

Was er sagte, hörten nur Dr. Curtius und der Abendsprecher – Sendeleiter Wilhelm starrte zur Tür und krampfte die Hände. Dort stand ein Weib! Beim Teufel... der Drachen all dieser Aufregung... stand da und lächelte! Und er verlor ein Viertelpfund Speck wegen dieses Mädchens, rieb sich auf und wurde nervenkrank! Da stand sie, lächelte, sah auf Wüllner und winkte ihm auch noch zu.

Kurz entschlossen wollte Wilhelm Hilde aus dem Senderaum bugsieren, als Dr. Curtius ihn am Ärmel faßte.

»Sind Sie verrückt? Das ist Hilde Brandes, die Braut von Wüllner!«

Wilhelm starrte ihn an.

»Ist der denn verlobt?« flüsterte er zurück.

»Seit einem halben Jahr.«

»Himmelherrgott, auch das noch!«

Dann bekam auch er mit, was Kriegsberichter

Heinz Wüllner zu all denen sprach, die ihm am Radio zuhörten:

»Meine lieben Kameraden an allen Fronten, liebe Volksgenossen... Wenn ich heute hier im Berliner Funkhaus am Mikrofon stehe und zu euch allen sprechen darf, so verdanke ich es dem Glück, das mich in vorderster Linie beschützte, als ein Granatsplitter mir die rechte Brustseite aufriß. Jetzt, wo ich auf wenige Tage wieder in unserer geliebten Heimat bin – jetzt erst fühle ich so richtig, welche Werte wir draußen an der Front beschützen und wie eng Heimat und Front miteinander verwachsen sind, zutiefst verbunden und aufeinander angewiesen.

Ich will euch nichts sagen von den üblichen Schlagwörtern, ich will euch keine Rede halten und euch zurufen: Jungs, haltet durch, wir wollen den Karren schon weiterrollen... das ist uns alles so oft gesagt worden, daß wir es auswendig kennen, und das sieht man an den Wunden, die wir auf dem Körper tragen. Aber ich will euch von der Heimat erzählen, von dem Land eurer Sehnsucht, denn ich weiß ja, wie euch zumute ist, wenn ihr abends im Bunker sitzt, das Bild der Lieben in der Hand, und die Gedanken in die Ferne schweifen und in der Erinnerung Kraft und Halt suchen. Ich kenne es, wenn man auf Wache steht, in die Sterne sieht und sich sagt: Der gleiche Stern scheint jetzt auch in die Kammer, wo meine Kinder im Bettchen liegen und das Jüngste bei der

Mutti an der Brust ruht. Ja, ich weiß, welche Träume ihr dann habt, welche Hoffnungen und Befürchtungen euch das Herz schwer machen. Ich weiß es, weil es mir genauso ging, wenn ich an zu Hause dachte, und darum weiß ich auch, was ihr hören wollt, wenn ich heute zu euch spreche.

Glaubt einem alten Frontschwein, wie ich es bin: Es dauert nicht mehr lange, und wir sind wieder bei Muttern. Es kann nicht mehr lange dauern, die Krisis ist vorüber. Wie die Welt des Kampfes müde wird, so wird Gott Mars selbst altersschwach und ruhebedürftig.

Ich stehe jetzt hier vor dem Mikrofon und sehe im Geist euch, Soldaten – euch, Kameraden, an allen Fronten vor dem Radio. Dich, Kanonier Müller aus Bremen. Dich, Gefreiter Schmitz aus Köln. Dich, Feldwebel Schulze aus Dresden. Ihr möchtet an meiner Stelle sein – hier in Berlin, wo jetzt in den Laubengärten die ersten Bäume blühen, die ersten Gräser zart aus der Erde sprießen, wo an versteckten Wegen die Maiglöckchen duften und der Himmel immer noch so frühlingsblau ist, wie er es war, als ihr mit euren Bräuten und Frauen durch den Tiergarten oder den Grunewald gebummelt seid und an den kleinen Kiosken für zehn Pfennig ein paar saure Drops gekauft habt. O ja, ich kenne euch alle. Ich weiß, daß die Bauern unter euch jetzt an die Aussaat denken, daß die Besitzer von Badeanstalten daran denken, ihre Kabinen neu streichen zu lassen, und daß die Konditoren unter euch sich ausrechnen, daß ein heißer Sommer bestimmt eine gute Einnahme an Speiseeis bedeutet. – Nur ruhig Blut, Kameraden, es kommt alles wieder, und alle Schmerzen werden dann vergessen!«

So sprach er noch mehrere Minuten weiter, und die Rundfunkleute nickten sich fast unmerklich zu, als wollten sie sagen: Toller Kerl das! Spielt mit den Gefühlen der Landser, als wollte er ihnen einen Heimaturlaub ersetzen.

Der Höhepunkt des Wüllnerschen Zauberkunststücks kam, als er sagte:

»Und jetzt wird euch eine andere Stimme aus der Heimat grüßen, ein junges, frisches Mädchen mit dem schönen Namen Hilde, ein deutsches Mädchen, blond, lustig und frei ... die Heimat ist bei euch, Kameraden!«

Damit schob er die verdutzte Hilde vor das Mikrofon, schaltete schnell ab, sagte: »Jetzt zeige, was du kannst!« und schaltete wieder ein.

Hilde, die noch nie vor einem Ding gestanden hatte, das sich Mikrofon nannte und in das man nur hineinsprechen mußte, um von Millionen gehört zu werden, überwand mutig alle Scheu und sagte herzhaft:

»Liebe Soldaten! Ich stehe zum ersten Mal vor einem Mikrofon. Wenn ihr mich nicht richtig verstehen könnt, so verzeiht es mir. Aber da ich zu euch sprechen soll, muß ich euch sagen, daß wir Frauen und Mädchen euch beide Daumen drükken, daß wir hoffen: Dieser Krieg ist bald zu Ende, damit wir euch wieder in unsere Arme nehmen und euch alle Sorgen und Wunden, alle Leiden und Schmerzen vergessen lassen können. Ich grüße euch und reiche euch über Tausende von Kilometern die Hand und rufe euch zu: Wir Frauen sind stolz auf euch. Die Heimat schenkt euch alle Liebe!«

Hilde trat vom Mikrofon zurück und wurde vom Ansager abgelöst, der Wüllners Tonaufnahme, den mitgebrachten Kriegsbericht, ankündigte, der anschließend gesendet wurde.

Dr. Curtius, der Sendedirektor, und Sendeleiter Wilhelm drückten Hilde die Hand, und der Sendeleiter meinte:

»Das gibt einen Berg Briefe. Was denken Sie, Fräulein Brandes, was in den nächsten Tagen von allen Fronten Säcke voller Post einlaufen von Landsern, die sich erkundigen, wer Sie sind, wie Sie heißen, wohnen, wie alt Sie sind, was Ihre Lieblingsblumen sind, ob Sie gern Schokolade essen, Badeschwämme bevorzugen oder Waschlappen, was Sie für eine Haarfarbe besitzen, und ob Sie eine Vorliebe für wattierte Schultern haben! Die wahnsinnigsten Schreiben trudeln da ein... ich kenne das... habe das genug erlebt... auf alle müssen wir antworten... Himmelherrgott, gibt das eine Arbeit!«

Er eilte davon, um den Fortgang der Sendung zu überwachen, während Dr. Curtius Hilde und

Wüllner in sein Privatbüro führte. Er bot ihnen Zigaretten an.

»Wirklich, Gnädigste, diese kleine Überrumpelung war ein voller Erfolg. Die Landser werden getobt haben. So etwas ist ein bunter Farbtupfer, ist ein Stück wirkliches Leben im Einerlei unserer Propaganda.«

Erstaunt fragte Wüllner:

»Was mißfällt Ihnen an unserer Propaganda?«

»Alles!«

Wüllner blickte mißtrauisch Dr. Curtius ins Gesicht, aber der Direktor ließ sich nicht ausforschen. Er zog bedächtig an seiner Zigarette und fuhr fort:

»Da kommen die Fritzen von den einzelnen Ämtern, halten Schlafreden über Probleme, die keinen interessieren, und posaunen den Äther voll mit Siegeszuversicht. Dabei kracht es an allen Ecken und der Holzwurm bohrt im Staatsgebäude.«

Wüllner richtete sich im Sitzen etwas auf und warf Hilde einen Blick zu, vorsichtig zu sein.

»Lieber Dr. Curtius«, sagte er mit unverkennbarer Ironie in der Stimme, »nehmen wir einmal an, ich sei ein Agent der Gestapo. Was würde dann mit Ihnen geschehen?«

»Ich käme ins Loch oder ins Konzentrationslager. Aber Sie sind kein Agent!«

»Wieso? Woher wollen Sie das so genau wissen?«

Der Direktor lachte. »Meinen Sie, ich hätte aus

Ihren Worten nicht die versteckte Andeutung gehört, daß der Krieg am Ende sei und Deutschland ein Trümmerhaufen! Sie können mir nichts Schwarzes weiß machen, dazu bin ich ein zu alter Rundfunkhase! Außerdem kennen Sie Dr. Elbers... ein alter Freund und Kommilitone von mir. Ich glaube, das genügt!«

Wüllner staunte, wie weitverzweigt in verantwortungsvollen Posten die Untergrundbewegung im Reich war.

»Sie meinen also, ich gehöre auch dem Klub an?«

»Geistig bestimmt, wenn auch nicht aktiv – dazu sind Sie zu vorsichtig. Sie halten sich den Rücken frei...«

»Aber meine Braut könnte...«

»Wüllners Braut und Gestapo? Ein Witz für die Fliegenden Blätter!« wieherte Dr. Curtius und zerdrückte seinen Zigarettenstummel. »Fällt Ihnen nichts Originelleres ein?«

Wüllner sah sich diesen dicken Direktor der Reichsrundfunkgesellschaft etwas genauer an. Erst jetzt wurde ihm bewußt, daß in seinem Knopfloch das Parteiabzeichen fehlte, das sonst eine markante Zierde der oberen Herren war.

»Soll ich Ihnen ein Abzeichen leihen, Dr. Curtius? Sie scheinen das Ihre verloren zu haben!«

Curtius blickte Wüllner mit seinen Schweinsäuglein an.

»Verloren? Es liegt zu Hause neben den Kragenknöpfen in der linken Schublade des Nachttisches. So, jetzt wissen Sie es genau!«

»Und warum?«

»Weil mir das Abzeichen auf dem Rock zu schwer wurde. Es bog das ganze Revers herunter!«

Wüllner bewunderte diesen dicken Mann. Da saß nun ein leitender Direktor des Berliner Rundfunks, war nach außen ein Repräsentant der deutschen Kultur und galt in der Öffentlichkeit als großer Nationalsozialist – als Gefolgsmann des Führers –, und in Wirklichkeit sah alles ganz anders aus.

Hilde, die ahnte, wo das Gespräch hinauslief, hieb zur Freude Wüllners kräftig in die Kerbe, indem sie mit süßem Lächeln fragte:

»Glauben Sie etwa nicht daran, daß wir den Krieg gewinnen?«

Dr. Curtius kniff die Augen zu und tat so, als habe er eine Zitrone im Munde.

»Den Krieg gewinnen? Ich höre immer: gewinnen? Liebes Fräulein Brandes, Sie müßten nicht Wüllners Braut sein, um zu wissen, wie die Lage steht!«

Wüllner hielt nun den Zeitpunkt für gekommen, die Dinge beim Namen zu nennen und nicht mehr um den heißen Brei herumzureden:

»Dr. Elbers steht unter Gestapokontrolle, ich werde überwacht, und auch Sie sind für Himmler garantiert kein grüner Junge mehr.«

Die Wirkung war enorm. Dr. Curtius schnellte von seinem Stuhl hoch und starrte Wüllner an.

»Stimmt das, was Sie da sagen? Wüllner, ich frage Sie: Stimmt das? Dann gehe ich in Urlaub. Urlaub am Bodensee. Da ist jetzt Frühling, Baumblüte – ein verlockendes Ferienziel. Das schöne Konstanz, das ruhige Radolfzell…«

»…und die nahe Schweizer Grenze mit Zürich in der Nähe«, ergänzte Wüllner lakonisch und schüttelte dabei den Kopf. »Für so dumm dürfen Sie unsere Regierung nun doch nicht halten, lieber Curtius.«

»Aber ich kann nicht hierbleiben.«

»Warum denn nicht?«

»Ach, das wissen Sie noch nicht? Ich stecke dicke drin in der Suppe… von wegen Leni Riefenstahl.«

Wüllner blickte erstaunt auf. Auch Hilde sah interessiert Dr. Curtius an, der ein Thema angeschnitten hatte, das zu den dunkelsten und doch meist besprochenen Affären der Hitlerkreise gehörte.

»Ich weiß mehr, als mir lieb ist. Ich habe damals die ganze Sache aus nächster Nähe miterlebt und trotz aller Ermahnungen den Mund nicht halten können. Etwas muß in der neutralen Presse durchgesickert sein, denn ich fand einige andeutende Artikel in verschiedenen Zeitungen. Nur wußte ich nicht, daß Himmler bereits seine Finger nach Elbers und Ihnen und mir ausgestreckt hat.«

Wüllner, den dieses Thema reizte wie kein zweites, dauerte die Vorrede zu lange. Ermunternd nickte er Dr. Curtius zu und meinte:

»Nicht so viel im Dunkel lassen, was sowieso eines Tages ans Licht kommt. Schießen Sie schon los, Curtius. Wie war denn das mit der Diva?!«

»Wie das war?« keuchte Dr. Curtius. Eine leichte Röte stieg ihm ins Gesicht. »Schön war das, blendend, einzigartig, ein Triumph des Willens und des Könnens. Aber lassen Sie mich in Ruhe mit diesen Skandalen! Ich stecke meine Nase nicht mehr in Dinge, auf die ein Himmler sein Auge geworfen hat.«

Wüllner lehnte sich lächelnd in seinem Sessel zurück. Die kopflose Aufregung dieses dicken Rundfunkdirektors kam ihm etwas zu komödienhaft und à la Sancho Pansa vor, als daß er sie ernst nehmen konnte. Nur Hilde war voller Mitgefühl und verstand nicht, daß Heinz dieses Mann so offensichtlich quälte.

»Ich mache Ihnen einen Vorschlag, lieber Curtius«, meinte Heinz und drückte seine Zigarette aus. »Wir treffen uns heute abend im Delphi. Dort erzählen Sie uns die nette Geschichte ausführlich.«

»Ich werde mich hüten! Und die Gestapo?«

»Denken Sie nicht daran! Behalten Sie Ihren klaren Kopf. Je unbefangener Sie sind, um so weniger kann man Ihnen anhaben. Sie müssen glatt werden, lieber Curtius, glatt und rund, daß alle Krallen an Ihnen abrutschen. Jedes Angstgefühl ist der Beweis einer Schuld!«

Der Funkdirektor wischte sich den Schweiß von der Stirn.

»Wirklich, man muß Nerven haben, Nerven wie Stahlseile«, stöhnte er. »Also gut – wann treffen wir uns heute abend?«

»Gegen einundzwanzig Uhr. Vor dem Delphi. Erscheinen Sie wie immer: lächelnd und siegessicher.«

Wüllner erhob sich, reichte Curtius die Hand und klopfte ihm auf die Schulter. »Mut, nur Mut. Nehmen Sie sich ein Beispiel an Dr. Elbers. Er weiß genau, daß die Gestapo ihn beobachtet, aber er lächelt, agiert, spielt Komödie, ist einer der Bajazzos im Ministerium, die weinen möchten, aber doch immer nur lächeln, weil ihnen ihr Kopf zu teuer ist.«

Dr. Curtius nickte nur, begleitete beide bis vor die Außentür und wankte dann zurück in sein Arbeitszimmer, wo er den Kopf in den Händen vergrub.

Als Heinz Wüllner und Hilde sich am Abend dem Delphi näherten, sahen sie Dr. Curtius schon von weitem im Gespräch mit einem großen, hageren Mann. Der dunkle Mantel flatterte im Abendwind um die knochige Gestalt.

Hilde hielt im Gehen inne und faßte Wüllner am Arm:

»Kennst du den Herrn, der bei Dr. Curtius steht?« fragte sie. Ihre Stimme zitterte auf einmal.

»Nein«, meinte Heinz gleichgültig und wollte weitergehen. Aber Hilde hielt ihn zurück.

»Ich weiß, wer er ist.«

»Na, und wer?«

»Borgas!«

»Friedrich Borgas? Täuschst du dich nicht?«

»Nein. Bestimmt nicht. Komm, laß uns gehen.«

»Aber warum denn?«

»Er ist mir unheimlich.«

Wüllner sah Hilde tief in die Augen.

»Borgas hat Grauenvolles durchgemacht. Er hat Dinge erlebt, die schon einen normalen Menschen zerbrochen hätten – aber er ist Künstler, seine Seele ist besonders zerbrechlich, ist wie ein Kristall, dünn geschliffen und von hellem Klang. Was du heute noch davon siehst, sind nur Scherben. Ich wundere mich, daß er die Kraft aufbringt, überhaupt noch zu leben.«

Weiter konnte Wüllner nicht sprechen. Borgas hatte sich herumgedreht, hatte die beiden gesehen und eilte nun mit Dr. Curtius auf sie zu.

»Habe ich Ihnen nicht gesagt, daß wir uns bald wiedersehen, Fräulein Brandes?« rief er laut und drückte ihre Hand. »Und der alte Wüllner ist auch dabei; ich denke, du steckst auf dem Balkan bis zum Nabel im Dreck? Willkommen, Heinz!«

Auch Dr. Curtius begrüßte beide herzlich; allerdings merkte man, daß es ihn eine ziemliche Anstrengung kostete, den Lustigen und Unbefangenen zu spielen.

Nachdem sie im eleganten Marmorfoyer des Delphi ihre Garderobe abgegeben hatten und vom Oberkellner an einen Tisch nahe der Spiegelwand geführt worden waren, einer Spiegelwand, die sich rund um den ganzen Raum zog, steckte Borgas plötzlich den Kopf zwischen die Schultern und spähte angelegentlich in den Spiegel auf der gegenüberliegenden Seite.

»Kinder«, flüsterte er, »wißt ihr, wer hinter uns sitzt? Zwei Tische nach rechts von der Dame mit dem Silberfuchs? Na? Wüllner, du mußt ihn doch kennen!«

Heinz blickte in den Spiegel und traute seinen Augen kaum. Auch Dr. Curtius staunte, und Hilde, der dieses Gesicht merkwürdig bekannt vorkam, dachte darüber nach, wo sie es schon einmal gesehen hatte.

»Es ist SS-Obergruppenführer Schaub, der persönliche Adjutant des Führers«, flüsterte Borgas weiter. »Was der hier tut, wissen die Götter!«

Dr. Curtius wurde wieder unsicher. Er verschüttete sein Glas Wein, fuhr sich mit zitternden Fingern über die Schläfen und fühlte sich auf einmal matt und grenzenlos deprimiert. Nur Wüllner stieß ihn in die Seite:

»Denken Sie etwa, der persönliche Adjutant kümmert sich um uns? Der hat andere Sorgen!

Wie kann man nur so kopflos sein. Mein Gott, seien Sie doch ein Mann, Curtius!«

Er prostete ihm zu, als habe er eben einen glänzenden Toast gehalten. Mit zitternder Hand stieß Curtius an und trank das Glas bis zum Boden leer.

»Wann hört dieser Druck auf, diese Angst, dieses Gefühl, immer verfolgt zu werden?« sagte Borgas. »Wahnsinnig kann man werden, toben. Man will endlich wieder frei atmen können, will Mensch sein unter Menschen ... aber da steht der Galgen vor den Augen und das Gas ... Kinder, man hört sie röcheln, schreien, wimmern, und draußen spielt eine Kapelle: Blau blüht ein Blümelein ... Man wird wahnsinnig, man möchte um sich schlagen ... und man schweigt ...!«

Hilde lief es wieder eiskalt über den Rücken. Das war es, was sie an Borgas fürchtete, dieser Ton des Todes, diesen Hauch aus den Gräbern, diese Dumpfheit trotz aller schreienden Erregung ... und diese Wahrheit ohne Maske, ohne Gefühl – diese Nacktheit des Lebens.

Wüllner sagte nichts. Er nickte nur und sah auf Dr. Curtius, der wie zusammengeschrumpft in seinem Stuhl saß. Endlich, nach Minuten des Schweigens, meinte er leise:

»Wollte uns Dr. Curtius nicht eine interessante Geschichte erzählen?«

Curtius versank noch um einige Zentimeter mehr.

»Ich kann nicht«, stöhnte er. »Sie müssen das verstehen.«

»Nichts verstehe ich. Überhaupt ist alles nur halb so schlimm, denn euer Freund Schaub steht soeben auf und geht.« Eine leichte Ironie schwang in seiner Stimme, als wolle er sagen: Armselige Bande, ihr wollt es besser machen als die, vor denen ihr euch fürchtet? Männer müssen wir haben, Männer, die keine Furcht kennen und die zu leiden bereit sind für die Freiheit – aber keine armseligen Wänste, die zittern, wenn nur ein Auge auf sie fällt. Deutschland braucht Persönlichkeiten, braucht Geist, Kraft, Können, Weitblick, Mut, Geschicklichkeit und Selbstvertrauen an seiner Spitze, nicht Memmen, die beim leisesten Wort der Opposition zusammenbrechen wie eine exzentrische Frau beim Erscheinen einer Maus.

»Es wäre interessant, Adolf Hitler in der Ekstase zu sehen«, meinte Borgas und nippte an seinem Glas.

Dr. Curtius schüttelte den Kopf:

»Interessant, sagen Sie? Na, ich danke. Wer ihn einmal gesehen hat, wenn er die Nerven verliert, der wünscht sich in alle Höllen, nur nicht in seine Nähe. Man erzählt hinter vorgehaltener Hand, er habe sich im Hauptquartier auf den Boden geworfen und in die Teppiche gebissen, habe gebrüllt wie ein Irrer, und die Generäle verließen leichenblaß das Zimmer.«

»Das mit den Teppichen glaube ich nicht«, entgegnete Wüllner, »soweiß läßt sich unser oberster Kriegsherr nicht gehen – aber auf jeden Fall scheint es mir eine gute Anekdote, die einen Wahrheitskern enthält. Ohne Zweifel ist Hitler ein pathologischer Fall. Ein Mann, der mit einer extrem zielgerichteten Energie und einer geradezu verbissenen Sturheit sich selbst und seine Mitmenschen in die Vernichtung treibt. Und die, die nach uns kommen, werden es trotz unzähliger gelehrter Erklärungsversuche niemals verstehen können, wie es möglich war, daß ein Kulturvolk wie das deutsche sich von einem Geisteskranken bis in den Tod hat faszinieren lassen.«

Dr. Curtius, der mit dem Schrecken das immer lauter werdende Gespräch zu dämpfen suchte, rutschte auf seinem Sessel hin und her, fingerte an seinem Glas herum und tupfte sich den Schweiß von der Stirn.

»Ich halte es für besser, wenn wir unsere Unterhaltung in meinem Haus fortsetzen«, benutzte er endlich eine Gesprächspause, um seinen Vorschlag anzubringen. »Man ist dort ungestört und kann Dinge besprechen, die hier vor wachen Ohren nicht gerade zweckdienlich sind. Ich setze Ihr Einverständnis voraus.«

»Halt!« Borgas faßte ihn am Ärmel, als sich Curtius erheben wollte. »Das kommt gar nicht in Frage. Wenn heute jemand Gäste einlädt, so bin ich es. Ich habe zwar nur eine richtige Künstlerbude mit Glasdach und Modelliertischen, dafür wohnen wir unter dem Himmel, wo die Wahrheit noch gilt, und die Sterne blitzen, als wollten sie sagen: Ihr armen Würmer... eure Sorgen sind vergänglich, euer Leid bemessen – seht die Ewigkeit und tröstet euch an ihrer Schönheit. Dann wird man so frei und leicht, daß man denken kann, man lebe überhaupt nicht mehr, sondern sei eins mit den funkelnden Sternen, eine Mikrobe im Weltenraum.«

Er hakte Hilde unter und faßte mit der anderen Hand Curtius. Während Wüllner die Rechnung beglich, waren die drei schon im Marmorfoyer in ihre Mäntel geschlüpft und auf die Straße getreten.

Wüllner folgte ihnen nach wenigen Minuten, langsam und bedächtig, als wolle er bewußt den Gleichgültigen spielen. Dabei hatte er durchaus ein unbehagliches Gefühl, daß auch bei ihm selbst Erkenntnis und Tat zwei verschiedene Dinge waren, die nicht recht zusammenpaßten. Aber dann gab er sich einen Ruck und verdrängte die Stimme des schlechten Gewissens.

Es war eine warme Frühlingsnacht, in der Luft lag der Duft von fernen Blüten. Die leichten Wolken am Himmel schoben sich spielerisch vor den Mond, der mit breitem Lächeln auf die geschändeten Mauern der Metropole eines Reiches schaute, das sich wie Tantalus bemühte, den schweren Stein des Krieges auf den Berg zu wälzen. Aus einem nahen Fenster tönte leise Radiomusik... Ein

Tenor sang das Lied: Freunde, das Leben ist lebenswert! Eine mittelmäßige Frauenstimme trällerte dazwischen. Und an der Ecke zankten sich zwei Betrunkene um einen Grand mit Vieren, den der eine durch einen Kiebitz verloren hatte. Aufgeputzte Dirnen liefen ihre Reviere ab, in einigen Haustüren standen engumschlungene Pärchen, und an der Häuserwand lehnten halberwachsene Jungen und rauchten in der hohlen Hand eine Zigarette. Es war das übliche Bild der Großstadt. Nebeneinander von Komik, Tragik, Untergang und Lebensfreude, es war das ewige Steigen und Fallen – und doch lag seit Jahren über allem ein unbestimmter, phosphoreszierender Schein, eine immer stärker werdende Spannung und ein Schwanken, und das gab diesem Großstadtkolorit den Anstrich eines expressionistischen Gemäldes.

Borgas winkte Wüllner zu:

»Laufen wir, Heinz?« rief er. »Es ist zwar noch ein ganzes Stück, aber es lohnt sich, diese Straßen zu gehen. Man sammelt Menschenkenntnis. Der alte Zille wußte das und ging unters Volk... er hatte recht. Nirgends lernt man eine Großstadt und ihre Menschen so kennen wie am Abend auf den Straßen, Plätzen, in den Haustüren und aus dem Lärm, der aus den Fenstern tönt. Wer hat bisher gewußt, daß es hier Straßen gibt, wo die Nachttöpfe aus dem Fenster geschüttet werden? Entschuldigen Sie, Fräulein Brandes, aber es entspricht der Wahrheit. Andere Straßen haben die

Angewohnheit, sich des Nachts von Fenster zu Fenster anzukeifen. In einer Straße im Westen wohnt ein Mann, den man in Berlin mit Ehrfurcht nennt, der jeder Dirne fünf Mark gibt, wenn sie vor seinem Haus auf allen vieren vorbeikriecht. Weiter nichts, nur kriechen! Jede Nacht stehen vor seiner Tür die Dirnen, die so billig zu ihrem Geld kommen, während der bekannte Mann dick und jovial am Fenster sitzt und sich köstlich amüsiert über die Kriecherei der Weiber. Das ist nun mal die Großstadt, die Laster- und Freudenhöhle der Menschheit, das Babel der Gelüste und des Leides.«

Nach einem längeren Spaziergang bogen sie in eine düstere Nebenstraße ein, in der es nach altem Kohl, Fisch, stehendem Wasser und ungewaschenen Windeln stank. Aus den Fenstern kam Gequäke unterernährter Säuglinge. Halbwüchsige standen in den Fluren, schäkerten mit Mädchen, die selbst noch im Kindesalter standen, Weiber keiften und grölende Stimmen dröhnten aus einem der Bierkeller. Aus dem Fenster einer Mietskaserne tönten das Gekreische einer Frau und das Klatschen von Schlägen, während eine Kinderstimme schrie: »Papa, du schlägst die Mama ja tot!« Wäsche hing aus den Fenstern, schmutzig, zerrissen, durchlöchert; verwanzte Matratzen lagen in der Gosse, auf denen ein Liebespaar sich fröhlich balgend wälzte; statt der Fenster hatte man Pappe oder Holz in die Rahmen genagelt, und dazwischen standen einige Töpfe mit stinkendem Fraß, in denen eine alte Frau mit dreckigen Fingern rührte. Auf der Straße verhandelte eine Dirne laut mit einem Mann in einer blauen Arbeitshose, der gestern seine Löhnung erhalten hatte und heute den Preis für eine Nacht um 50 Pfennig herunterzuhandeln versuchte; ein Greis saß vor einer Kellerwohnung und rauchte in einer langen Pfeife ein bestialisches Kraut, und über allem, quer über die Straße gespannt, hing ein Transparent, auf dem zu lesen stand: Deutschland wird schöner werden! Nirgendwo waren Wirklichkeit und Zielsetzung weiter auseinander...

Borgas verhielt seinen Schritt und blickte sich um. »Schön, nicht wahr? Man wettert in unserer Presse gegen die Slums und verurteilt die Sozialisten. Was ist das hier? Will man es nicht Slums nennen, so ist es doch eine Schande des Menschen; eine Unwürdigkeit, die zum Himmel schreit. Aber in allen Büchern und Zeitungen steht: Dr. Ley verspricht jedem Arbeiter sein eigenes Häuschen!«

Wüllner und Curtius sagten nichts, sie bissen nur die Zähne aufeinander und trotteten weiter.

Hilde blickte auf zwei total verschmutzte Mädchen undefinierbaren Alters, die laut grölend auf der Straße herumtollten und sich einen Ball zuwarfen.

»Das ist ja furchtbar«, flüsterte sie, »das ist grauenhaft. Und was tut man dagegen?«

»Schreiben«, entgegnete Heinz Wüllner dumpf. »Schreiben, schöne Artikel, schöne Bücher, umfangreiche Journale. Man verspricht Arbeit, Brot und Sozialismus, man füllt Bibliotheken mit diesen Theorien. Sie werden gut bezahlt, diese Bücherschreiber, man wird reich damit, kann sich eine Villa leisten ... aber die, über die man schrieb, leben weiter in Schmutz und Wanzen, essen weiter ihre stinkende Kohlsuppe und schätzen sich glücklich, wenn es ihnen ihr Wochenlohn erlaubt, aus dem Stall der Wohnung, aus dem Geplärr der Kinder auszubrechen und einen Abend für sich zu haben. Hier ist die Wurzel des größten Übels im Staat ... hier müßte ein Reformator ansetzen und seine Kunst der Menschenleitung zeigen, nicht im Bau von Palästen und Berghöfen, von Hotels, Ehrentempeln, Aufmarschfeldern und Jagdsitzen.«

Plötzlich machte Borgas vor einem großen Haus halt und zeigte an der Hauswand empor:

»Dort oben ist meine Bude. Ihr werdet staunen, in welcher Umgebung ich hause.«

Damit schloß er die Türe auf und schaltete die Treppenbeleuchtung ein. Ein Geruch von Sauerkraut schlug den Eintretenden entgegen, vermischt mit dem Qualm aus verstopften Ofenrohren.

Hilde nahm schnell ihr Taschentuch, tröpfelte etwas Kölnisch Wasser darauf und hielt es vor den Mund.

»Es ist kein Odeur de Paris, was Sie hier finden«, meinte Borgas mit leisem Spott. »Das ist Fleur de Revolution!«

Hilde schüttelte den Kopf. »Der Rauch beißt in den Augen – der Geruch ist halb so schlimm.«

Sie stiegen über eine schmierige Treppe die Etagen empor und umgingen die Schmutzhäufchen, die überall in den Ecken der Stufen lagen. Borgas meinte zu Curtius, der sich an dem Geländer festhalten wollte:

»Nicht anfassen, lieber Doktor! Dieses Treppengeländer ist seit einem Jahr nicht abgewaschen worden. Es klebt wie ein Fliegenfänger.«

Schnell zog Dr. Curtius seine Hand angewidert zurück und rieb die Finger wie reinigend aneinander. Fassungslos fragte er:

»Gibt es hier denn keinen Hausmeister?«

»Hausmeister!« Borgas bog sich vor Vergnügen. »Wenn hier im Monat einmal nach großem allgemeinem Krach die Treppe gekehrt wird, so ist dies ein Ereignis, das in die Zeitung müßte.«

Endlich, nach sechs Stockwerken, standen sie vor einer rohen Brettertür, die einen Teil des Speichers abtrennte. Borgas schloß das große Vorhängeschloß gemächlich auf und knipste die Deckenbeleuchtung an. Die vier betraten einen großen, fast quadratischen Raum, an dessen schräger Hinterwand ein riesiges Glasfenster war. Verschiedene Staffeleien und Modelliertische standen im Raum und einige Kübel mit Ton, in Wasser gelagert. Auf einem Tisch stand eine halbfertige Büste, rechts im Hintergrund gewahrte man eine Couch, einen großen Tisch und zwei Sessel. Vor dem Glasfenster stand ein Podest für das Modell. Links war eine Kochnische eingerichtet mit einem kleinen elektrischen Herd. In der Ecke standen ein primitiver Schrank mit Geschirr, einige Korbstühle und ein fahrbares Tischchen. Das Auffallendste aber war ein großer Bücherschrank an der linken Wand, vollgepfropft mit Büchern, davor eine rohe, einfache Kiste, brüchig und schmutzig – nur daß jetzt ein großer Blumenstrauß sie zierte.

Borgas sah das Erstaunen seiner Gäste und lächelte in sich hinein.

»Äußerst primitiv, nicht wahr? Aber es ist mein Eigentum, ist ein kleines Reich für mich. Und die Kiste? Kinder, wenn ihr wüßtet, wie wertvoll mir diese Bretter sind. Sie sind das Andenken an meine grausamste Zeit.«

Dr. Curtius hob den Kopf:

»Aus dem KZ?«

»Ja. In dieser Kiste mußte ich die verkohlten Leichen meiner Kameraden in die Chlorkalkgrube tragen. Später transportierte ich damit Ampullen voll Gift und die Präparate, mit denen man anderen Häftlingen Cholera, Krebs und Typhus einimpfte. Bei meiner Entlassung, die völlig überraschend kam und sicherlich Seltenheitswert besitzt, nahm ich sie mit – als Andenken. Vielleicht kommen doch mal wieder bessere Zeiten, dann soll die Kiste mich mahnen, niemals zu vergessen, wozu sogenannte zivilisierte Menschen fähig sind, wenn man sie nur richtig zu behandeln versteht.«

Borgas wischte sich über die Augen.

»Aber was rede ich da! Ich will euch nicht langweilen mit meinen Gespenstergeschichten. Nehmt Platz und greift zu – ich ziehe mich schnell um.«

Damit verschwand er hinter einem Vorhang, der links einen Teil des Ateliers abtrennte.

Wüllner schenkte aus einer Flasche Weinbrand, die er im Bücherschrank fand, vier Gläser ein, kredenzte sie Hilde und Dr. Curtius und nahm selbst in dem Sessel Platz. Hilde und Curtius setzten sich auf die Couch. Spielerisch nahm Heinz einen Tonklumpen in die Hand, drückte Nase und Augen, Ohren und Kinn heraus, während Hilde noch immer erstaunt um sich blickte.

Als Borgas wieder hinter dem Vorhang hervortrat, angetan mit einem hellen Frühjahrsanzug, und sich neben Wüllner in einen Sessel setzte, fragte Wüllner und sah Borgas dabei fest in die Augen:

»Friedrich, sei einmal ehrlich, hast du nichts gemerkt, als du heute das Delphi verließest?«

Borgas, Dr. Curtius und Hilde blickten erstaunt auf Wüllner.

»Was soll ich schon gemerkt haben? Die Mädchen an der Ecke?«

»Rede keinen Quatsch! Im Delphi selbst!«

»Nein!«

»Dr. Curtius?«

»Ich weiß nicht, was Sie meinen.«

»Hilde?«

»Ich wüßte nicht, was! Doch, halt – du kamst ziemlich spät aus der Tür. Wir standen ja schon fünf Minuten auf der Straße.«

Wüllner nickte. »Richtig. Ich traf im Foyer einen Bekannten aus Berlin.«

»Und wer war das?«

»Ein Herr Sellmer... Chef des SS-Fahnungsdienstes.«

Borgas fragte: »Was wollte er von dir? Erkundigte er sich nach jemandem?«

»Ja, nach dir.«

Borgas zuckte zusammen, als habe er einen Schlag erhalten. Dann beugte er sich zu Wüllner hinüber:

»Sagte er sonst noch etwas?«

»Ja. Ich solle mich aus dieser Gesellschaft heraushalten, wenn ich nicht Schwierigkeiten haben wolle. Aus allem konnte ich entnehmen, daß man eine neue Aktion starten will.«

Borgas wandte sich ab und verschränkte die Arme hinter dem Rücken. Dann wanderte er im Raum hin und her, ging zum großen Fenster, blickte über die Dächer und in die Sterne.

»Wie friedlich ist es da oben. Manchmal wäre ich froh, wenn ich nicht mehr diese Erde mit all ihrem Haß sähe.«

Er ging zu dem kleinen Fenster an der linken Wand, das auf die Straße zeigte, und lehnte sich an die Scheiben. Plötzlich fuhr er zurück:

»Dort unten steht einer! Er steht und blickt herauf. Er geht hin und her und wartet. Es ist soweit – sie kommen wieder!«

»Nein!« rief Dr. Curtius, »ich will nicht. Ich will leben – ich habe eine Frau und Kinder.«

Wüllner nahm Hildes Mantel, half ihr beim Anziehen, drückte Curtius den Hut in die Hand und wandte sich an Borgas:

»Nicht die Nerven verlieren, alter Junge. Du weiß ja, daß du unter Beobachtung stehst. Heute ist es besonders streng – du hast verdächtigen Besuch.«

Er gab ihm die Hand.

»Sehen wir uns noch einmal?« fragte Borgas.

»Rede nicht so einen Blödsinn. Morgen vormittag komme ich bei dir vorbei!«

Er klopfte Borgas leicht auf die Schulter, wandte sich zur Tür und ging hinaus. Die beiden anderen folgten ihm in auffallender Eile.

Bedächtig wie immer verschloß Borgas die Tür, ging zum Fenster, sah auf die Straße, sah den Mann, der hin und her ging, schaltete seine Arbeitslampe ein, nahm seinen weißen Arbeitsmantel und begann, aus Ton eine Figur zu kneten.

Unheimlich schnell formten seine Hände den Körper, einen Mann, der einen großen Stein auf seinen Schultern trägt. Das Gesicht war verzerrt, die Muskeln bis zum Zerreißen angespannt, dicke Adern quollen von Stirn und Armen. Aber der Stein war zu schwer, er drückte den Mann zu Boden, so sehr er auch den Fuß dagegenstemmte.

Borgas arbeitete wie besessen, aufkommende Müdigkeit unterdrückte er. Seine Hände formten, kneteten, strichen und modellierten.

Als der Morgen graute, stand die Figur im Rohbau auf dem Tisch. Da beugte sich der Bildhauer Borgas nieder und schrieb auf dem Sockel in den Ton: *Die Last der Zeit!*

Anschließend ging er zum Bücherschrank, öffnete ein Schubfach und entnahm ihm eine kleine Pistole. Noch einen Blick warf er auf die Straße, wo jetzt ein anderer Mann hin und her ging; dann setzte er sich in den Sessel vor seine Tonfigur und sah auf die Uhr.

Der Zeiger wies auf die vierte Morgenstunde. Mit einem Lächeln wandte Borgas den Kopf, legte ihn weit in den Nacken, öffnete den Mund und schob den Lauf der Pistole zwischen seine Zähne.

Am Abend darauf brachten die Zeitungen auf einer der letzten Seiten eine kleine unscheinbare Notiz, die man leicht übersehen konnte – die man wohl übersehen sollte. Sie besagte, daß der bekannte Bildhauer Friedrich Borgas heute morgen einen tödlichen Unglücksfall erlitten habe.

Weiter nichts... nur einen Unglücksfall.

Noch viel schneller, als Heinz Wüllner es befürchtet hatte, vergingen die fünf Tage des Urlaubs. Die Trennung rückte mit jeder Stunde näher an beide heran. Je mehr sich Hilde vor dieser Stunde ängstigte, um so lustiger wurde sie äußerlich, um so ausgelassener suchte sie Heinz auf andere Gedanken zu bringen, der seit dem Tode von Borgas stumm und in sich gekehrt an ihrer Seite ging, auf ihre Späße höflich reagierte, aber selbst alle Behendigkeit seines Wesens abgelegt hatte.

Mit kleinen Dingen suchte sie sein Gemüt zu erfreuen. Ob sie sich abends an das Klavier setzte und mit zarter Stimme einige Schlager sang, oder ob sie ihn in den Freundeskreis schleppte – Heinz blieb schweigsam und voll düsterer Stimmung. Auch wenn sie allein in der Wohnung waren, fand er nicht mehr den lauten, herzlichen Ton.

Und dann war sie da, die letzte Nacht in Berlin. Am nächsten Tag acht Uhr früh sollte er mit dem Zug nach Wien fahren, wo ihn ein Flugzeug erwartete, das ihn nach Belgrad bringen würde, von dort ging es dann wieder in Windungen über Gebirgspässe und durch Schluchten, über Wildwasser und Plateaus nach Petrowna.

Hilde, die diese letzte Nacht gefürchtet hatte, erwies sich als eine tapfere kleine Frau; sie umsorgte ihren Heinz, hatte einen großen Braten gekauft, allerdings unter Ausnutzung des schwarzen Marktes, hatte sogar einen Pudding gekocht und eine Dose mit jungen Erbsen und Karotten erstanden. Ein Festmahl sollte es werden, eine richtige Abschiedsmahlzeit. Während sie am Herd in der Küche stand und den Braten übergoß, mußte sie gewaltsam die Tränen zurückhalten.

Heinz saß in sich gekehrt im Speisezimmer, als Hilde die Speisen auftrug, den Blumenstrauß mit frischen Frühlingsblumen in die Mitte rückte und auf jeden Teller ein Stück Braten legte.

»Möchtest du nicht essen, Schnöselchen?« fragte sie. »Der Braten wird kalt, und das Gemüse habe ich sogar mit guter Butter angemacht.«

Heinz lächelte schwach. Was wäre er in dieser verworrenen Welt ohne dieses Mädchen? Wie einsam stünde er inmitten des Chaos ohne ihr liebendes Herz. Er wollte dem Schicksal für jede Stunde dankbar sein, die es ihn an ihrer Seite verleben ließ.

»Ich komme«, sagte er. »Ich komme.« Und fügte leise hinzu: »... auch wenn meine Füße wie aus Blei sind ...«

Wortlos saßen sie dann am Tisch und aßen. Wortlos räumte Hilde das Geschirr ab und trug es in die Küche, während Wüllner mit langsamen Schritten in das Herrenzimmer ging und sich auf die Couch legte, den Kopf weit zurück in die Kissen, die Augen geschlossen. Mit der Rechten stellte er das neben der Couch stehende Radio an und ließ dann die Hand schlaff zu Boden hängen, müde, resignierend, als wolle er sagen: Was auch kommen mag, ich wehre mich nicht.

Da schwebten leise Töne einer Oper durch den Raum. Eine süße Melodie klang auf, ein Song der ewigen Liebe.

Bohème... Puccinis süße Oper gaukelte durch die Finsternis. Eine Stimme sang, deren Schmelz vergessen ließ, daß es ein Mensch war, von dem die herrliche Melodie kam. Gigli, der Tenor der Liebe, zauberte eine Welt des Reinen in den Alltag des Grauens...

Wüllner rührte sich nicht, lang ausgestreckt lauschte er der Musik, die ihn wie ein Elfenreigen umtanzte. Das war seine Welt, die Welt des Gefühls, die Welt der Hoffnung, der Einkehr, der seelischen Besinnung. Draußen aber lauerten der Tod, das Chaos, die Sinnlosigkeit. Welch Zwiespalt der Menschen! Welch Gegensatz der Gefühle. Ja, es lohnte sich zu leben, wenn das Herz sprechen durfte.

Heinz hielt es nicht mehr auf seiner Couch. Er sprang auf, eilte zum Schreibtisch, riß ein Blatt Papier heraus, einen Bleistift und begann im schwachen Schein der Radioskala zu schreiben.

So traf ihn Hilde an, als sie aus der Küche in das Herrenzimmer trat. Leise, um ihn nicht zu stören, setzte sie sich in die Ecke, zog in dem breiten ledernen Sessel die Knie nahe ans Kinn und beobachtete die Hände des Geliebten, die wie rasend über das Papier fuhren.

Endlich legte Heinz den Bleistift hin, blickte auf und atmete tief.

Leise erhob sich Hilde, stellte das Radio leise, ging auf Heinz zu und setzte sich neben ihn auf die Couch. Er küßte sie und las ihr vor, was er im Überschwang des Gefühls und in wehmütiger Abschiedsstimmung geschrieben hatte:

Noch kam nie aus meinem Munde,
wenn ich liebend dich umfing,
meines Herzens tiefste Kunde,
was du bist und was ich bin.

Nie verrieten meine Blicke
heimlich dir den höchsten Preis,
doch im Wandel der Geschicke
sollst du wissen, was ich weiß.

Jene nahe letzte Stunde,
das Erlebnis meiner Welt,
riß es endlich aus dem Grunde,
das Geständnis, das mich hält.

Wie ich einst verzweifeln wollte
und mein Leben leicht verwarf,
auch dem Heiligsten noch grollte,
so ein Herz es nimmer darf.

Wenn ich diese Welt verfluchte,
wandte ich mich ab von dir,
doch als ich nach Leben suchte,
stand ein Engel stolz vor mir.

Und ich sah in seinen Augen
dieser Hoffnung hellen Schein,
wer kann unsre Zukunft rauben,
so du lächelst: Bleibe mein.

Düster schlich der Tod zur Seite,
gab den Weg der Sehnsucht frei,
blickst du in des Himmels Weite,
ist es wie ein Sternenschrei.

Noch kam nie aus meinem Munde,
wenn ich liebend dich umfing,
meines Herzens tiefste Kunde,
was du bist und was ich bin.

Neu geboren für die Liebe
sollst du wissen, wie es ist,
du hast mir die Welt gegeben,
weil du unser Leben bist.

›Geständnis‹ nannte Heinz diese Verse, schlicht nur ›Geständnis‹, doch waren sie mehr: Sie waren der Glaube an das, was im Menschen verborgen liegt, ein Aufruf, sich emporzuschwingen aus dem Allgemeinen. Ein flammender Schrei: Hilf mir, die Zukunft zu ertragen.

Hilde hob langsam die Arme, umarmte Heinz, zog seinen Kopf zu sich herunter auf ihre Brust.

»Ich habe dich lieb... so lieb...«, flüsterte sie.

»Und was ist morgen?« flüsterte er rauh zurück.

Da drückte sie ihn ganz fest an sich.

»Morgen werden wir reif sein für das Leben ...«

Am Morgen stand Hilde auf dem Anhalter Bahnhof am Zug nach Wien, hielt die Hand Heinz Wüllners fest, der sich weit aus dem Fenster lehnte und sagte zu ihm:

»Aber wenn du schreibst, dann nicht wieder nur alle zwei Monate! Ich hab' keine Lust, mir von Oma Bunitz die Karten legen zu lassen, daß du ein Hallodri bist! Wenn du schon schreibst, dann jede Woche einmal!«

Wüllner lachte. Die Offiziersmütze hatte er schief auf dem Kopf, so daß man befürchtete, bei jeder Kopfbewegung könnte sie zu Boden fallen.

Er streichelte Hilde die Wangen. »Ich verspreche dir: jede Woche ein Brief!«

Der Mann mit der roten Mütze erschien. »Einsteigen. Türen und Fenster schließen!« brüllte er gewohnheitsmäßig über den Bahnsteig, obwohl er wußte, daß keiner auf ihn hörte. »Zurücktreten!«

Heinz drückte Hilde die Hand.

»Bekomme ich noch einen Kuß?«

»Nimmersatt!«

Aber Hilde stellte sich doch auf die Zehen und spitzte die Lippen.

»So. Nun ist Schluß bis zum nächsten Urlaub!«

Der Zug ruckte an, setzte sich in Bewegung. Taschentücher flatterten, Schluchzer waren zu hören, und irgendwo rief eine helle Kinderstimme:

»Komm bald wieder, Papi!«

Hilde ging neben dem langsam anfahrenden Zug her, ihre Hand noch immer in der Wüllners. Jetzt mußte sie schon ein wenig laufen, aber sie ließ die Hand nicht los. Keine Träne blinkte in ihren Augen, keine Trauer – nur eine krampfhafte Lustigkeit flackerte im Blick.

Heinz sah sie an.

»Du bist eine tapfere Frau, Hilde ... Ich werde in Gedanken immer bei dir sein.«

Da ließ sie seine Hand fahren, der letzte Satz schnürte ihr die Kehle ab. Der Zug ruckte schneller an, die Kolben drehten sich, weißer Qualm erfüllte die Halle ... und da auf einmal wußte Hilde, was sie zu tun hatte, wo ihre Zukunft lag, ihr Leben für sich und Heinz.

Im Laufschritt lief sie jetzt neben dem Wagen her, aber der Zug war schneller, immer weiter entfernte sich das Fenster, aus dem sich Heinz lehnte und mit seiner Mütze winkte ... Da blieb Hilde stehen, winkte, winkte ... und während sie zu lächeln versuchte, schrie sie in den weißen Qualm, durch Menschen hindurch, über Pfeifen und Stampfen hinweg mit heller, klarer Stimme:

»Heinz ... Heinz ... wir sehen uns wieder, bald sehen wir uns wieder ...«

Und leise, ganz leise: »Heinz ... ich *muß* dich wiedersehen ...«

9

Monate gingen dahin. Die Zeit eilte mit Sturmschritten voran, das Grauen des Krieges und die Berge des Leides wuchsen bis ins Unendliche. Bomben hagelten vom Himmel, Brandsätze zischten auf den Hausdächern – und kroch man aus den Kellern hervor, atmete man ein wenig auf, so sah man auf dem Kalenderblatt bereits das Ende des gerade erst begonnenen Monats. Man schüttelte den Kopf, meinte, bei diesem Tempo müßte der Krieg sich einmal totlaufen wie der Hase beim Swinegel – doch reihten sich die Daten aneinander, schrie die gemarterte Erde weiter auf und wand sich in den Wehen eines vom Wahnsinn ausgebrüteten Krieges.

Auch Heinz Wüllner wurde vom Sturm der Zeit hin und her geworfen, er erlebte die Rückzüge in Griechenland und aus dem Balkan und die italienische Tragödie – wie die deutsche Presse schrieb –, fuhr die französische Küste ab, sah die Werke des Atlantikwalls, bereiste Norwegen, fuhr auf einem Kanonenboot über den Narvikfjord, blickte in das Nordlicht vom Hammerfest und kämpfte gegen die Engländer im Bunkersystem an der Erzbahn am majestätischen Eismeer. Weiter – immer weiter verschlug ihn das Schicksal. Neben ihm marschierte der Tod, grinste, rieb sich die Hände und wartete auf seine Zeit. Die Front in Rußland ging zurück, Polen wurde der Schauplatz erbitterter Schlachten, und noch einmal verbannte das Schicksal den Kriegsberichter Heinz Wüllner in die Öde der östlichen Sümpfe und Wälder.

Es war bei Orscha, an der Rollbahn nach Smolensk, als Heinz Wüllner eines Nachts mit einem Spähtrupp ausrückte, der sich durch die spärlichen Büsche den Stellungen der Russen näherte, die seit Tagen mit einem unerhörten Aufgebot an Menschen und Panzern den Durchbruch zur Bahnlinie Scielce–Borrisow erzwingen wollten.

Vorsichtig, eng mit dem Körper an den Boden gedrückt, arbeitete sich Wüllner in dem unübersichtlichen Gelände vor, in dem vor zwei Tagen die Patrouille eines Nachbarregiments durch eine MG-Garbe völlig aufgerieben wurde. Vorbei an den verstreut liegenden Leichen kroch Heinz einem kleinen, verholzten Gebüsch zu, das wie ein drohender Schatten gegen den Nachthimmel ragte. Hinter diesem Gebüsch lag ein Bunker der Russen. Links davon, mit freiem Schußfeld, ein schweres Maschinengewehr.

Meter um Meter schob sich Wüllner näher. Da zuckte er plötzlich zurück: Ein leises Röcheln war zu hören.

Fest preßte er sich an den Boden und verhielt den Atem. Da war es wieder... dieses Röcheln...

ein merkwürdiges Glucksen, ein Stöhnen... dann wieder Stille. Nur das Rauschen der Zweige drang durch die Dunkelheit.

Schon wollte Heinz dem Spähtrupp folgen, als ein leiser Schrei durch die Stille zitterte. Kein Zweifel, das mußte aus dem Gebüsch vor ihm kommen.

Wüllner überlegte nicht lange. Was spielte es für eine Rolle, daß dieses Gebüsch abseits seines Erkundungsweges lag, daß in seiner Nähe ein schweres Maschinengewehr stand und ein Bunker voller Russen. Was machte es aus, daß wieder der Tod frohlockte. Hier ging es darum, einem Menschen zu helfen. Alles andere schien ihm in diesem Augenblick weniger wichtig. Und es war ihm auch gleich, welcher Nation dieser Mensch angehören mochte. Er war ein Opfer des Krieges wie er selbst – ein Kamerad. Hier galten keine Grenzen und keine Gesetze außer dem inneren Gesetz der Menschenpflicht und der Barmherzigkeit. Wer nur einen Tag im Chaos der entfesselten Schlacht stand, der wußte, was es heißt, Kamerad zu sein. Der sagt dieses Wort nicht so einfach hin wie Erbsensuppe oder Kommißbrot; der fühlt, welch eine Ehre es ist, von Kameraden umgeben zu sein, und er lernt erkennen, daß auch ein einziges Wort heilig sein kann.

Vorsichtig, nach jedem Zug der Arme eine kurze Pause einlegend, arbeitete sich Wüllner auf dem Bauch zu dem Gebüsch und bog leise die

Zweige auseinander. Die Augen, die sich an die Dunkelheit gewöhnt hatten, begannen ihn zu schmerzen, denn so angestrengt er das Gewirr der Zweige durchdringen suchte, er entdeckte nichts, was auf einen liegenden oder sitzenden Menschen hindeuten konnte.

Da kam das Stöhnen wieder. Der Ton schien aus der Erde zu dringen, dumpf, röchelnd.

Wüllner hatte in seinem bestimmt nicht ruhigen Leben so manche merkwürdige und schauerliche Situation durchlebt, aber dieses Stöhnen aus der Erde, inmitten eines Gebüsches in greifbarer Nähe des vielhundertfachen Todes, dieses Röcheln und Wimmern ließ ihn erschauern.

Langsam schob er die Zweige noch weiter beiseite und kroch tiefer in das Gestrüpp. Da sah er vor sich ein etwa zwei Meter tiefes Loch, das eine mittelschwere Granate in das Gebüsch gerissen hatte. In diesem Loch, das zu einem Drittel angefüllt war mit Wasser, lag ein menschlicher Körper!

Ein Körper, der lebte, der sich im Schlamm hin und her bewegte, der sich jetzt aufbäumte und leise aufschrie. Dabei meinte Heinz zu sehen, wie dieser Mensch vergeblich versuchte, seinen rechten Arm in die Höhe zu bringen, um sich aus dem Loch zu stemmen oder aufzurichten.

So schnell es die Vorsicht erlaubte, kroch Wüllner an den Rand des Trichters, streckte beide Hände aus und faßte den Körper unter den Achseln. Vorsichtig versuchte er, ihn aufzurichten, aber ein lauter Schmerzensschrei hinderte ihn daran, fester zuzupacken.

Für Minuten stellte Heinz seine Bemühungen ein und lauschte in die Nacht, ob der Schrei nicht den Posten am MG alarmiert hatte. Doch nichts rührte sich... nur das Stöhnen blieb in der Nacht hängen.

Behutsam ließ sich Wüllner in den Trichter gleiten, legte den linken Arm des Verwundeten um seinen Hals und versuchte, den Körper mit sich emporzustemmen. Aber wie eine ungeheure Zentnerlast hing der Verwundete an ihm. Nur unter Aufbietung aller Kräfte gelang es Heinz endlich, den Körper zum Rand des Loches emporzuziehen... Da zischte von den russischen Gräben eine Leuchtkugel in den Nachthimmel und tauchte für eine kurze Zeit die ganze Umgebung in ein blendendes Licht.

Wüllner, der sich beim Emporzischen der Leuchtkugel instinktmäßig geduckt hatte, richtete sich jetzt wieder auf. Das erste, was er wahrnahm, war das graue Tuch des Verwundeten. Also ein deutscher Soldat, wohl der letzte Überlebende der vor zwei Tagen aufgeriebenen Patrouille. Langsam hob Wüllner das Gesicht des Kameraden und prallte entsetzt zurück.

Dieses blutverschmierte, verzerrte, vor Fieber gedunsene Gesicht kannte er. Dieser Mund hatte so oft mit ihm gelacht. Und diese Augen, die ihn jetzt wie irr anblickten, hatten einst geglänzt voll Tatendrang... damals auf dem Balkan, in Petrowna, als das Balkanmädchen ihn zum Küssen verführte... Wüllner wischte sich über die Augen, keines Wortes und keiner Handlung mächtig... der stöhnende, verlassene, vergessene Kamerad war der Kriegsberichter Wilhelm von Stohr!

So trafen sie sich also wieder, der Zufall allein bestimmte das Schicksal. Heinz Wüllner hob den Freund auf seine Schulter, arbeitete sich durch das Gebüsch und kroch zurück, schrittweise, langsam, begleitet von dem leisen Röcheln des bewußtlosen, abgeschriebenen deutschen Soldaten.

Wie hätte man sich auch offiziell um ihn kümmern können? Die Patrouille kam nicht zurück – also war sie aufgerieben, also schrieb man 12 Briefe, aus denen hervorging, daß für Volk, Führer und Vaterland den Heldentod... man habe sie ehrenvoll begraben... sogar Salut geschossen... ja, und ein Bild der Grabstätte treffe später ein... Aus! Erledigt! Welche Nummer hatte der Mann? Richtig? Nr. 234 679. Stohr. Wilhelm. Sogar ein ›von‹! Ein Strich ins Wehrstammbuch, ein Strich in den Wehrpaß, ein Strich in die Listen... ad acta... ein Mensch hatte aufgehört zu leben... bald wußte man gar nicht mehr, ob er überhaupt gelebt hatte... es blieb nur eine durchgestrichene Nummer... wer war das denn noch? Gleichgültig... er lebte ja nicht mehr...

Und doch lebte er! Er lag auf dem Rücken seines

Freundes, der ihn mühsam zu den deutschen Stellungen schleifte.

Nach zwei Stunden kam Heinz Wüllner mit seiner Last bei den deutschen Vorposten an und fuhr in derselben Nacht noch seinen Freund zu dem nächsten Hauptverbandsplatz. Dort legte ihn der wachhabende Stabsarzt gleich auf den Tisch, trennte ihm den Ärmel auf, sah die brandige Wunde, sah die Knochensplitter aus dem zertrümmerten Oberarm ragen und griff zu Säge und Messer...

Eine Stunde später transportierte man Kriegsberichter Wilhelm von Stohr in den Krankensaal, legte ihn in ein Bett mit überzogenem Strohsack und deckte ihn vorsichtig zu... den einarmigen, in der Narkose stammelnden Krüppel Wilhelm von Stohr... die Nummer 234 679 der deutschen Wehrmacht.

Wüllner schloß die Augen. Tränen kamen ihm, als er sah, wie der Freund in den Saal gefahren wurde. Der Stabsarzt drückte Heinz bewegt die Hand und meinte, es sei höchste Zeit gewesen; noch ein Tag und Wundfieber wäre in Starrkrampf übergegangen... Aber der Arm wäre zu retten gewesen, wenn man den Herrn Leutnant sofort nach seiner Verwundung zum Verbandsplatz gebracht hätte. Die Knochenfraktur war heilbar... Aber die Blutvergiftung und der Wundbrand waren zu weit fortgeschritten, um den Arm halten zu können.

Wüllner tapste aus dem Krankensaal wie ein

Bär, der übermüdet seine Faxen tanzen muß... die Beine wurden ihm schwer, die Glieder wie Blei... es war das Gewicht des Grauens und des Ekels. Es war die Schuld, die ihn würgte, die Schuld, die ihn bedrängte, weil er tagtäglich für den großdeutschen Rundfunk erzählen mußte, daß Heldentod und Krieg die Seele des Mannes veredeln... Da spuckte Heinz Wüllner weit aus, vergrub die Hände in den Taschen seines Rockes und begab sich zu seinem Wagen, um wieder hinauszufahren in das Inferno der Front.

Im Krankensaal aber erwachte in einem engen Bett ein blasser Mann, blickte mit großen Augen um sich, wunderte sich und wollte mit dem rechten Arm zu einem Glas Wasser neben sich greifen... doch was sich hob, war ein verbundener, schmerzender Stumpf!

In grenzenlosem Entsetzen sank der Körper zurück, ein Zittern überfiel ihn, ein Schütteln und Beben.

Der blasse Mann mit der Nummer 234 679 weinte, weinte wie ein Kind...

Und im Nebenraum spielte das Radio: Es ist so schön, Soldat zu sein... Die bittere Ironie des Schicksals konnte nicht schmerzhafter sein.

Zwei Monate später – die Invasion rollte über die französische Küste – befand sich Kriegsberichter Heinz Wüllner im Sondereinsatz bei Cherbourg. Als nach wenigen Monaten die Front sich der deutschen Grenze näherte, die ersten amerikanischen Truppen in die Eifelstellung einbrachen, den Westwall durchstießen und das Bunkersystem aufrollten, als Aachen gefallen war und die Front sich dem Rhein näherte – in dieser kritischsten Stunde lag Wüllner im Gefechtsstand des Abschnittskommandanten von St.-Vith, jenem kleinen Eifelstädtchen, das für Wochen zum Brennpunkt der Schlacht im deutschen Westen wurde.

Die Stimmung der Truppe war auf den Nullpunkt gefallen. Die Munition wurde knapp, die Meldungen aus dem Osten überschlugen sich, Ungarn fiel in russische Hände und der Seekrieg ging über in eine völlige Blockade Deutschlands. In der Luft heulten Tausende fliegende Festungen ungehindert bis in die fernsten Winkel des Reiches, zertrümmerten die Industrie, zermalmten die Schienenwege, pulverisierten die Kolonnen, die kilometerweit die Landstraßen verstopften.

Das Ende des ›Dritten Reiches‹ stand flammend wie ein Fanal am Himmel. In den Bunkern im Westen lagen sie verdreckt, mutlos, auf verlorenem Posten, ohne die notwendigen Waffen, fast ohne Verpflegung, und die Uniformen fielen zerfetzt von den Leibern. Doch stellte man das Radio an, so hörte man Hinkefuß Goebbels von Sieg und Glauben schreien, vom Aushalten und von neuen phantastischen Waffen.

Und drehte man weiter am Radioknopf, so vernahm man die Stimme eines anderen Herrn, der einst als kleiner Architekt begann und heute die gesamte Bewaffnung unter sich hatte, und dieser Minister sprach: ... Der Luftkrieg macht uns nichts aus ... Wir haben Waffen noch und noch, ja, wir haben die Produktion sogar gesteigert ...

Nur war es merkwürdig, daß der Soldat an den Fronten die Patronen zählen mußte, daß ein Maschinengewehr in einer Nacht nicht mehr als 50 Schuß schießen durfte, daß die vorderen Linien kaum noch Artillerieunterstützung erhielten, und daß es einer langen Meldung und Begründung bedurfte, forderte man vom Troß neue Munition an! Wenn man schon versuchen wollte, Panzer zu bauen mit Holzgasantrieb – lächerliche Vehikel, die vermutlich in der Schlacht vom Fahrer mittels eines Stochereisens in Fahrt gebracht werden mußten –, wenn man schon von Plänen hörte, U-Boote mit diesen Kesseln zu bauen und das Schiff für die Überwasserfahrt mit mehr Holzsäcken als Torpedos zu füllen, dann sah auch der dümmste Soldat der deutschen Wehrmacht ein, daß sein Opfer Wahnsinn war.

In diesen Tagen der Dumpfheit und des Wartens auf den Zusammenbruch saß Heinz Wüllner in Volhagen beim Stab einer schnell aufgestellten Volksgrenadierdivision, einer Truppe aus Kindern und Greisen, die alles andere konnte als dem Druck eines Gegners standzuhalten, der seine besten Jahrgänge ins Feuer warf und seine ausgeruhtesten Truppen als Stoßkeil benutzte.

Da es gerade ein stiller Tag war und das trübe Wetter die Jagdbomber an einem konzentrierten Einsatz hinderte, bummelte Heinz durch die Gassen des halb zerschossenen Eifeldörfchens Volhagen und betrachtete die alten, über Jahrhunderte vererbten Fachwerkhäuser, die jetzt, von der Faust des Krieges zerdrückt, windschief und zerborsten nur noch wenig von ihrer alten würdigen Schönheit ahnen ließen.

So näherte er sich bei seinem Rundgang wieder der Stabsbefehlsstelle und traute seinen Augen kaum, als sich ein Omnibus um die Ecke quälte, aus dem ein Schwarm junger, frischer Nachrichtenhelferinnen den Soldaten ausgelassen zuwinkte.

Wüllner schüttelte den Kopf. Wir brauchen Waffen, Munition, Benzin, Öl, Flugzeuge, Panzer, Lastwagen, dachte er, aber keine Mädchen, die den Jungen nur die Köpfe verdrehen.

Wußten sie denn in den Stäben nicht, wie es um die Front bestellt war? Daß hier in wenigen Tagen die Hölle sein würde? Daß diese Mädchen mit den lustigen lachenden Gesichtern sich in ein paar Stunden vor Angst verkriechen würden, wenn die Bomben und Granaten explodierten?

Heinz Wüllner taten diese Mädchen leid. Er trat auf den Wagen zu, reichte der ersten die Hand und hob sie vom hohen Trittbrett zur Erde.

»Na, was wollt ihr denn hier?« fragte er und reichte der zweiten die Hand, »hier gibt es keine

Modekorsos und kein Café mit Torten! Hier wird scharf geschossen.«

»Na, tu man nich so, Männeken – ick weeß, dat et knallt!«

»Na, denn man ran! Wenn de Neese in Gips liecht, wirste von alleene hell!«

Das Mädchen juchzte auf, fiel Heinz um den Hals und brüllte: »'ne Berliner Pflanze... Kinder, dat ick dat hier in dem Kaff erleben kann!« Und sie gab ihm einen schmatzenden Kuß auf die Wange.

Inzwischen hatte es sich herumgesprochen, daß ein Transport Mädchen eingetroffen sei. Der Platz war bald angefüllt mit erwartungsvollen Landsern, die sich nun auf den Wagen stürzten und sich gegenseitig an Hilfsbereitschaft überboten.

Wüllner, der durch diesen Ansturm vom Wagen gedrängt wurde, blieb ein wenig abseits stehen, um den Trubel zu beobachten. Er dachte schon daran, sein Mikrofon zu holen und eine kleine, nette Aufnahme zu machen von dieser sprudelnden Lustigkeit im Angesicht des Grauens, da wurde er von hinten umfaßt. Jemand hielt ihm die Augen zu.

»Wer ist das?« fragte eine merklich verstellte, tiefe Stimme. Heinz, der solche Kinderscherze nur von seinen unmittelbaren Kameraden gewöhnt war, mußte lächeln. Die Burschen wurden doch nie vernünftig! Spielten Blindekuh und waren doch Offiziere. Und dann solch einen Blödsinn im Angesicht der Mädchen!

So sagte Heinz seine Namensreihe herunter.

»Peter?«

»Nein!« grunzte die Stimme.

»Fritz?«

»Auch nicht.«

»Von Hollander?«

»So vornehm bin ich nicht!« meinte die Stimme.

Aha, das war ein gewohnter Ton.

»Willi!«

»Schlecht geraten.«

Die Stimme gluckste. Wenn das nicht der dicke Reiter von der ersten Schwadron war.

»Lutz! Du Freßsack!«

»Hier hat keiner gefressen! Und dämlich biste auch!«

Wüllner horchte auf. Das war eine Anlehnung an Berliner Laute. Aber im ganzen Offizierskreis gab es Berliner. Oder sollte etwa der kleine Schauspieler...?

»Ich hab's,« sagte er fest, »der Herr Staatsschauspieler Edmund!«

»Daneben, Herr Kriegsberichter!«

Heinz fuhr herum. Die tiefe Stimme war auf einmal hell, klar und mädchenhaft. Diesen Laut kannte er, diese schwingende Stimme, diesen Lausejungenton...

Dann stand er steif. Starrte auf ein Mädchen in einer grauen Uniform, unter deren Käppi ein Schwall blonder, wilder Locken hervorquoll, die auf der Schulter in Ringeln ausliefen. Ein Paar blauer Augen blitzten ihn an, zwei Arme hoben sich ihm entgegen, und eine leise und so vertraute Stimme sagte zu ihm:

»Ich hab' es dir versprochen ... bald sehen wir uns wieder, mein Schnöselchen ...«

»Hilde!«

Es war mehr ein Schrei des Entsetzens als der Freude. Dann riß Heinz die Geliebte in seine Arme und küßte ihre Lippen, ihre Augen, fuhr mit den Lippen über die blonden Kringel und drückte den zarten Körper fest an sich.

»Hilde ...«

Nur dieses eine Wort konnte er sagen. Selbst die spottsüchtigen Kameraden, die sonst jede Gelegenheit zum Anlaß ihrer Witze nahmen, hielten sich im Hintergrund, weil sie ahnten, daß so etwas hier nicht angebracht war.

Nach dieser ersten Überraschung kam Wüllner der nüchterne Verstand zurück. »Wie kommst du zu den Nachrichtenhelferinnen?«

»Ich habe mich gemeldet.«

»Und warum?«

Hilde machte eine Pause. Sollte sie ihm jetzt die volle Wahrheit sagen? Nein, dazu war der Ort zu nüchtern, die Umgebung zu öffentlich.

So sagte sie nur:

»Ich wollte auch meine Pflicht tun!«

»Pflicht! Pflicht! Es war Wahnsinn, sich zu melden. Wie kommst du ausgerechnet nach Volhagen?«

»Du schriebst mir doch, daß du hier liegst. Frau Lancke, die alle Briefe von dir an meine Dienststelle weiterleitete, hat mir dann mit ihren Verbindungen über ihren Vetter im Generalstab...«

»Vetter im Generalstab... deine Dienststelle... Verbindungen... was soll das alles? Hast du dich freiwillig gemeldet?«

»Ja.«

»Und warum? Weil ich hier bin?«

Hilde überlegte. Sagte sie jetzt ja, und das war die Wahrheit, so begann er zu schimpfen. Sagte sie nein, so mußte sie eine Begründung haben, und die war plötzlich schwer zu finden. So flüchtete sie sich wieder in ihre Frechheit und sagte:

»Auf der Uni las ich ein Buch über Eifelbauern. Manches, was man da über das strenge Leben schrieb, glaubte ich nicht. Da wollte ich mich persönlich davon überzeugen... rein studienhalber natürlich.«

Wüllner hatte keine Zeit, etwas darauf zu entgegnen; denn in diesem Augenblick trat Oberst Luchwitz, der Abschnittskommandeur, aus seinem Befehlsstand. Ohne sich um die anderen Mädchen zu kümmern, die ihn militärisch grüßten und – ihr Gepäck vor den Füßen – auf das Weitere warteten, steuerte er auf Wüllner und Hilde zu. Er grüßte Hilde bereits zwei Meter im voraus, ehe er sich leicht verbeugte.

»Luchwitz«, stellte er sich vor und blinzelte ihr

zu. »Wenn ich mich nicht täusche: Fräulein Brandes?«

Hilde staunte den Oberst an.

»Sie kennen mich, Herr Oberst?«

»Bildlich, Gnädigste, nur bildlich. Oberleutnant Wüllner hat Sie auf seinem Tisch stehen. Jedesmal, wenn ich an dem kleinen Ständer vorbeigehe, sage ich mir: So ähnlich sieht meine Tochter auch aus. Die Wirklichkeit übertrifft diese Annahme. Meine Tochter ist Studentin der Medizin in Bonn.«

Hilde war über die Freundlichkeit des alten Obersten erfreut und meldete militärisch kurz:

»Nachrichtenhelferin Hilde Brandes, 3. Kompanie Sondereinsatz B, meldet sich zum Einsatz. Darf ich Herrn Oberst dieses Schreiben überreichen.«

Luchwitz lachte über das frische Mädchen und zwinkerte Wüllner zu, dem plötzlich ein toller Gedanke durch den Kopf fuhr.

»Gratuliere«, sagte Luchwitz, aber Heinz hatte seinerseits auch Haltung angenommen und sah dem Oberst fest ins Gesicht:

»Ich habe Herrn Oberst eine Bitte zu unterbreiten.«

»Legen Sie los, Wüllner.«

»Für meine Aufnahmeapparatur fehlt mir seit Tagen ein technischer Assistent, nachdem Gefreiter Werner an der Ruhr erkrankte. Ich bitte Herrn Oberst um Zuweisung eines im funktechnischen Gebiet ausgebildeten Assistenten.«

Oberst Luchwitz sah Wüllner verständnisvoll an, während Hilde völlig gegen ihren Willen über und über rot wurde.

»Sie Lümmel«, meinte Luchwitz. »Das nenne ich eine glatte Erpressung. Sie wissen, ich habe keinen Assistenten zur Hand, sonst hätten Sie schon vor Tagen einen erhalten.«

»Darf ich Herrn Oberst darauf aufmerksam machen, daß soeben ein Wagen mit fünfzig Assistenten eingetroffen ist.«

»Mädchen, Oberleutnant Wüllner.«

»Aber ausgebildet für den technischen Funkdienst, Herr Oberst.«

»Für die Division, nicht für den Fronteinsatz in der HKL. Das Schlachtfeld ist Männersache.«

»Ich bitte Herrn Oberst, eine Rundfrage zu erlassen. Ich möchte selbst nur eine freiwillige Meldung haben. Ich bin mir der Gefahren bewußt.«

»Ich wüßte nicht, welches der Mädchen eine immerhin zeitgemäße Bequemlichkeit beim Stab gegen ein Lehmloch an der Front eintauschen würde.«

»Darf ich Herrn Oberst eine Meldung machen? Meine zukünftige Gattin, Fräulein Brandes, zur Zeit Nachrichtenhelferin im Sondereinsatz B, meldet sich freiwillig zum Einsatz in der HKL als Assistentin.«

Oberst Luchwitz, den dieses Spiel sichtlich amüsierte, wandte sich an Hilde:

»Stimmt das, Fräulein Brandes?«

Militärisch kurz, hart und laut kam die Antwort:

»Jawohl, Herr Oberst!«

Da mußte Luchwitz laut lachen und faßte Hilde unter.

»Erst trinken wir drei eine Flasche Mosel auf das Wiedersehen und auf die Frechheit meines Kriegsberichters, von dem ich übrigens schon allerhand gewohnt bin...«

Er führte Hilde in ein leidlich erhaltenes Fachwerkhaus, dessen größter Raum angefüllt war mit Drähten, Telefonen, Empfängern, Morseapparaten und Tischen, über denen lange und breite Karten lagen, besteckt mit Fähnchen und abgegrenzt mit bunten Fäden.

»So sieht ein Gefechtsstand aus«, erklärte Luchwitz und steuerte mit Hilde durch das Gewühl der Offiziere und Ordonnanzen einem kleinen Raum zu, der sich im Hintergrund an das große Zimmer anschloß. Hier hatte der Oberst ein einfaches Bett stehen, einen wackligen Tisch, ein Regal mit Büchern, einen mit Uniformstücken behangenen Kleiderständer und drei schadhafte Stühle. An der Wand stand eine große Kiste, aus der er jetzt eine Flasche Wein holte. Er schraubte den Korkenzieher seines Taschenmessers in den Korken, sagte gemütlich: »Nehmt Platz, Kinder!« und legte damit seinen Kommandeurston ab. »Gleich macht es flumm, und der Wein funkelt nicht in Pokalen – wie Schiller sagt – sondern an der blechernen Wand eines Feldflaschentrinkbechers.«

Während sich Hilde und Heinz setzten, stellte Luchwitz drei Becher auf den Tisch und goß sie voll Wein.

»Kinder, ich weissage sonst nicht, aber ich glaube, dieser Wein ist der letzte, den wir hier trinken. Mir kommt die Stille nicht ganz geheuer vor. Unsere Spähtrupps melden zwar nur Truppenzusammenziehungen im Raum Volhagen, aber als altes Frontschwein sagt mir mein Gefühl, daß wir die längste Zeit an der Flasche genuckelt haben.«

Hilde fand diesen alten Offizier mit seinen typischen Frontreden prachtvoll. Keine Aufgeblasenheit, keine dumme Borniertheit, wie sie junge Offiziere an den Tag legten, die, kaum aus der Kriegsschule entlassen, schon ein selbständiges Kommando übernehmen sollten und sich einbildeten, die ganze Welt drehe sich um sie und um ihre Befehle, die nur sie selbst für genial hielten.

Oberst Luchwitz hob den Becher und stieß mit Hilde und Heinz an.

»Auf daß wir die Heimat wiedersehen, Kinder! Ihr euer Berlin mit der Siegessäule, ich mein Köln mit dem Dom und den Karnevalsjecken! Prost! Und ex, wenn ich bitten darf!«

Wüllner nickte. »Ex, Herr Oberst. Aber daß Sie Kölner sind, höre ich heute zum ersten Mal.«

»Ja, denkt ihr vielleicht, wir Kölner müßten immer ein Abbild des Hänneschentheaters sein? Nicht alles ist in Köln Karneval . . . es gibt dort auch

Menschen, die etwas anderes können als ›Kornblumenblau‹ singen.«

Er trank den Becher mit einem Zug leer und lachte mit den Augen wie ein Knabe, der auf einem neuen Schaukelpferd sitzt. Dann nahm er ein Foto aus der Rocktasche und hielt es mit väterlichem Stolz Hilde hin:

»Sehen Sie, Fräulein Brandes, das ist meine Jüngste. Genauso ein Wildfang wie Sie! Genauso blond! Genauso schlank! Und verliebt ist sie auch! Ein Chemiker hat's ihr angetan. Mir gefällt der Bengel, wenn er nur nicht solch ein großer Windhund wäre.«

Hilde sah auf dem Bild ein Mädchen, das ihre Schwester hätte sein können. Ihr schien die junge Studentin auf den ersten Blick sympathisch. Zu Oberst Luchwitz gewandt, sagte sie:

»Den Windhund dürfen Sie Ihrem Schwiegersohn in spe nicht nachtragen. Ich brauche nur Heinz anzusehen... Und trotzdem... vielleicht gerade darum, habe ich den Lümmel... so lieb.«

Die letzten Worte sagte sie so leise, daß man sie kaum verstand und mehr ahnen mußte. Oberst Luchwitz hob den erneut gefüllten Becher:

»Wüllner, zum zweiten Mal am heutigen Tag: Ich gratuliere Ihnen zu Ihrer Wahl! Prost!«

Überhaupt ertönte das Prost an diesem Nachmittag noch öfter. Als der Abend dämmerte, hatte Wüllner sowohl die Erlaubnis, Hilde als seine Assistentin mit an die Front zu nehmen, als auch einen kleinen Schwips.

Selbst Hilde, die nicht so tief in den Becher geblickt hatte wie die Männer, fühlte einen leichten Schwindel im Gehirn.

Plötzlich fuhren alle drei auf. Durch die Tür stürzte eine Ordonnanz, knallte die Hacken zusammen und keuchte:

»Alarm! Auf der ganzen Linie! Alarm! Panzerangriff frontal auf die Bunkerlinie!«

Wie von einer Tarantel gestochen, fuhr Luchwitz herum.

»Der Angriff. Da haben wir es! Jetzt heißt es ran an die Buletten!« Er eilte ohne Gruß hinaus.

Blaß sah Hilde zu Heinz hinüber.

»Was bedeutet das, Heinz?« Der Becher in ihrer Hand zitterte auf einmal.

Wüllner, den die Meldung der Ordonnanz wie ein Faustschlag traf, nahm ihr das Gefäß aus der Hand und drückte sie zurück in den Stuhl.

»Es heißt jetzt, vor allem den Kopf nicht verlieren«, sagte er ruhig und strich ihr über die Haare. »Die amerikanischen Armeen haben den Frontalangriff auf den Westwall begonnen. Der Durchstoß in die Kölner Bucht und in das Eifelvorland beginnt mit Richtung auf den Rhein. Wer aber den Rhein beherrscht, der kann die Adern Deutschlands abdrücken; wer das Ruhrgebiet besitzt, hält das Herz unseres Vaterlandes in den Händen. Es ist zu Ende mit Deutschland!«

Wüllner sagte es so fest, daß Hilde erschauerte. Sie klammerte sich an seinen Arm und sah zu ihm auf.

»Endgültig zu Ende? Der Krieg ist verloren?«

»Wenn der Durchbruch gelingt, steht der Untergang vor uns. Verloren aber war der Krieg schon seit Stalingrad, spürbar war es beim Durchbruch durch den Atlantikwall, das Finale war der Bombenanschlag am 20. Juli im Führerhauptquartier. Heute ist es nur die ausklingende Melodie, bis der Vorhang endgültig fällt.«

Die Tür wurde aufgerissen. Ein Oberleutnant, dem der rechte Arm fehlte, trat rasch ins Zimmer.

»Ist hier Heinz Wüllner?«

Heinz fuhr herum:

»Willi!« schrie er auf. »Du hier an der Front?«

Dann lagen sich die beiden Freunde in den Armen.

»Altes Haus!« rief Heinz kurz darauf. »Mann, heute kann ich dir einen alten Wunsch erfüllen und dir meine Braut vorstellen.« Zu Hilde gewandt, sagte er: »Das ist Wilhelm von Stohr, der Freund...«

»...der sein bißchen Leben Ihrem Verlobten verdankt«, fiel Stohr ein und begrüßte Hilde herzlich. »Aber daß Sie Nachrichtenhelferin sind, hat mir Heinz nicht erzählt.«

»Ich habe mich heimlich dazu gemeldet, um ihn zu überraschen. Heute plötzlich bin ich angekommen. Jetzt soll ich mit ihm als seine Assistentin...«

Heinz winkte ab. Ernst sagte er:

»Das ist jetzt überholt. Willi ist wieder da, er wird mir assistieren. Und dann die Offensive... ich kann es nun nicht mehr verantworten, dich mitzunehmen.«

»Aber ich verantworte es!«

»Du stehst unter meinem Kommando! Ich trage...«

»Du trägst gar nichts. Ich bin volljährig und selbst verantwortlich für meine Handlungen. Oberst Luchwitz ist einverstanden.«

»Aber ich nicht mehr! Luchwitz werde ich umstimmen.«

Hilde wirbelte herum. »Dann werde ich mich zu einer anderen Einheit melden.«

»Das lasse ich nicht zu!«

»Ich tue, was ich für richtig halte.«

»Du bist meine Braut!«

Heinz Wüllner wandte sich an Wilhelm von Stohr:

»Was sagst du dazu?«

»Daß es Wahnsinn ist, junge Frauen wie Hilde an die Front zu schicken. Aber lieber nähme ich sie zu mir, als daß sie bei einer fremden Einheit landet; denn daß alle Wehrmachtsangehörigen, die hier sind – ob Mann oder Frau –, auf jeden Fall in Feindberührung kommen, darauf kannst du Gift nehmen. Die Amerikaner werden uns schneller überrollen, als uns lieb ist.«

Draußen, im anderen Zimmer, gingen die Ordonnanzen ein und aus, surrten die Telefone und klapperten die Morseapparate. Melder brausten auf ihren Motorrädern um die Ecken. Der ganze Ort Volhagen glich einem aufgestocherten Ameisenhaufen.

Nur eine Person inmitten des Wirrwarrs schien die Ruhe selbst: Oberst Luchwitz saß an seinem Befehlstisch über die Karten gebeugt und befahl mit gefaßter Stimme die Verschiebungen und Einsätze der ihm unterstellten Truppen.

Im engen Nebenstübchen erzählte Wilhelm von Stohr:

»Im Lazarett hatte man mich nach zwei Blutübertragungen glücklich am Leben gehalten und langsam, unendlich langsam, schloß sich der Amputationsstumpf, nachdem ich noch einmal nachamputiert wurde. Wie es in einem Lazarett aussieht, wie man die Massage macht, die Gymnastik, auf welch faule Gedanken man kommt und wie man vor allem die Schwestern ärgert, das alles wißt ihr ja. Dann kam der 20. Juli. Der Anschlag. Erst war ich platt. Wenn das geglückt ist, sagte ich mir, wenn die Bombe die ganze Bude in die Luft gefeuert hat, mein Gott, dann ist in einer Woche Frieden, und du kannst heim zu deinen Kindern und deiner Frau. Aber die Sache ging daneben. Hitler lebte weiter, Himmler wurde Befehlshaber des Ersatzheeres, der deutsche Gruß wurde auch beim Kommiß eingeführt. Todesurteile wurden zur Tagesration ausgegeben, das Durcheinander erreichte seinen Höhepunkt. Im Lazarett lag ich zusammen mit einem Offizier vom Stabe Jodl, dem ein Bombenangriff das linke Schienbein zertrümmerte. Für ihn war der Anschlag nichts Neues mehr, er hatte ihn schon längst erwartet. Wie so viele glaubte auch er, es hätte die letzte Rettung sein können für Deutschland. Heute wissen wir alle, daß dies ein Irrtum war. Ob mit oder ohne Hitlermord – wir wären in keinem Fall um den völligen Zusammenbruch herumgekommen. Niemand konnte das bittere Ende verhindern, das uns jetzt bevorsteht. Eigentlich sollte ich zum Stab der PK kommen. Aber als ich erfuhr, daß du vor St. Vith stehst, rannte ich Dr. Weithagen im Propagandaministerium so lange die Bude ein, bis man mich nach hier abkommandierte.«

Wüllner hatte gestutzt, als Stohr den Namen Dr. Weithagen nannte.

»Wieso Weithagen? Ist Dr. Elbers nicht mehr im Amt?«

Kriegsberichter von Stohr sah zur Seite.

»Du weißt es noch nicht?«

»Nein! Was denn?«

»Dr. Elbers ist tot!«

Leise schrie Hilde auf und klammerte sich an Heinz.

»Tot?«

»Ja.«

»Gestapo?«

»Nein. Selbstmord. Auch Dr. Curtius. Beide

sollten am nächsten Morgen verhaftet werden. Das müssen sie erfahren haben. Bei Dr. Elbers fand man belastendes Material gegen einen Kriegsberichter Heinz Wüllner.«

»Heinz!« Hilde rief es so laut, daß selbst Oberst Luchwitz im Nebenraum einen Augenblick von seinen Karten aufsah und zur Tür blickte.

»Material gegen mich?«

»Ja, du stehst auf der Liste.«

Da mußte Heinz Wüllner lächeln.

»Hier draußen holt mich keiner. Wenn ich zurückkehre in den Schoß der Heimat, lebt kein Mann mehr, der ein Todesurteil unterzeichnen kann. Es geht um Wochen, vielleicht nur um Tage.«

»Man kann dich vorher noch verhaften!«

Ängstlich klammerte sich Hilde noch immer an den Arm von Heinz.

Oberst Luchwitz trat ins Zimmer, groß, breit, behäbig, ein wandelnder Berg.

»Was ist denn, Kinder? Krach im Hinterhaus?«

Die beiden standen stramm. Wüllner meldete ernst: »Nein, Herr Oberst. Aber ich erfahre soeben, daß die Gestapo schuldig am Tode zweier meiner Freunde ist und ich selbst unter Beobachtung stehe mit allen Konsequenzen, die sich möglicherweise daraus ergeben.«

Luchwitz, den im Leben nichts und im Dritten Reich schon gar nichts erschüttern konnte, rieb sich das stoppelige Kinn.

»Gestapo? Unangenehm! Aber was willst du nun machen, mein Sohn? Die Bande kriegt es fertig und hebt dich hier aus. Am besten ist, du verduftest. Wie wäre es mit St. Vith?«

Er warf Wüllner eine Karte hin, die er in der Hand hielt und in die der Verlauf der eigenen und der feindlichen Frontlinie eingezeichnet war, und ging wieder zu seiner Befehlsstelle.

Wüllner und von Stohr beugten sich über die Karte. Mit einem Bleistift zeichnete Wüllner einen kleinen Kreis um einen Frontbogen und eine krumme Linie nach Volhagen. Dann rollte er stumm die Karte zusammen, steckte sie in seine Rocktasche und ging zum Fenster.

Still war es im Zimmer, ganz still. Weder Hilde noch von Stohr sprachen ein Wort, nur vom Fenster tönte das Trommeln nervöser Finger... tacktacktack... tack... tacktack...

Kriegsberichter Heinz Wüllner sah aus dem Fenster in die beginnende Nacht. Seine Finger trommelten an die Scheiben, unentwegt, immer schneller, immer unregelmäßiger, je mehr sich die Dämmerung über die Häuser senkte. Er suchte Antworten auf so viele Fragen.

Tacktacktack... tack... tacktack... tacktacktack...

In der gleichen Nacht schlichen drei Menschen der vordersten deutschen Linie zu, zwei Kriegsberichter und eine kleine, zarte blonde Frau.

Je näher die drei den deutschen Linien kamen,

um so heftiger steigerte sich das Trommeln der Artillerie und das Emporzischen von Leuchtraketen, die die ganze Umgebung in ein blendendes Licht tauchten. Dann warfen sich die drei platt auf den zerwühlten Boden. Das letzte Stück legten sie nur noch im Sprung zurück, und endlich, nach einem Anmarsch von drei Stunden, plumpsten sie in den halbzerschossenen ersten Graben des deutschen Verteidigungssystems.

Ein blutjunger Leutnant mit verbundenem Kopf trat ihnen entgegen und fragte sie, ob sie die Leute von der Propaganda seien – man habe sie von der Division aus telefonisch angemeldet.

Wüllner und von Stohr begrüßten ihn und fragten ihn nach der Lage.

»Hier im Abschnitt ist es verhältnismäßig ruhig«, meinte Leutnant Wirtz und schlug ein Kreuz in die Luft. »Aber es wird nicht lange dauern, und es rumst auch hier. Der Amerikaner greift mehr nördlich an, er soll ungeheure Panzermassen konzentriert haben. Uns gegenüber liegen Negertruppen, von Panzern konnte unsere Beobachtung noch nichts feststellen. Abgesehen von einigen Artillerieschüssen und einem Granatwerferüberfall war es hier bisher still.«

Wilhelm von Stohr, der mit der Linken den schweren Aufnahmekoffer Wüllners trug, setzte das gewichtige Gerät nieder und meinte dann trocken:

»Na, dann warten wir mal. Bisher war es immer

so, daß da, wo wir auftauchten, ein wüster Rummel in Gang kam. Was, Heinz?«

Wüllner nickte, obwohl er keinen Rummel wünschte. Er dachte an Hilde und an die Unverantwortlichkeit, sie mit in die vorderste Linie zu nehmen. Aber zu einer langen Überlegung und innerlichen Strafpredigt kam es gar nicht, denn plötzlich war ein helles Pfeifen in der Luft, ein Orgeln und Brausen.

»Achtung!« schrie der Leutnant, »Deckung!!« Eine Lage schwerer Granaten schlug in der Nähe des Grabens ins freie Feld. Hohe Erdfontänen standen auf einmal gegen den Himmel, die Splitter surrten mit leisem Pfeifen scharf an ihren Häuptern vorbei. Da folgte schon die nächste Lage, kurz darauf die dritte, und immer näher kam das Huiii und das krachende Bersten der Eisenbrocken im harten Lehmboden.

»Wir müssen hier weg!« schrie Stohr durch den Lärm Heinz in die Ohren. »Sie tasten das Gelände ab. Die nächsten Lagen sitzen mitten zwischen uns!«

Er nahm den schweren Koffer auf und rannte dem Leutnant nach, der um ein Grabenstück herum verschwand. Wüllner folgte ihnen, in langen Sprüngen hetzte er ihnen nach, duckte sich vor einem verdammt nahen Einschlag und hastete dann weiter.

Da blieb er plötzlich stehen. Wo war Hilde? Sie hatte hinter ihm gekauert, als die ersten Granaten in den Graben schlugen. Jetzt war sie plötzlich weg.

Mit einer Angst ohnegleichen rannte er den Weg zurück, als er beim Sprung um eine Grabenecke gegen einen menschlichen Körper prallte, der im vollsten Lauf ebenfalls um die Ecke bog.

»Oh!« sagte dieser Körper. »Entschuldigen Sie!«

»Hilde!!« schrie Wüllner in den Lärm hinein.

»Ja, ich bin's!« tönte es zurück.

Er nahm sie am Arm, rannte mit ihr durch die surrenden Splitter, stolperte über einen Toten, der vor einer Minute noch nicht da gelegen hatte, und erreichte atemlos einen Erdbunker, der etwas geschützt unter einem kleinen Gehölz verborgen lag.

Wilhelm von Stohr stand trotz der Einschläge draußen und starrte den Graben entlang. Erst als er die beiden Gestalten im Dunkeln herankeuchen sah, drehte er sich um und ging die engen, steilen Stufen hinunter in den rauchigen Raum, wo der schon vorher hier angekommene Leutnant am qualmenden Lehmofen saß.

Hinter Stohr kamen Heinz und Hilde hereingestolpert, schwitzend, außer Atem, doch Wüllner mit lachender Miene.

»Möchte wissen, was du an einem Trommelfeuer Lustiges findest«, knurrte Stohr.

Wüllner brachte Hilde in eine Ecke unter einen Balken, die sicherste Stelle des Bunkers, und hockte sich neben den Leutnant.

»Was mich so lustig macht? Das Teufelsmädchen da! Wißt ihr, was sie sagte, als ich mit ihr im Graben zusammenprallte? – Oh, entschuldigen Sie! Wie auf dem Kurfürstendamm, wenn man jemandem auf den Fuß tritt. Und dabei schlugen die dicken Brocken unmittelbar in ihrer Nähe ein.«

Er wandte sich an Hilde. »Warum hast du nicht auch zu den Granaten gesagt: Macht nicht solchen Lärm?«

Da brüllten alle drei los vor Lachen, nur Hilde drehte sich brüsk um – sie konnte es nicht vertragen, wenn mit ihr Spott getrieben wurde, am allerwenigsten mit Dingen, die in Wirklichkeit sehr ernst waren. Denn hatte sie auch um Entschuldigung gebeten, so nur, um damit ihre höllische Angst zu verbergen.

Der Leutnant, der dem rußigen Ofen einige neue Holzscheite zugeführt hatte, drehte sich eine Zigarette. Er sagte:

»So geht das jetzt ohne Unterbrechnung bis zum Morgengrauen. Die müssen drüben ein unerhörtes Material gestapelt haben. Unsere Artillerie schießt pro Nacht nur hundert Schuß ... wer einen Schuß mehr herausjagt ohne Angriffsalarm, der kommt vor ein Kriegsgericht wegen Sabotage. Kinder, es ist schon eine verrückte Welt: Wer hier abhaut, wird erschossen wegen Feigheit vor dem Feind – und wer auf den Feind schießt, ist ein Landesverräter. Ob unsere Kinder und Enkelkinder das alles glauben werden, wenn wir es ihnen später mal erzählen?«

Er lachte in sich hinein, dieser junge Bursche von kaum zweiundzwanzig Jahren, der eine Kompanie führte an einem Verteidigungsabschnitt von zwei Kilometern Ausdehnung. Wüllner nickte zu der Rede des Jungen und sah ihn mitleidig an.

»Wie lange sind Sie an der Front, Kamerad?« fragte er.

»In Rußland ein Jahr, hier im Westen seit vier Monaten. Warum fragen Sie?«

»Weil Sie hier an einer so verantwortungsvollen Stelle stehen.«

»Durch Zufall. Der eigentliche Kompaniechef ist Ritterkreuzträger Oberleutnant Barfeld. Aber er ist vorgestern gefallen bei einem Feuerüberfall der Granatwerfer. Mit ihm sein Adjutant. So blieb als einziger Offizier nur noch ich in der Stellung, übernahm die Kompanie und den ganzen Abschnitt. Da Offiziersmangel ist, hat mich die Division sofort bestätigt.«

Draußen hatte das Trommelfeuer nachgelassen. Statt dessen tönte ein merkwürdiges Mahlen und Rollen in den Bunker. Der Leutnant und die drei horchten auf.

»Ich lass' mich fressen«, meinte Stohr, »wenn das nicht...«

Weiter kam er nicht. Ein über und über mit Lehm bespritzter Grenadier stolperte die Treppe herunter und schrie in das qualmige Loch:

»Panzeralarm! Panzer von rechts und Mitte!«

»Alle Mann auf Posten?« kam schneidend die Frage.

»Jawohl, Herr Leutnant!«

»Ich komme!«

Wirtz griff nach seiner MP und setzte den Stahlhelm auf:

»Kommen Sie mit raus?«

Wüllner nickte.

Heinz packte die Tonapparatur, Stohr half ihm.

»Und was nehme ich?« fragte Hilde.

»Du bleibst hier!«

»Nein!«

»Doch!«

»Wenn du hinausgehst, komme ich mit!«

Wüllner riß die Geduld. Er drehte sich um und brüllte Hilde an:

»Als Assistentin unterstehen Sie mir! Ich gebe Ihnen den dienstlichen Befehl, Nachrichtenhelferin Brandes, im Bunker zu verbleiben bis zu unserer Rückkehr! Verstanden?!«

Hilde riß den Mund auf, starrte Heinz an und stammelte ein zitterndes »Ja«.

Da war Wüllner schon die Stufen emporgesprungen und im Dunkel der Nacht verschwunden.

Ganz still war es jetzt. Das Artilleriefeuer war völlig verstummt. Nur das ekelhafte Mahlen der Raupenketten knirschte durch die Stille. Die Front schien den Atem anzuhalten, fast lähmend legte sich diese Stille auf die Seele nach dem brüllenden Inferno des Trommelfeuers.

Vorsichtig kletterte Hilde die glitschigen Stufen des Bunkers empor und lugte hinaus in den Graben. Noch befand sie sich im Eingang des Bunkers, widersprach also nicht dem Befehl, ihn nicht zu verlassen. Doch konnte sie in der durch den Mond erhellten Nacht alles beobachten und sah Heinz mit dem Leutnant und Stohr in Stellung liegen neben einem schweren Maschinengewehr und einem Stapel Panzerfäusten. Heinz hatte sein Mikrofon angeschlossen, das Kabel lief zu dem Koffer, an dem Stohr hockte und den Ton regulierte. Anscheinend sprach Heinz schon, denn er hatte das Mikrofon um den Hals hängen und den Mund tief über die Stielmembrane gebeugt.

Da wurde die trügerische Ruhe durch einen hellen, bellenden Aufschuß zerrissen. Im gleichen Moment schien aus der friedlichen Nacht eine glühende Hölle zu werden. Von allen Seiten zischten die langen Fäden der Leuchtspurmunition durch das Dunkel, Panzerfäuste zauberten riesige Stichflammen, Einschläge blitzten auf und wirbelten Fontänen in die Luft. Hilde sah einen der mächtigen schweren Kolosse aus Stahl, aus allen Rohren feuernd und alle Drahthindernisse wie Streichhölzer knickend... sah einen der amerikanischen Panzer, wie er direkt auf die Stellung zurollte. Ihr war, als würge ihr jemand das Herz ab oder halte ihr die Kehle zu; sie konnte auf einmal nicht mehr richtig schlucken und der Puls schien zu stocken.

Draußen sagte Leutnant Wirtz zu Wüllner und Stohr:

»Ich sehe etwa zwanzig Panzer. Wenn die konzentriert auf meinen Abschnitt rollen, gebe ich für meine Kompanie keinen Heller mehr. Dann bricht unsere Abwehr zusammen.«

Wilhelm von Stohr blickte auf. Seine Augen hatten einen eigentümlichen Glanz.

»Eigentlich muß es uns stolz machen, vom Gegner so hoch eingeschätzt zu werden, daß er gegen uns armselige Pflaumenmänner so viele Panzer einsetzt und ein ganzes Regiment Infanterie. Sähe er uns als Scheißer an, so würde er mit drei Panzern kommen... und die würden vollauf genügen.«

Wüllner schüttelte den Kopf. Aber ehe er etwas sagen konnte, heulten Granaten heran, rissen Einschläge den Boden auf; die Erde bäumte sich auf und schien zu schreien, zu schreien, zu schreien...

Plötzlich fiel neben Wüllner irgend etwas nieder. Als er zur Seite blickte, sah er einen Stahlhelm neben sich liegen, unter dem Stahlhelm einen Kopf und unter dem Rand des Helmes sah er etwas hervorquellen... Haare, lange, blonde, wirre Haare.

»Hilde!!« schrie er auf. »Hilde! Was machst du hier?«

»Ich will in dieser Hölle bei dir sein!«

»Ich habe dir befohlen...«

Mit aller Gewalt riß er sie von der Böschung in den Graben hinunter.

»Du bist wahnsinnig! Du gehst sofort zurück!«

Ein Krachen, ein ohrenbetäubendes Bersten unterbrach ihn. Instinktiv warf er sich nieder und steckte die Nase in den Dreck. Er fühlte, wie Sand und Steine auf ihn niederprasselten, spürte einen Schlag an der rechten Schulter und eine fließende Wärme, die sich hinunter bis zur Brust zog.

Langsam richtete er sich auf, sah um sich und erblickte Hilde, Stohr und Wirtz, die sich aus einem Haufen Erde schälten. Dort aber, wo eben noch der Bunker gestanden hatte, war ein wirres Durcheinander von Stämmen, Erde und Balken, dazwischen eingeklemmt der Körper eines Grenadiers.

Heinz lief es kalt über den Rücken. Wenn Hilde noch im Bunker gewesen wäre, getreu seinem Befehl... er wagte nicht weiterzudenken, fühlte sich auf einmal unendlich müde und schwach. Rote Ringe tanzten vor seinen Augen. Eine Stimme hörte er aus weiter Ferne, die sagte: »Was hast du, Heinz?« – Dann waren da wieder die tanzenden Kreise, eine Melodie, ein Schweben, er fühlte den Boden nicht mehr, er schien losgelöst von aller Schwere, und das war schön, so schön... dann glitt er aus und fiel in die Arme des schnell herbeispringenden Leutnants Wirtz.

Vorsichtig trug man ihn in einen Mannschaftsbunker, bettete ihn auf eine Holzpritsche und schnitt ihm den Rock auf. Da quoll das Blut aus einer tiefen Fleischwunde an der rechten Schulter, aus der ein zackiger Splitter ragte. Mit schnellem Ruck riß Stohr den Splitter aus der Wunde. Der Ohnmächtige stöhnte leise auf. Dann verband ihn die immer stärker zitternde Hilde.

Eine Ordonnanz jagte in den Raum.

»Wo ist der Leutnant?« brüllte der Mann.

»Hier!« antwortete Wirtz.

»Die Nachbargruppe meldet: Siebzehn Panzer sind rechts durchgebrochen und rollen die zweite Linie auf!«

»Verdammter Mist!«

Das war alles, was Wirtz erwiderte. Was gab es auch noch zu sagen – es ging zu Ende mit der deutschen Wehrmacht...

Leise stöhnte Wüllner auf. Er wälzte sich hin und her und schlug mit der Rechten um sich.

»Das Mikrofon...«, stammelte er, »das Mikrofon...«

Wieder polterte ein Melder die Stiege des Bunkers herab, blutbeschmiert, mit starrem Blick.

»Meldung von der linken Anschlußgruppe: Der Feind ist mit zwanzig Panzern durchgebrochen und rollte die Bunkerlinie auf.«

»Verdammter Mist!«

Wieder diese zwei Worte. Der Melder huschte hinaus.

»Was bedeutet das?« fragte Stohr und trocknete dabei den Schweiß von Wüllners Stirn.

»Eingeschlossen«, sagte Wirtz teilnahmslos. »Eingeschlossen und abgeschnitten. Es ist vorbei mit uns...«

Da wälzte sich Heinz wieder zur Seite und tastete umher. »Hilde...«, stammelte er. »Hilde... Hilde...«

»Ich bin bei dir, Heinz«, flüsterte sie zurück und hielt seine Hände fest.

»Wie steht die Front?«

»Es geht alles gut. Aber du mußt jetzt auch ruhig liegen.«

»Hilde?«

»Was ist?«

»Denkst du noch an unseren Schneemann?«

»Immer, Heinz.«

»Das war eine schöne Zeit...«

Krampfhaft hielt Hilde die Tränen zurück.

»Sie kommt wieder, Heinz...«

»Ja, ja – sie kommt wieder... aber wann?«

Ein Lächeln überflog seine eingefallenen Züge... »wenn doch endlich Frieden wäre... Frieden... Frieden... Frieden...«

Draußen war die Hölle los.

10

Als am Morgen des übernächsten Tages Heinz Wüllner erwachte und sich mühsam von seinem Lager aufrichtete, war der Sturm der amerikanischen Truppen schon längst über die zweite Linie gebraust und hatte einen Teil der Bunkerlinie des Westwalls durchstoßen. St. Vith war geräumt worden. Nur die Kompanie des Leutnant Wirtz stand wie ein Prellbock inmitten der feindlichen Linien und störte die Brandung des Angriffs wie ein Felsblock im Meer.

Wirtz nahm dies alles mit einer Gelassenheit ohnegleichen hin. Er sagte immer, jetzt werde man im Hauptquartier von Heldentum sprechen und ihm das Ritterkreuz verleihen – dabei stehe er doch nur hier, weil er nicht anders könne und die Verbindung verloren habe.

Am liebsten würde er noch diese Nacht eine hundsgemeine Flucht unternehmen, wenn er nur die Gewähr hätte, daß er durchkomme und wenn er überhaupt wüßte, wohin sich die eigenen Truppen ›strategisch‹ zurückgezogen hätten. Dann mußte er immer lachen und spuckte den Saft einer Pfeife, die er liebevoll Rotzkocher nannte, in das Feuer des Lehmofens.

Heinz Wüllner saß stumm und in sich gekehrt am Feuer, wenn auch die Wunde brannte und wie mit tausend Nadeln stach – er war nicht zu bewegen, sich wieder auf die Pritsche zu legen.

Wilhelm von Stohr, der seit zwei Tagen an einem Stück trockenen Käse kaute, sah aufmerksam zu ihm hinüber.

»Bist du stumm geworden?«

»Vielleicht«, war die brummige Antwort.

»Überleg lieber mal, wie wir hier herauskommen.«

»Durchbrechen!«

Leutnant Wirtz glaubte nicht richtig gehört zu haben.

»Durchbrechen? Mit einer Handvoll Leute?«

»Wieviel haben Sie noch?«

»Nach den letzten Meldungen waren es noch knapp hundert Mann.«

»Nicht berühmt. Aber besser als gar nichts. Man teilt die Leute in Gruppen zu neun Mann auf und schickt sie einzeln los. Immer in Abständen von einer halben Stunde. Richtung St. Vith.«

»St. Vith ist gefallen, alter Freund«, unkte Stohr.

»So nehmen sie Richtung Schleiden. Irgendwo muß eine Lücke sein.«

Wirtz schüttelte den Kopf über solchen Optimismus. Für ihn gab es nur eins: Die letzte Patrone heraus und dann ein kräftiges ›I surrender‹ – vorbei war der Krieg, mit oder ohne Ritterkreuz. Aber kämpfen... jetzt noch unnötige Opfer... das konnte dieser Oberleutnant allein machen.

Wüllner dachte an Hilde. Es mußte einen Weg geben, um aus diesem Kessel herauszukommen. Man mußte diese Lücke nur aufspüren, mußte sich einmal aufraffen, durfte das Leben nicht schonen – aber wer war schon bereit, in diesen letzten Stunden der deutschen Wehrmacht sein Leben einzusetzen einer Frau wegen, die ihn nichts anging und die ein verantwortungsloser Oberleutnant mit in die vorderste Linie geschleift hatte.

Schwer erhob sich Wüllner und wankte zur Tür. Hilde, die ihn erstaunt ansah, sprang herbei und hielt ihn fest.

»Wo willst du hin?«

»Ich will die Lage selbst kontrollieren.«

»Ich gehe mit. Allein bist du zu schwach...«

Sie faßte ihn unter und führte ihn vorsichtig die glitschigen Stufen des Bunkers hinauf in den grauenden Tag.

Draußen, in der Kühle des Morgens, spürte Heinz erst richtig das Brennen der Wunde, aber er biß die Zähne zusammen und unterdrückte ein leises Stöhnen. Langsam, Schritt für Schritt, gestützt von Hilde, ging er im Graben auf den alten MG-Stand zu und lehnte sich schwer an die zerwühlte Brüstung.

»Hier hat's mich gepackt! Und dort, rechts und links, brachen sie durch... Richtung St. Vith. Vor uns liegen Negertruppen. Hinter uns ist der Ring geschlossen... Wir sind also eine kleine, aber scharfe Klippe. St. Vith ist geräumt... bleibt nur noch der Ausweg in die Eifel... Ziel Schleiden... Urfttalsperre... später Euskirchen... Und dort, Hilde, dort irgendwo muß eine Lücke sein, ich fühle es; ja, es ist, als sehe ich sie vor mir.«

»Leutnant Wirtz will aber nicht Opfer in der letzten Stunde...«

Heinz Wüllner unterbrach sie mit einer Handbewegung: »Ich spreche nicht von einem Ausfall, der sicher sinnlos wäre, sondern ich spreche von dir. Du mußt zurück zu den deutschen Truppen. Deinetwegen stehe ich hier. Du mußt dich retten!«

»Ich gehöre zu dir... zum Vater meines Kindes.«

Wie vom Blitz getroffen fuhr Heinz herum. Dabei ging ein solch stechender Schmerz durch die Wunde, daß er das Gesicht verzog.

»Vater... deines... Kindes...«, stammelte er. »Hilde... Hilde... das ist...« Er verstummte und starrte sie an.

Hilde sah ihm fest in die Augen.

»Die letzte Nacht in deinem Sonderurlaub... ich wußte es sofort... ich mußte es ja spüren... und dann wurde es nach drei Wochen zur Gewißheit... wir werden bald zu dritt sein.«

»Wann?«

»Im Juli. Noch fünf Monate...«

»Und du hast mir nie etwas davon geschrieben...?«

»Ich wollte dich selbst überraschen. Du solltest dich nicht so gebunden fühlen. Du brauchst das Gefühl der Unabhängigkeit... es wäre immer noch früh genug gewesen.«

»Und warum sagst du es mir gerade heute, gerade jetzt?«

»Weil du mich fortschicken willst.«

Wüllners Backenknochen standen auf einmal merkwürdig hervor, seine Kinnladen bewegten sich hin und her. Streng, unnahbar streng sah sein Antlitz aus.

»Du mußt fort! Du mußt heraus aus dem Kessel – am besten mit einem Meldegänger; so wäre es noch zu schaffen.«

»Nein!«

»Du trägst ein Kind unter dem Herzen. Unser Kind. Ein Kind, das einmal nichts von Krieg und Grauen wissen soll! Dieses Leben zwingt dich zur Verantwortung, zum Handeln. Du mußt dich retten, diesem Leben zuliebe.«

»Mein Platz ist an deiner Seite. Du bist der Vater. Was soll ein Kind ohne dich? Wo du stehst, da stehe ich, da steht auch dein Kind! Du kannst mich nicht von dir jagen, weil du Angst hast, diese Erde könnte unser Grab werden. Stirbst du, so sterbe ich mit... und unser Kind... wenn es sein muß.«

Sie hatte Tränen in den Augen.

So fest packte er Hilde an der Schulter, daß sie unter diesem harten Griff leise aufstöhnte.

»Bist du eine Mutter? Sag, bist du eine Mutter? Du trägst das Schicksal, du allein – nicht ich. Ich bin in diesem Augenblick nichts mehr wert, ich habe das Leben ausgelebt, ich bin verdorrt, ein Skeptiker, der lächelnd dem Tod die Sense hält... Aber du bist das Neue... da, in deinem Leib trägst du es. Dein Leben erhält jetzt einen Sinn, während das meine zusammenbricht. Ich habe mich vollendet im Untergang... Du wirst dich vollenden in unserem Kind...«

»Aber mein Leben ist wertlos ohne dich!«

Hilde schrie es in den dämmernden Morgen hinaus.

Da löste Wüllner seine Finger von ihrer Schulter und trat zurück.

»Du mußt erkennen lernen, wo deine Pflichten liegen! Du bist jetzt der Kreislauf des Lebens: Aus dem Tod des einen ersteht das Leben des anderen... und dieser wird wieder zur Erde werden, um aufzustehen in seinen Kindern... Du bist jetzt mehr als eine Mutter, mehr als eine Frau... In dir ist der Sinn des Daseins. Das ewige Leben.«

Er beugte sich über sie und küßte sie lange auf den Mund, der salzig schmeckte von den Tränen.

»Du mußt dich retten, dich *und* das Kind... für mich...«

Hilde konnte keine Antwort geben. Unendlich fern schien ihr der ganze Krieg. Sie sah nicht das Schlachtfeld, die zerborstenen Pfeiler des Bunkers, die Toten in den Löchern, über die die Ketten der Panzer gerollt waren und die Leiber in die Erde gedrückt hatten.

Sie sah nicht die Maschinengewehre um sich, die verstreut fortgeworfenen Panzerfäuste und das Gewirr von Fleischfetzen und Eisen, Überreste einer Trägergruppe, die hier von einer schweren Granate überrascht wurde.

Sie sah nur das Gesicht Heinz Wüllners, hart, entschlossen zum Letzten, und diese Augen, diese blauen, sonst so gütigen Augen, die heute so hart, so schmerzhaft hart blickten, daß es unerträglich schien, sie länger anzusehen. Sie sah das starke Kinn, vorgeschoben, ein Muskel spielte an den Mundwinkeln, die Lippen waren fest aufeinandergepreßt... Da wußte Hilde auf einmal klar, daß es gegen diesen Mann keinen eigenen Willen mehr gab, daß dieser Mensch kompromißlos war bis zur Grausamkeit.

Sie senkte den Kopf, so daß die langen blonden Locken wie ein goldener Strom über ihr Gesicht fielen, und sagte langsam:

»Wenn du mitkommst... so...«

Wüllner blickte zur Seite. Leise, aber klirrend unterbrach er sie:

»Ich bleibe!«

»Du hast als Vater die gleiche Pflicht wie eine Mutter!«

»Den Vater kann ein Kind vermissen... die Mutter nicht! Nie!«

»Ich kann dich nicht verlassen.«

»Du mußt! Es gibt einen Unterschied zwischen Pflicht und Gefühl, zwischen Schicksal und Wollen! Deine Grenzen sind gezogen, sie zu überschreiten wäre ein Frevel gegen das Leben! Beuge dich dem Zwang des Schicksals. Was dir heute ein Opfer erscheint, ein Berg des Schmerzes, das trägst du morgen als eine Last des Lebens, die zu tragen war, um das Höchste zu gewinnen: die Vollendung deines und meines Lebens in unserem Kind ...«

Wieder, immer wieder streichelte er über ihre Haare, spielte mit den goldenen Locken. Es war ihm, als müßte ihm die Kehle vertrocknen, als müßte jedes Wort im Munde zu Gift werden, als er jetzt mit leiser, eindringlicher Stimme sagte:

»Hilde, ich bitte dich, ich flehe dich an: Rette dich und unser Kind ... es ist deine Pflicht, die über allem steht, was es sonst auf dieser Erde noch geben mag. Unser Kind ist wichtiger, als du es bist, und wichtiger, als ich es bin.«

Stumm, ohne ein Wort zu entgegnen, nickte Hilde. Ihre Tränen tropften auf die Brüstung des Maschinengewehrstandes, sie wandte sich ab und barg ihr Gesicht in den Händen.

Krieg! O dieser Wahnsinn der Völker! Wann steht endlich die Vernunft auf in der Welt? Wann wird endlich die Einsicht zu den Völkern kommen, daß Platz für alle auf dieser Erde ist? Wann, o wann?! War denn diese Welt so blind, im Mord einen Ausweg zu sehen, im Blut die Freiheit zu suchen und im Terror die Verwirklichung des ideologischen Fanatismus?!

War die Welt wirklich so blind?

Ohne ein Wort weiter zu sagen, führte Hilde Heinz wieder in den Bunker. Langsam, unter stechenden Schmerzen, stieg er die engen Stufen hinab, sich mit der Hand an der Lehmmauer weitertastend. Dichter Rauch schlug ihm entgegen und setzte sich beißend in seine Augen, als er mit den Füßen die Tür aufstieß.

Da saßen Wilhelm von Stohr und Leutnant Wirtz am rauchenden Ofen, eine Zigarette zwischen den Lippen und hieben Karten auf den wackligen Holztisch.

Sie spielten Sechsundsechzig....

Am Abend meldete sich ein junges Bürschchen auf dem Kompaniegefechtsstand und erklärte sich freiwillig bereit, als Melder durch die feindlichen Linien zu brechen, Ersatz anzufordern, die Tonaufnahme Wüllners mitzunehmen und die Nachrichtenhelferin Hilde Brandes bei der Division abzuliefern.

Wirtz sah sich den schmächtigen Körper dieses Jungen an, das frische, jetzt lehmschmutzige Gesicht und die blitzenden Augen. Kaum achtzehn Jahre alt schätzte er den Landser.

»Wissen Sie, daß dies ein Todeskommando ist?«

»Jawohl, Herr Leutnant!«

»Haben Sie Familie?«

»Nein, Herr Leutnant. Meine Eltern fielen bei einem Luftangriff auf Mannheim. Mein Bruder blieb in Stalingrad. Ich habe nur noch eine alte blinde Tante in Chemnitz.«

Wüllner gefiel die forsche Art dieses Jungen. Im übrigen blieb keine Wahl, wenn Hilde gerettet werden sollte; denn hier in der Stellung ausharren, bedeutete den sicheren Tod – abhauen immerhin eine Chance.

Er fühlte, daß dieser Kerl es schaffen mußte und würde. Wenn es keiner konnte – diese Frechheit kam durch!

So legte er die Rechte auf die schmale Schulter des Bürschchens und sah ihm tief in die Augen.

»Also gut. Du haust heute nacht ab... in einer Stunde trabst du los. Aber erst kommt die Meldung, dann die Tonaufnahme, zuletzt erst das Fräulein! Verstanden?«

Der Junge knallte die Hacken zusammen und antwortete mit sicherer Stimme:

»Jawohl, Herr Oberleutnant.«

Er sagte jawohl, obgleich er es nicht verstand; wie konnte ein Mann seine Braut so unwichtig finden, daß er sie ganz ans Ende stellte? Komisch, diese Offiziere... der Teufel werde klug aus ihnen.

»Nehmen Sie kein Gepäck mit«, riet Wirtz dem Landser, »schnallen Sie sich einen Brotsack um und eine MP nebst fünf Magazinen. Das wird reichen. Sollten Sie Gefahr laufen, in Gefangenschaft zu geraten, so vernichten Sie alle Papiere, die wir Ihnen mitgeben.«

Die Augen des Jungen glänzten noch mehr, als er jetzt sagte: »Keine Sorge, Herr Leutnant – ich komme schon durch!«

»Wissen Sie den Weg?«

»Jawohl. Ich habe mir von Unteroffizier Kalten eine Karte geben lassen. Zuerst nach St. Vith, dann ein Bogen nach Westen, und dann wieder südlich... wenn ich bis zur Urft komme, bin ich schon gerettet.«

»Nicht übel.«

Wirtz hatte sich über die Karte auf dem Tisch gebeugt und den angegebenen Weg aufmerksam verfolgt. »Ich glaube jetzt selbst, daß es Ihnen gelingt. Aber nur Ihnen und Fräulein Brandes... zu mehreren ist das unmöglich. Allenfalls könnte noch Oberleutnant Wüllner...«

Mit einer Handbewegung schnitt Heinz Wüllner die Rede ab.

»Sie sind wohl verrückt? Ich bleibe!«

»Sie sind verwundet. Sie brauchen ärztliche Pflege. Ich kann es nicht verantworten, Sie weiter bei meiner Kompanie zu belassen.«

Wüllner schüttelte den Kopf.

»Ich bin Ihnen nicht zugeteilt, sondern im selbständigen Einsatz. Ich komme für mich und meinen Kameraden selbst auf. Und wenn ich verwundet bin, so bin ich nicht der einzige. Die Hälfte der Kompanie ist verwundet.«

»Ich sagte ja auch schon, daß nicht alle... vielleicht Sie noch und ein Feldwebel...«

»Lassen Sie den Feldwebel als Anstandswauwau ruhig weg! Ich gehöre zur Truppe und bleibe bei der Truppe. Denken Sie, ich lasse Sie jetzt in dieser Lage im Stich? Es ist über diesen Fall kein Wort mehr zu verlieren, Herr Leutnant!«

Dieser Ton klang anders. Das war ein Befehl.

Leutnant Wirtz klappte die Hacken zusammen und sagte fest: »Zu Befehl, Herr Oberleutnant!«

Der junge Landser hatte sich nicht gerührt; auch Hilde nicht, die in einer Ecke des Bunkers hockte und aus großen, starren Augen zu Wüllner hinblickte. Sie kannte Heinz nicht wieder. Das war nicht das Schnöselchen, das im Tiergarten einen Schneemann baute. Das war ein Mensch, der keine Kompromisse kannte, der konsequent war bis zum Zerbrechen.

»Kann ich mich fertig machen? Oder haben Herr Oberleutnant noch einen Wunsch?«

Der Landser wurde unruhig. Schließlich wollte er noch einen Brief schreiben an ein Mädchen, das in Dresden in einer Bäckerei hinter der Theke stand und acht Stunden lang Mischbrot verkaufte. Beim letzten Urlaub hatte er dort seine Brotkarte umgesetzt, aus dem Brot wurde ein vergnügter Abend, aus dem Abend eine Liebelei, und als er eines Morgens erwachte, lag er neben ihr im Bett und hatte nichts anderes an als einen Sockenhalter. Tja, wie es Soldaten eben so geht... jetzt mußte er ihr schreiben, und sie schrieb ihm wieder... mein geliebter Fritz, mein Süßer, mein Schatzi, schickte ihm Kuchen und tausend Küsse und wartete darauf, bis er wieder bei ihr war, nur bekleidet mit einem Sockenhalter...

Wüllner nickte ihm zu.

»Sie können abtreten. In einer Stunde melden Sie sich bei MG-Stand III.«

Der Junge grüßte stramm und drehte sich um. Da sprang Hilde aus ihrer Ecke auf und sagte laut:

»Ich gehe nicht mit.«

Alle, selbst das Bürschchen, wirbelten herum. Hilde trat in die Mitte des Bunkers.

»Genauso wie der Oberleutnant gehöre ich zur Truppe.«

»Sie sind als Nachrichtenhelferin nicht fronteinsatzpflichtig!«

Wüllner schob den Leutnant einfach zur Seite und trat einen Schritt auf Hilde zu. Ganz nah stand er jetzt vor ihr. So nah, daß sie aufblicken mußte, wollte sie sein Gesicht sehen. Unerbittlich ragte sein hoher, breiter Körper vor ihr auf. Aber seine Stimme war leise, so leise, daß man sie kaum verstand, aber von einer solchen Kraft des Ausdruckes, daß Hilde die Augen schließen mußte.

»Du gehst«, hörte sie ihn sagen. »Ich will, daß du gehst! Weigerst du dich, dein Kind für mich zu retten, so sage ich mich von dir los, kenne dich nicht mehr...«

»Heinz!!« rief Hilde. »Das kann nicht dein Ernst sein!«

»Du gehst?« fragte er zurück.

Da begann ihr ganzer Körper zu zittern, die Hände bebten, ihr Mund aber flüsterte:

»Ja. Ich gehe...«

Leise, auf Zehenspitzen, schlich der Landser hinaus. Erst draußen dehnte er die Arme und blickte in den abendlichen fahlen Himmel. Er wußte, was es hieß, Abschied zu nehmen. Auch die Erna aus Dresden hatte am Zug so geweint und dabei das Brot in den Händen gehalten. Als er es dann später während der Fahrt abschnitt und hineinbiß, schmeckte es ganz salzig. Ja, ja, die Erna...

Eine Stunde später waren Wüllner, Hilde, Stohr und Wirtz am MG-Stand III und erteilten dem abmarschierenden Landser die letzten Weisungen. Hilde stand neben Wüllner, hielt dessen Hand fest und sah in die Ferne. Der schmutzige Mantel bauschte sich über der Brust, dort trug sie Wüllners wichtigstes Vermächtnis, eine Kapsel mit einem Negativfilm von der Schlacht um St.-Vith. Den Behälter mit der Tonaufnahme hatte sich der Junge über die Schulter geschnallt. Der gefüllte Brotsack hing ihm über den Rücken. Vorn an der Brust pendelte an einer Lederschnur die Maschinenpistole, und im Koppel steckten auf jeder Seite je zwei Handgranaten.

Leutnant Wirtz nahm noch einmal die Karte zur

Hand und wies, bei dem abgeblendeten Licht einer Taschenlampe, den Weg.

»Wenn Sie auf eine feindliche Streife stoßen, weichen Sie aus. Nur dann in einen Kampf einlassen, wenn es nicht mehr anders geht. Und in der Nacht wandern, nicht am Tag – das ist ja selbstverständlich.«

Überhaupt sagte er dauernd Dinge, die selbstverständlich waren, und der Landser wunderte sich über seinen sonst so beherrschten Leutnant, der heute aufgeregt und kopflos schien.

Stohr blickte zur amerikanischen Stellung hinüber.

»Alles ist ruhig. Man will uns eine Galgenfrist lassen. Wenn Sie jetzt losgehen, haben Sie schon ein schönes Stück geschafft, bis das Nachtkonzert anfängt.«

Stumm drückte Wirtz dem schmächtigen Bürschchen die Hand und klopfte ihm auf die Schulter. Stohr drückte ihm mit der Linken die Finger zusammen und sagte:

»Hals- und Beinbruch, mein Junge.«

Zum letzten Mal blickte Heinz in die hellen Augen Hildes und sah die wirren blonden Locken um das kleine Gesicht. Da schnürte es ihm die Kehle zusammen, er wollte schreien, wollte irgend etwas tun, nur sie sollte bleiben, sollte nicht ins Ungewisse gehen, alles wollte er opfern, wenn sie nur bleiben würde, immer, immer bei ihm – aber laut sagte er nur ein Wort, ein schweres, dumpfes, dunkles Wort ohne Hoffnung, ohne Zukunft, ohne Licht:

»Lebe wohl...«

»Heinz!«

Hilde mußte sich an die Brüstung klammern, um nicht umzusinken.

»Soll das unser Abschied sein?«

Wüllner blickte zur Seite. Er konnte diesen Blick nicht länger ertragen. Diesen gehetzten, hilflosen, flehenden Blick... Herr, mein Gott, laß mich stark sein, diese Minuten zu ertragen...

»Wir sind Soldaten... wir kennen nur die Pflicht!«

Ein Beben durchlief den Körper Hildes. Auf dem Absatz drehte sie sich um, wild, wie von einer Faust geschleudert, und ging in die Nacht hinaus, schemenhaft im Dunst der Finsternis untergehend; ein Engel, der entschwebt, sich auflösend wie ein Traum.

Hinter ihr her ging der junge schmächtige Landser. Der Brotsack pendelte auf dem Rücken hin und her, schwankte im gleichen Rhythmus, bei jedem Schritt, hin und her... hin und her...

Längst waren Wirtz und Wilhelm von Stohr in den Bunker zurückgekehrt, da stand Wüllner noch an der Brüstung des Grabens und starrte hinaus in die Nacht.

11

Drei Tage später saß im Befehlsstand der Division an der Urfttalsperre eine zarte, verschmutzte, todmüde Frau mit wirren blonden Locken, hellen blauen Augen und einer zerrissenen Uniform, legte eine Metallkapsel auf den breiten Kartentisch, einen Behälter mit einer Tonaufnahme und eine Meldetasche mit den Briefen und Papieren einer eingeschlossenen und abgeschnittenen Kompanie bei St. Vith.

Der General, der sich nach einer Lagebesprechung um sie bemüht hatte, las mit ernstem Gesicht die Meldungen durch, blickte ab und zu auf und sah auf die zusammengesunkene Gestalt, vor die der rührige Adjutant ein Glas Wein und einen kleinen, aber kräftigen Imbiß gestellt hatte.

»Sie sind die Nachrichtenhelferin Brandes?« fragte er und legte die Papiere mit nachdenklichem Gesicht beiseite.

»Jawohl, Herr General.«

»Sie sind mit dem jungen Soldaten durch die amerikanischen Linien gekommen?«

»Ja.«

»Der Junge hat ja einen ganz netten Fleischbatzen weniger am Arm. Wie ist das passiert?«

Hilde wischte sich die Locken aus der Stirn.

»Wir sind in der Nacht losgetrabt, haben uns den Tag über in verlassenen Bunkern oder zerschossenen Kellern versteckt, bis wir gestern nacht an die Stellungen der Amerikaner kamen. Die Hauptstraße mit ihrem ununterbrochenen Nachschub haben wir immer vermieden und sind in den Schluchten und Wäldern der Eifel untergetaucht. So passierten wir gestern auch ein enges Tal, das zu der Urfttalsperre führen mußte. Schon von fern sahen wir die Leuchtkugeln in der Luft, hörten das Tacken der Maschinengewehre und richteten uns danach mit unserem Weg. Auf einmal waren wir mitten drin in den amerikanischen Linien, lagen im Gebüsch nahe einer Feldwache, umgingen sie und schlichen durch das dichte Unterholz, immer näher an die erste Linie heran. Wir hatten schon vorher einen Weg gewählt, der in einen Wald mündete, und gerade durch diesen Wald zog sich die beiderseitige erste Linie. Wir legten uns also in einem Trichter auf Lauer und warteten, ob nicht von irgendeiner Seite die Aufmerksamkeit von uns abgelenkt würde.«

Der General nickte.

»Nicht übel. Da kam unverhofft unser kleiner Erkundungsvorstoß.«

»Ja. Kaum hörten wir die MGs und das Krachen der Handgranaten, sprangen wir auf und liefen wie gehetzt auf die deutsche Linie zu. Plötzlich standen Menschen vor uns, es war dunkel, wir wußten nicht, waren es Deutsche oder Amerikaner – da krachte es schon, und mein Begleiter bekam eine Kugel in den Arm. Wir warfen uns sofort hin, erwiderten das Feuer und wurden im Sturm überwältigt... es waren deutsche Soldaten...«

Der General nickte wieder. »Leider. Ihr Vorgehen kostete mich zwei Tote und drei Verwundete. Hätten beide Seiten besser aufgepaßt, so wäre dieser Irrtum vermieden worden. Aber nun schlafen Sie sich erst mal aus, Sie haben viel durchgemacht.«

Doch Hilde gab sich nicht damit zufrieden. Sie stellte sich vor den General und sah ihm fest in die Augen.

»Kann die eingeschlossene Kompanie entsetzt werden? Besteht die Möglichkeit, sie aus dem Kessel zu holen?«

Der bisher väterliche General wurde auf einmal sehr dienstlich. Das Lächeln verschwand um seine Mundwinkel, auch die Augen blickten streng und unnahbar.

»Die Kompanie? – Darüber kann ich zur Zeit nichts sagen.«

Hilde ließ sich so leicht nicht abspeisen. Sie beharrte auf ihrem Platz und wich dem Blick des Generals nicht aus. Mochte er noch so viele goldene Eichenblätter auf dem Kragen tragen – es ging hier um Heinz.

»Herr General – ich könnte nicht schlafen ohne eine klare Antwort. Mein... mein Verlobter ist dabei, Oberleutnant Heinz Wüllner.«

Die Kompanie steht bei St. Vith?«

»Ja.«

»St. Vith ist gefallen. Der Abschnitt stand in Volhagen?«

»Ja.«

»Volhagen ist gleichfalls geräumt. Die Truppen stehen jetzt zwanzig Kilometer hinter St. Vith.«

»Und, Herr General...?«

»Wissen Sie, was zwanzig Kilometer zu erkämpfendes Gelände bedeuten? Wissen Sie, was man an Material braucht, um das wieder frei zu kriegen? Was das für Blut kostet?«

»Aber, Herr General...«, stotterte Hilde erschüttert.

Der General fuhr fort:

»Die Kompanie bestand, als Sie sie verließen, aus hundert Mann. Rechnen wir jetzt die Hälfte. Das sind fünfzig Mann. Um diese herauszuhauen, soll ich womöglich tausend Mann opfern? Wir brauchen jetzt jedes Gewehr und jeden Arm, der schießen kann... aber fünfzig Mann abzuschreiben...« Er stockte und blickte zu Boden. »Sie abzuschreiben ist bitter, doch notwendig...«

Starr stand Hilde vor diesem eisernen Gesicht. Dieselben Augen wie Heinz, dachte sie, das gleiche Kinn, die gleichen Backenknochen, das gleiche Beben der Lippen... hier war nichts zu erhoffen. Aber ihr Herz schrie, schrie auf bei dem Gedanken, daß dort draußen fünfzig Mann in Erdhöhlen und Löchern auf den Tod warteten. Männer, die Familie besaßen. Männer, denen die Hoffnung noch aus den Augen leuchtete, als sie sie verließ. Männer, die zu jung waren zum Sterben. Und mitten unter ihnen Heinz, ihr Heinz, ihr Schnöselchen... Sie sollten geopfert werden, waren schon gestrichen von der Liste der Truppen, hatten ihre Pflicht erfüllt und konnten jetzt sterben, weil niemand sie mehr brauchte – fünfzig Mann mit Gefühlen, mit Wünschen und Sehnsüchten... fünfzig Menschen!

Hilde sah zu Boden.

»Also alles verloren, alles vorbei...«

Der General zeichnete mit den blanken Stiefelspitzen einen Kreis auf den rohen Dielenboden.

»Einige andere Truppenkontingente sind gleichfalls eingeschlossen. Darunter Truppen in Bataillonsstärke. Darunter auch eine Panzerabteilung und eine Fahrkolonne. Es kann sein, daß bei ihrem Durchbruch Volhagen an der Peripherie der Linie liegt... aber dann müßte sich die Kompanie ihrerseits bis Volhagen durchschlagen...«

Hilde zitterte vor Erregung.

»Kann man die Kompanie nicht benachrichtigen? Kann man keine Funkverbindung aufnehmen?«

»Sofort nach Ihrem Eintreffen haben wir versucht, mit der Kompanie in Verbindung zu treten. Bis jetzt ohne Erfolg. Es sind zuviel atmosphärische Störungen... die Verbindung reißt immer ab. Für einen Augenblick hatten wir die Kompanie im

Sucher... ein Leutnant Wirtz meldete sich und sagte, daß alles gut stünde, man würde versuchen... da brach die Verbindung ab. Das ist alles.«

»Herr General, ich habe eine große Bitte. Lassen Sie mich versuchen, wieder eine Verbindung zur Kompanie herzustellen.«

»Sie müssen schlafen!«

»Das hat Zeit. Erst muß ich die Verbindung haben.«

»Zum Teufel – Sie ruinieren Ihre Gesundheit.«

»Wenn draußen fünfzig Mann ihr Leben verlieren, kann ich meine Gesundheit opfern.«

Gegen diese Logik kam der General nicht an. Was sollte er auch darauf erwidern? Daß alle Bemühungen letzten Endes fehlschlagen würden? Daß ein Entsatz unmöglich war? Daß die Truppe im Begriff war, auch die Urfttalsperre zu räumen? Daß dem feindlichen Druck nicht mehr zu widerstehen war? Daß der Krieg verloren war und die Kapitulation vor der Tür stand? Mein Gott – fünfzig Mann! Doch für diese junge Frau war der eine Mann, dieser Heinz Wüllner, mehr wert als fünfzig Millionen! Man mußte sich in diese Seele hineindenken, mußte einmal weniger Soldat und etwas mehr Mensch sein.

So nickte er nur und rückte seine Brille auf der Nase zurecht. Er war müde, rechtschaffen müde. Dabei fing es draußen auch noch an, mit schweren Brocken zu schießen. Zum Satan – macht Frieden, und alles ist gut!

Hilde saß eine Viertelstunde später vor einem komplizierten Apparat und tastete den Äther ab nach einer Kompanie, bestehend aus hundert Mann – rechnen wir die Hälfte – fünfzig Menschen! Aber so genau und intensiv sie auch die Kurzwelle abhörte – es summte und knarrte nur in dem Apparat, es zischte und fauchte... die Störungen waren zu stark.

So verging die Nacht, der Morgen kam, und noch immer saß ein blonder Lockenkopf am Funkgerät und drehte und lauschte, gähnte, streckte die Arme, drehte und lauschte.

Melder tappten hinaus und herein, Offiziere jagten vorbei, Verwundete wurden ausgeladen, und durchfahrende Kolonnen meldeten sich zum Einsatz. Ab und zu warf einer der Landser einen Blick auf die zusammengesunken sitzende Gestalt eines Mädchens mit wirren blonden Locken und dachte sich: Na, die ist glücklich, ein bißchen Telegrafie, gutes Essen und dann ins Bett... und sie tappten weiter, kamen sich wichtig vor und schimpften auf die Schweinerei der Etappenhengste.

Nur einer der Stabsoffiziere blieb einen Augenblick vor dem Gerät stehen und legte die Hand auf die Schulter des Mädchens.

»Jetzt wird aber Schluß gemacht. Legen Sie sich schlafen – zu essen gibt es im Kasino.«

Aber da schüttelte das Mädchen die blonden Locken und suchte weiter... und lauschte.

So daß sie, ohne die Zeit zu spüren, gönnte sich kaum Essen, kaum ein bißchen Schlaf im Sitzen ... mit magischer Gewalt zog es sie zum Funkgerät, und je weiter die Stunden eilten, um so blasser wurde das schmale Gesicht, um so verkniffener die Lippen, um so starrer der Blick.

Schließlich wagte niemand mehr, die verzweifelte Frau anzusprechen, die tagelang einen vergeblichen Kampf führte. Denn daß die Kompanie längst nicht mehr bestand, war allen klar, die nur einen Augenblick im Trommelfeuer der Schlacht gelegen hatten. Aber konnte man diesem Mädchen so kraß ins Gesicht sagen: Hör, Kleine, laß das Suchen sein, die Kompanie ist futsch!

So kam es, daß immer eine merkwürdige Stille entstand, wenn Hilde an ihrem Gerät hantierte; der laute Ton erstarb für Sekunden zu einem Flüstern, und man meinte, jeden Augenblick müsse jemand den Hut abnehmen wie bei einem stillen, ehrenvollen Begräbnis.

Nur Hilde merkte es nicht. Sie war so weit weg mit ihren Gedanken, daß sie ihre Umgebung fast nur schemenhaft sah, wie in einen Nebel gehüllt, aus dem sich klar, überklar ein Apparat schälte mit Spulen, Knöpfen, Drähten und Batterien. Saß sie dann davor, dann versank alles um sie her, dann war der Äther ihr Reich, der Drang nach leisen, tickenden Zeichen ihre Seele, die Hoffnung der einzige Glanz ihres Lebens.

»So geht das nicht weiter, meine Herren«, sagte

schließlich der General. »Das Mädchen muß aufgeklärt werden. Ich kann es nicht mehr länger mit ansehen, wie sie sich aufzehrt in einer Sehnsucht und einer Hoffnung, die nie erfüllt werden kann. Wer übernimmt es, sie von der Wahrheit zu unterrichten?«

Aber da zeigte sich, daß wohl alle das EK I trugen, manchen Sturm mit der blanken Waffe in der Hand überlebt hatten und nun doch zurückscheuten vor dem Schrei eines Mädchens, das sie aus allen Illusionen reißen sollten.

Der General sah sich um.

»Keiner? Hm – ich ehre Ihre männliche Rücksicht, aber hier ist sie falsch am Platz. Ich sage es ihr selbst.«

Doch dem General wurde seine Mühe von einem Dritten abgenommen.

Am Abend dieses Tages brachte man einen Soldaten ins Divisionsgeschäftszimmer, einen neunzehnjährigen Abiturienten aus Weimar; brachte ihn auf einer Bahre, hoffnungslos, mit einem zerschmetterten Bein und einem Lungenschuß. Dieser Soldat hatte am Drahtverhau des deutschen Grabens gelegen, auf der Höhe der Urfttalsperre und einen Zettel in der Hand gehalten, auf dem stand: Meldung der 4. Kompanie – Oberleutnant Wüllner...

Als der General ins Zimmer trat, sah er die Nachrichtenhelferin Hilde Brandes an der Trage sitzen und die Hand des Sterbenden halten, dem in großen Perlen der Schweiß auf der Stirn stand; die Augen blickten ins Leere. Ein Ordonnanzoffizier übergab dem General ein Päckchen mit Meldungen, das man bei dem Soldaten – auf der Brust in einem Lederbeutel versteckt – gefunden hatte. Der Offizier flüsterte: »Sie weiß noch nichts...«

Der General nestelte das Bündel auf, entnahm ihm einen dicken Brief, adressiert an Hilde Brandes. Der Verwundete bewegte jetzt die Lippen und flüsterte:

»Mutter... Mutter...«

Wie ein Hauch wehte es durch die Stube...

Und still, ohne einen Ton des Schmerzes, brachen die Augen des neunzehnjährigen Abiturienten aus Weimar, des Melders der eingeschlossenen Kompanie, des Boten von hundert Mann, nehmen wir die Hälfte – fünfzig!

Der General nahm seine Hacken zusammen, der Oberkörper straffte sich, die Linke fuhr zur Hosennaht – der alte Mann stand stramm. In der Rechten hielt er einen kleinen schmutzigen Zettel, während er befahl:

»Meine Herren – nehmen Sie Haltung an!«

Eisern standen die Offiziere. Unbewegt, als der General fortfuhr:

»Hier ist die letzte Meldung der eingeschlossenen 4. Kompanie vor St.-Vith. Ich verlese sie:

›*Volhagen. Der Druck ist ungeheuerlich. Die Munition ist verschossen. Verpflegung zu Ende. Die Kompanie besteht aus 43 Mann. Der Rest gefallen oder verwundet. Verbandszeug und Medikamente nicht vorhanden. Wir können uns nicht mehr halten. Trifft bis Sonntag kein Entsatz ein, stirbt die Kompanie getreu ihrem Fahneneid. Es lebe die Zukunft Deutschlands und der Friede... Heinz Wüllner...‹«*

Eine kurze Pause trat ein. Dann war da wieder die Stimme des Generals:

»Heute haben wir Dienstag... meine Herren, ich bin stolz, unendlich stolz auf die 4. Kompanie!«

Da fuhren die Hände der Offiziere an die Mützen und grüßten stumm.

Unruhig flackerte die Lampe. Sonst war es still, geisterhaft still.

Tränenlos, ohne Schrei, ohne Zittern erhob sich Hilde, nahm vom General den dicken Brief entgegen und ging hinaus, vorbei an dem General, vorbei an den Offizieren. Starr wie eine aufgezogene Puppe wandte sie sich ihrem Zimmer zu in einem schiefen, halbzerschossenen Bauernhaus, setzte sich auf den Rand ihres Bettes, entzündete eine Kerze und öffnete vorsichtig den Brief.

Da war er auf einmal bei ihr. Er, Heinz Wüllner. Seine kritzelige Schrift lockte und sang, sprach und lachte, der Raum wurde weit, Wände versanken und Himmel und Ferne... er stand vor ihr, frech, mit ergrauten Haaren, die Hand in der Tasche und sah sie zärtlich an.

Sie entfaltete die halb mit Maschine, halb mit der Hand geschriebenen Blätter des Briefes, setzte sich nahe an die Kerze, ganz nahe. Und sie las.

Als der Morgen kam, der graue, nebelige Morgen eines Eifeler Februartages, saß sie noch immer auf dem Feldbett und sah in die Ferne – zwar mit verweinten, geschwollenen Augen, aber mit einem merkwürdig lächelnden Mund, mit einem stolzen Blick und einem gefestigten Glauben an das Leben.

Auf ihrem Schoß lagen die engbeschriebenen Blätter. Sie trugen eine merkwürdige Überschrift, nüchtern, nichtssagend, fremd: ›Lose Blätter‹.

Nichts weiter. Nur: ›Lose Blätter‹. Sie erzählten von einem Sterben, das umsonst und doch nicht nutzlos war:

Montag, den 29. Januar 1945

Ich sitze in einem notdürftigen Bunker in der Nähe von St.-Vith kurz hinter dem Graben und schreibe auf einer erbeuteten Remington-Schreibmaschine beim Schein eines Kerzenstumpfes diese Zeilen. Wenn ich sage erbeutet, so hieße das, den Mund etwas voll nehmen, denn richtiger gesagt fand ich diese Maschine unweit unserer Stellung in einem verlassenen Unterstand nebst einem Kasten mit Papier und Ersatzfarbbändern. Glück muß ein Kriegsberichter haben: Nun besitze ich ein Mikrofon, eine Leica und eine Schreibmaschine – eine Ausrüstung, wie sie für meinen Beruf nicht besser sein kann. Und ich fühle mich auch ganz wohl und würde singen, wenn die Umgebung nicht ganz so trostlos wäre.

Ein roh gezimmerter Tisch steht hier, von den Lehmwänden tropft Schmelzwasser, die Decke ist mit Balken verschalt und abgestützt. Draußen rumpelt die Artillerie der Amerikaner, denn St. Vith ist seit vier Tagen in der Hand des Gegners, der nun in unserem Abschnitt mit allen Mitteln einen Durchbruch versuchen will. Er rückt mit seinen Panzern in Stoßkeilen gegen unsere Stellung vor und schont kein Material.

Mein Kamerad Wilhelm von Stohr sitzt neben mir und schreibt an seine Frau. Was er schreibt, weiß ich nicht, aber es wird immer dasselbe sein, wenn Menschen Abschied nehmen... Man hält besinnliche Rückschau auf sein Leben. Ich selbst kann kaum noch sehen, denn der Kerzenstumpf ist bald niedergebrannt, dauernd vertippe ich mich, weil die Erde dröhnt und schwankt von den Einschlägen der Granaten.

Wenn ich bedenke, was alles hinter mir liegt, mit welcher Hoffnung und welchem Glauben alles begonnen hat, und zu welcher Dumpfheit und Trostlosigkeit es sich wandelte. Deutschlands Jugend liegt unter dem Büschelgras russischer Steppen, verscharrt im glühenden Sand tripolitanischer Wüsten oder in den Tundren des Eismeeres und der karelischen Wälder. Wo ist der Glaube geblieben, wo die Tat nach all den großen Worten? Wo war jetzt die Gnade des Schicksals, die Deutschland unter einem Hitler zum Licht der Welt machen sollte? Ich muß fast lachen, denke ich an den Wahnsinn unserer Propaganda, und ich schäme mich, jemals diesen Wahnsinn unterstützt und mitgemacht zu haben. Ich stehe hier auf verlorenem Posten und will alles sühnen, was ich einmal an meinem Vaterland im Dienste dieser verblendeten Idee gesündigt habe... und sterbe ich hier einen einsamen Tod, so soll die Welt durch diese Blätter wissen, daß wir erwacht sind, wir alle, die einst an dieses Regime glaubten; daß wir heute die Wahrheit sehen und aus den Gräbern die Faust mahnend erheben... heute, wo es zu spät ist, wo der Zusammenbruch vor uns liegt.

Momentan brüllt die Front auf. Der Amerikaner schießt mit schweren Sachen. Es sind 35-cm-Granaten, die Trichter reißen so groß wie ein Hausfundament. In dieses Inferno muß ich in einer Stunde wieder hinaus. Nur für eine Stunde ging ich einige Kilometer nach hinten, um einmal aufzuatmen. Aber die Front ruft und lockt... ich muß wieder hinaus, zu ihnen, die jetzt im Feuer sich ducken... zu meinen Kameraden.

Wenn ich gleich im Graben liege, inmitten der Panzerangriffe, so werde ich tief aufatmen und daran denken, daß auch die schlimmste Angst einmal dem Mut der Verzweiflung weichen muß.

Denn wer leugnet es, daß wir Angst haben? Alle haben Angst... der Schauspieler nennt es Lampenfieber, der Feldherr Besinnung, der Landser ›macht sich einen Fleck ins Hemd‹... alles ist Angst... Angst!

Wie die Zeit vergeht. Jetzt nur noch eine halbe Stunde, und wir sehen wieder dem Tod in die erbarmungslosen Augen.

Der Stummel der Kerze ist ausgebrannt. Wir haben eine neue angezündet; die letzte, die Stohr in seinem Sturmgepäck verstaut hatte. Wir müssen uns jetzt fertig machen... losreißen von allem, was unsere Gedanken umschließt... So lebt denn wohl, alle, die ich liebte und denen mein Herz zuschlägt.

Dienstag, den 30. Januar 1945

Ich liege im Graben, und um mich herum schlagen die Granaten ein. Ich kann nicht weiterschreiben... es ist alles ein Staub. Schnee, Eis und Fleischfetzen unbegrabener Toter, die jetzt von neuem zerrissen werden, wirbeln durch die Luft. Die Sicht wird einem genommen, und dann die Kälte dazu! Die Pistole friert fast an der Hand fest... Jetzt ertönt schon wieder Panzeralarm. Ich höre auf...

4 Stunden später.

Ein Panzerangriff ist abgewiesen, das heißt, wir haben nicht geschossen, sondern sind den Kolossen ausgewichen. So rollten sie in der Gegend umher, suchten uns und fanden nur ein leeres MG-Loch. Wäre Infanterie hinterhergekommen, wäre alles verloren gewesen. So aber kehrten die Panzer um und verschwanden mit klirrenden Ketten hinter einer Bodenmulde.

Von diesem Angriff habe ich eine Tonaufnahme gemacht. Ich lag mit meinem Mikrofon geschützt in einem tiefen Trichter und hatte Erde über meinen Körper geworfen, so daß ich selbst aus nächster Nähe nicht zu erkennen war. Doch war mir merkwürdig zumute, als plötzlich das mahlende Geräusch der Raupenketten ertönte und als sie hinter der Mulde auftauchten, in breiter Angriffsformation. 24 Shermanpanzer rollten heran, aus allen Rohren feuernd...

Nun ist alles vorüber, und ich liege wieder in meinem Unterstand. Die Nerven vibrieren, ich merke es besonders in meinem zerschossenen Arm und in der brennenden Schulterwunde... alles zuckt und sticht... Aber was hilft es, darüber zu sprechen? Ich werde jetzt mein Mikrofon nehmen und mich in eine Ecke des Grabens legen mit einer Zeltbahn darüber. Und wenn der nächste Sturm kommt, werde ich wieder zur Stelle sein, so wie meine Kameraden.

In der einen Ecke des Bunkers liegt Leutnant Wirtz. Er schläft wie ein Murmeltier... und er schnarcht! Wie kann ein so junger Mensch von zweiundzwanzig Jahren schnarchen?

Mittwoch, den 31. Januar 1945

Seit Stunden ununterbrochenes Trommelfeuer! Man kann wahnsinnig werden. Ich sitze im Unterstand und warte auf den Ruf ›Panzer!‹ Es ist kaum zum Aushalten! Ein Bombenangriff in Köln war schlimm, aber dies hier ist die Hölle. Doch man darf diese Stimmung nicht zeigen, man muß so tun, als sei man gleichgültig – die Leute blicken auf einen. So wie die Offiziere sind, so ist auch die Mannschaft! Ich sitze hier im Bunker und pfeife vor mich hin. Ich weiß nicht recht, was ich pfeife – es hört sich an wie eine Variation über Kornblumenblau, es könnte auch Butterfly sein... die Hauptsache ist, man pfeift. Pfeifen macht sich immer gut... pfeifen heißt: Na, wenn schon, mir kann keener!

Dabei ist heute Großkampftag! Wirtz nennt ihn so – als wenn hier nicht jeder Tag einen Großkampf sieht! Aber heute ist es besonders schlimm, der Amerikaner will den Durchbruch erzwingen und wirft immer neue Truppen nach vorn.

Mir zu Füßen winselt der Kompaniehund. Vielleicht das einzige Wesen, das ehrlich ist und zeigt, daß es Angst hat. Der Leutnant ist draußen bei seinen Männern. Stohr sitzt in einer Ecke und schmiert sich mit seiner einen Hand ein dickes Butterbrot mit Thunfisch. Er hat Hunger! Was muß der Bursche für Nerven haben, jetzt ans Essen zu denken! Oder tut er es auch nur, um den Männern ein Beispiel zu geben?

Die Erde zittert! Der ganze Unterstand schwankt! Wenn jetzt ein Volltreffer kommt, ist alles vorbei! Wie ich an diese Möglichkeit denke, staune ich über mich selbst. Jetzt bin ich auf einmal so ruhig, so gefaßt, so gleichgültig. So war ich schon in Rußland. Immer, wenn es aufs Ganze geht, werde ich ruhig, ganz ruhig.

Ein unerhörtes Krachen ... dann ein Bersten ... ich kann nicht weiterschreiben, die Erde schwankt zu sehr ...

Donnerstag, den 1. Februar 1945

Heute hatte ich eine lange Aussprache mit Leutnant Wirtz. Vor einem Jahr hat er in Rußland ein Erlebnis gehabt, das sein Weltbild völlig durcheinanderbrachte. Nich jeder ist mit zweiundzwanzig Jahren so ernst wie dieser Leutnant, und schon immer wunderte ich mich, daß er allen Dingen scheinbar so gleichgültig gegenüberstand. Er wurde damals zu einem Sonderstab des Einsatzes L abkommandiert. Er ahnte nicht, was ihm bevorstand, und war stolz, zu einer Formation zu gehören, die, wie man ihm sagte, zu den Elitetruppen des Führers zählte. Da kam ein Eisenbahnzug in Polen an, ein Transport voller Menschen, zusammengepfercht in Viehwagen, Lebende zwischen verhungerten Toten, stinkend, im Kot liegend, die Türen von außen plombiert, Frauen und Männer, Kinder und Greise.

Wirtz war erschüttert. Aber was sollte er tun? Diese Menschen wurden ausgeladen, die Toten in eine Grube geworfen, die übrigen abgesondert, mit einer Kohlrübensuppe verpflegt, die hübschen Judenmädchen wurden in die Häuser geschleift, die alten Frauen in einen Stall gesperrt. Die Männer – gleich welchen Alters – wurden zu Trupps zusammengetrieben und in provisorischen Waldlagern unter freiem Himmel ohne jeden Schutz bei 25 Grad Kälte untergebracht.

Am Morgen war mehr als die Hälfte der Männer erfroren – sie wanderten in die Grube mit Chlorkalk. Die Frauen wurden aus den Ställen geholt, die Judenmädchen aus den Häusern geschleift, mißhandelt, geschändet... und weiter ging es, nach Polen hinein. Bis man nach Kiew kam. Dort schien sich die Lage zu ändern. Die Juden kamen in ein großes Krankenhaus oder in weiträumige Lazarettbaracken, ein Oberstabsarzt besuchte jeden, untersuchte sie genau und gab einem jeden eine kleine Spritze zur Kräftigung. Dann wurden die Juden beobachtet, regelmäßig Visiten, das Essen wurde gut, man konnte aufatmen... aber plötzlich zeigten sich am Körper Flecken, eigenartige Beulen, rote und blaue Kreise, die Beulen wurden schwarz, und innere Eiterungen stellten sich ein. Der Oberstabsarzt und seine Assistenten liefen umher, untersuchten, nickten... man war auf dem richtigen Wege... die Pestimpfung hatte Erfolg... man konnte jetzt weitere Versuche anstellen und das Serum finden... gegen die schwarze und die Beulen-Pest!

So starben sie dahin. Männer und Frauen, Kinder und Greise. Sogar Säuglinge wurden infiziert, bekamen Keuchhusten, Diphtherie, Scharlach und eine nette kleine Cholera.

Leutnant Wirtz, der zum ersten Mal diese Greuel sah, schien der Boden unter den Füßen zu wanken. Er wußte nicht, ob dies alles nur eine Fata Morgana oder die Ausgeburt eines kranken Gehirns war. Er hielt sich für irrsinnig und konnte es einfach nicht glauben. Er verlor den Glauben an Deutschland, dem er mit ganzem Herzen gedient hatte, den Glauben an das Gute im Menschen.

Als ich ihm sagte, daß es falsch sei, die Hoffnung aufzugeben und daß immer in der Geschichte aus einem Zusammenbruch eine neue Welt entstehe, da sah er mich traurig an und schüttelte in müder Resignation den Kopf:

»Diese neue Welt, wenn sie wirklich kommt, erleben wir nicht mehr!«

Und er hat recht, so recht...

Es ist nun später Abend. Der Gegner trommelt. Es sollte mich wundern, wenn er diese Nacht nicht angreift. Es ist jetzt 23 Uhr. Ich will etwas schlafen, um 3 oder 5 Uhr morgens werden sie kommen. Bis dahin gute Nacht, alle meine Lieben in der Heimat. Lebe ich auch heute noch – wer weiß, ob ich nicht morgen schon ein Teil der Erde bin. Wir leben von Sekunde zu Sekunde... aber trotzdem – es ist ein besonderer Reiz, den Tod bei sich zu wissen und sagen zu können: Alter Knabe, heute gibt es hier nichts für dich!

Ich werde schlafen. Wenn die Wände nur nicht so tropfen würden. Es ist nicht angenehm, im Kalten und Feuchten zu liegen. Dabei habe ich einen Arm, der Kälte überhaupt nicht verträgt – und die Schulterwunde dazu. Es zuckt im Arm, aber was macht das schon aus. Sollten wir hier lebend herauskommen, so zeigen sich die Folgen doch erst nach Jahren. Meine arme Frau! Ich werde ihr für wenige Tage hier im Dreck Jahre der Fürsorge und der Mühe machen... und alles für ein *Nichts!*

Ich will nun endlich schlafen...

Freitag, den 2. Februar 1945

Rückzug. Die Stellung wird geräumt. Schnell, am Grabenrand, schreibe ich diese Zeilen. Der Druck von St. Vith her in unsere Flanke ist zu stark. Der

Amerikaner hat neue Panzer herangezogen und greift ununterbrochen an. Seit gestern 20 Uhr bis heute 22 Uhr keine ruhige Minute. Immer Trommelfeuer, Panzerangriff, Jabofeuer, Angriff, Angriff! Wir ziehen uns auf Volhagen zurück, den ehemaligen Kampfraumstützpunkt des Oberst Luchwitz. Wo mag der Oberst jetzt sein?

Wir müssen zurück. Sie greifen schon wieder an. Ihr Nachschub scheint unerschöpflich zu sein, und wir werden immer weniger.

Samstag, den 3. Februar 1945

Wir sind in der neuen Stellung am Dorfrand von Volhagen. Alles ist tief eingeschneit, gestern nacht fiel Neuschnee in großen Mengen. Man geht wie auf Samt.

Der Amerikaner folgt uns. Ich muß zu der MP greifen und zu den Handgranaten. Das Mikrofon ist zertrümmert. Die Leitung durchschossen. Es wird jetzt wohl aus sein! Ich zähle 18 Panzer. Von allen Seiten, auch von hinten! Es ist vorbei...

6 Stunden später.

Der Angriff kam nicht zur Entwicklung. Die Panzer stellten sich nur in Bereitschaftsräume und lagen außerhalb unserer Schußweite. Jetzt sind sie wieder untergetaucht im abendlichen Nebel, der alle Sicht raubt.

Ich habe Zeit gehabt, Volhagen anzusehen und machte den Vorschlag, das Dorf selbst als Verteidigungsstellung zu benutzen. Oberst Luchwitz' Haus ist zusammengeschossen, aber das Bürgermeisterhaus steht noch mit seinen großen, weiträumigen Kellern.

Wir haben den Kompaniegefechtsstand in den Keller verlegt und unsere Waffen in Stellung gebracht. Es sind 10 schwere MGs, eine Wagenladung nasser Panzerfäuste, 2 kleine Infanteriegeschütze und Munition für etwa eine Woche. Verpflegung ist ein Problem, aber solange wir Brotrinden haben, an denen wir kauen können, wollen wir Gott danken für diese Gabe.

Momentan ist es still, und ich kann auf meiner Maschine ungestört diese Zeilen schreiben. Wenn auch die Lage noch so ernst ist, der Humor läßt nicht nach.

Vor zwei Stunden gab es im Dorf Alarm – ein Schwein lief auf der Dorfstraße herum! Ein richtiges Schwein mit Grunzen und lappigen Ohren, fett und wohlgemästet. Beim Satan – ein Schwein!

Aus allen Kellern krochen sie hervor, aus allen Hausecken lugten Köpfe, von allen Seiten wurde gelockt, geschnalzt, gebrüllt und gezischt. Aber die Sau war melancholisch. Sie grunzte auf der Straße umher und war nicht bereit, sich abstechen zu lassen.

Da kam Bewegung in die Landser. Auf den Bäuchen arbeiteten sie sich an das Schwein heran, schön vorsichtig, Stück für Stück, denn erstens war die Sau scheu, und zweitens liegt die Dorfstraße unter Feindeinsicht. Aber die Panzer merkten bald die Bewegung auf der Dorfstraße und hielten mit ihren langen Rohren dazwischen. Es fauchte und splitterte... so hatten wir durch das Schwein vorerst drei Leichtverletzte.

Aber die Sau quiekte so lieblich, daß es den Landsern schwerfiel, ruhig zu bleiben. Selbst mich ergriff ein eigentümliches Jagdfieber. Weiß der Himmel, wo das Schwein jetzt noch herkam... aber das war ja auch gleichgültig... die Hauptsache, es lief in unserer Stellung herum! Es sollte uns nicht entwischen!

Wilhelm von Stohr, ein besonderer Liebhaber fetter Schinken, sah mich an. Ich sah ihn an, und wir wußten, was wir zu tun hatten. Eine kurze Lagebesprechung mit Leutnant Wirtz. Wenn wir auch von weitem auf das Schwein schießen konnten – es mußte geholt werden... aus der Deckung der Häuser mußten wir in jedem Fall heraus. So sprang also Stohr in kurzen Sprüngen mitten auf die Straße und legte sich in einen Trichter, während ich gleichzeitig mit langen Sätzen zum anderen Ende der Straße lief. Dem Schwein war der Weg verlegt... es war eingeschlossen! Die Amerikaner, die uns beobachteten, gaben jetzt nur Störfeuer, aber wir lagen schon längst in unseren Löchern und verfolgten die Attacken der erstaunten Sau. Da sie keinen anderen Weg nehmen konnte, denn hinter den Häusern an den Seiten der Straße lauerten unsere Landser, nahm sie im Trab ihren Weg auf Stohrs Loch zu, der mit aller Ruhe seine Pistole anlegte und dem Schwein in die dicke Schwarte feuerte. Die Sau schrie auf, warf sich herum und sauste im Eiltempo auf meinen Trichter zu. Es war ein wundervolles Bild. Ruhig zielte ich und drückte ab. Nach einem akrobatischen Satz legte sich die Sau langsam auf die Seite und starb ruhig und ergeben. Nur noch einmal grunzte sie tief und voller Resignation.

Aber was nun? Das Blut durfte im Körper nicht gerinnen! Ich kletterte also aus meinem Trichter, kroch zu dem Schwein, deckte mich gegen eventuelle Schüsse der Amis mit dem Körper der Sau und schleifte sie zentimeterweise meinem Trichter zu. Um mich herum brüllten die Landser, schrien hauruck und wollten mir nicht zu Hilfe kommen, weil sie an die amerikanischen Panzer dachten. Endlich, nach einer Viertelstunde, hatte ich das Schwein am Trichterrand und plumpste mit ihm auf den Boden.

Abstechen und ausbluten lassen war das Werk von Minuten. Da höre ich ein Keuchen und Stolpern, die Amis schießen wieder mal, schon denke ich an einen Feuerüberfall – da fällt Stohr in meinen Trichter. Er hatte es in seinem Loch nicht mehr ausgehalten. Er mußte bei dem Schwein sein! Bezahlt hat er diesen kulinarischen Drang mit einem netten Schläfenstreifschuß – aber er lächelte und streichelte über den fetten Schinken des Schweins. Dann begann dieser Stohr, ein Freiherr und Dr. phil., ein Kriegsberichter und Sonderpressefotograf der ›Transatlantik‹, das Schwein so gut es ging auszuweiden, während rund um den Trichter die Geschosse einschlugen.

Wir trennten die beiden Schinken ab und winkten aus dem Trichter zu Leutnant Wirtz, der wie auf Kohlen stand und sich nervös die Hände rieb. Unter dem Feuerschutz aller MGs und unserer zwei Infanteriegeschütze sprangen wir in Etappen zu unserem Keller zurück. Da, kurz vor dem Eingang, fühlte ich einen Schlag im Rücken – den typischen Schlag, als wenn ein Geschoß in den Körper dringt.

Aus! sagte ich mir, das war der dritte! Und ich wunderte mich, daß ich weiterspringen konnte und nicht einfach zusammenbrach. Im Keller aber erlebte ich eine große Überraschung – die Kugel war im Schinken des Schweines steckengeblieben –, das Schwein hatte mir das Leben gerettet! Es wäre ein glatter Lungenschuß geworden. Schwein muß der Mensch haben!

Und nun haben wir auch das Schwein – es brät im Keller an einem Spieß. Stohr dreht es mit liebevoller Miene herum und übergießt es mit Fett! Es duftet wundervoll!

Wie unser Beobachter meldet, ziehen sich die Panzer bis außer Schußweite zurück. Warum bloß? Sie brauchen nur einen richtigen Sturm zu wagen, und wir sind zermalmt. Oder ob sie uns in aller Ruhe den Schinken essen lassen wollen? Aber was gilt an der Front schon ein Schinken! Hier geht es um das Ende! Wir werden überrollt werden und als vermißt gelten.

Wer einmal diese Zeilen lesen wird, der wird sagen: arme Kerle. Aber er irrt sich. Wir sind nur ein wenig traurig, so kurz vor dem Ende erwischt zu werden. So kurz vor dem Ende eines Krieges, der keinen Sinn hatte.

7 Stunden später.

Der Amerikaner verhält sich still. Er wartet scheinbar. Der Leutnant will einen Melder losschicken. Dieser Melder soll versuchen, sich bei Nacht durch den Ring zu schleichen, um Verbindung aufzunehmen und Ersatz anzufordern. Die Munition wird knapp, und die Verpflegung wäre ohne das Schwein ein Problem.

Zu dieser Aufgabe hat sich ein Mann gemeldet, ein Mann, der noch ein Junge ist... 19 Jahre, Abiturient aus Weimar. Aber dieser Bursche hat scharfe Falten um den jungenhaften Mund und harte, vom Leben wissende Augen. Er meldete sich freiwillig, will sich das Eiserne Kreuz verdienen ... er hat in Weimar ein Mädchen, das zu ihm sagte, sie werde ihn nur heiraten, wenn er das EK I nach Hause bringe.

Ich bedauere ihn, habe das Reservemikrofon ausgepackt und seine Stimme aufgenommen. Er sprach einen kurzen Abschied an seine Mutter; er ist der einzige Sohn. Ihm gebe ich meine Tonaufnahmen und diese losen Blätter mit ... Ob der Junge durchkommt?! Unsere Hoffnung begleitet ihn.

Sonntag, den 4. Februar 1945

Wir haben eine Igelstellung gebildet. Die ganze Kompanie wurde in vier Teile getrennt: Gruppe Nord unter dem Befehl von Leutnant Wirtz, Gruppe Ost und Süd unter dem Befehl von Oberfeldwebel Ringhaus, Gruppe West unter meinem Kommando. Im Inneren des Dorfes blieb ein Reservetrupp zurück, den Stohr übernommen hat. Dieser Zug umfaßt 13 Mann für den äußersten Notfall. So haben wir alle unsere Stellungen am Dorfrand bezogen und warten auf die Erfüllung unseres Schicksals. Den Melder haben wir nicht losgeschickt, weil die Nacht zu hell war und der Amerikaner mit Scheinwerfern unsere Stellung ableuchtete. Wenn er das jede Nacht tut, so hat es überhaupt keinen Zweck, an eine Verbindung mit der Truppe zu denken.

Zu allem Überfluß ist Tauwetter eingezogen. Erst Neuschnee, jetzt Tauwetter... Nun ist das ganze Dorf ein Sumpf, dazwischen liegen die Tier- und Menschenleichen, die wir unter der Schneedecke nicht ahnten. Unter anderem fand ich bei den Toten einen Leutnant vom Stabe des Obersten Luchwitz, dem eine Granate das halbe Gesicht weggerissen hatte. Also von dieser Truppe stammen die Toten... sie liegen demnach schon über zwei Wochen unbeerdigt hier herum! Da sie gefroren waren, ging es noch an... aber jetzt tauen die Leichen auf. Noch eine Woche hier im Dorf und wir werden alle krank und krepieren an Typhus oder Cholera.

Gegenwärtig ist es ruhig bis auf vereinzeltes Infanteriefeuer. Ich sitze in der Stellung unter dem Giebel eines zerschossenen Hauses und tippe. Vor einer Stunde kroch ein amerikanischer Propagandamann auf Hörweite heran und gab uns durch einen großen Lautsprecher die neuesten Nachrichten bekannt. Demnach sind die Amerikaner beiderseits von St. Vith durchgebrochen, haben die Stellung unserer Division aufgerollt und stünden dicht vor der Urfttalsperre. Die Division aber sei völlig aufgerieben.

Ist dies die Wahrheit – was ich nicht bezweifle –, so sehen wir unsere Heimat nicht wieder.

Ein paar Mann haben gestern geweint, richtig geweint – es waren Familienväter mit vier oder mehr Kindern. Ich habe noch nie Männer so weinen sehen wie diese harten Kerle mit dem EK und dem Sturmabzeichen. Aber ich kann sie verstehen – es gibt Augenblicke, in denen Tränen die einzige Medizin gegen Verzweiflung sind.

Montag, den 5. Februar 1945

Wilhelm von Stohr ist verwundet!

Beim letzten Angriff hat er einen Oberschenkelschuß erhalten, aber der Knochen ist nicht verletzt. Jetzt liegt er bei mir im Keller, schmerzgekrümmt, und hat mir an seine Frau und seine drei kleinen unmündigen Kinder einen Abschiedsbrief diktiert. Er fühlt, daß es mit ihm zu Ende geht. Erst der rechte Arm ab, jetzt das linke Bein. Das hält kein Mensch aus!

Und so diktierte er. Ich leugne es nicht... mir standen die Tränen in den Augen. So etwas Gefaßtes und doch Hilfloses. Ich habe ihn dann neu verbunden und ein wenig besser gebettet. Nun liegt er da und sieht mir zu, wie ich diese Zeilen schreibe.

Lieber Kamerad Stohr, du kommst schon durch – wenn nicht in Deutschland, so in einem Lazarett in Frankreich oder in Kanada, wo nur Ruhe ist... Denke an unser Schwein und lächle, Kamerad... Du darfst mir nicht sterben, hörst du? Du darfst es nicht! Du bist doch ein Mann von der Presse und hast gelernt, allen Gefahren mit Frechheit zu trotzen. Trotze jetzt dem Tod mit der gleichen Frechheit...!

Wir haben keinen Arzt hier, der Sanitäter ist als einer der ersten gefallen, das Verbandszeug ist aufgebraucht. Um mich herum liegen andere verwundete Kameraden, einer hat den Wundbrand und schreit wie ein Irrer... wir können ihm nicht helfen... wir haben keine Mittel, keine Arznei – wir haben nur eine Kugel für dich, Kamerad... So müssen Menschen sterben, blühende, hoffnungsvolle Menschen... ach, ich will nicht denken.

Kamerad Stohr, still, still, – es kommen Zeiten des Friedens für uns alle... nur Geduld... ein bißchen Geduld...

Ich müßte jetzt hinaus mit meinem Mikrofon und sehen, ob etwas zu berichten ist. Die Artillerie schießt so verdächtig. Aber ich habe keine Lust. Was soll ich auch berichten? Alles ist so trostlos – und das darf ich nicht sagen!

Das Farbband der Maschine ist naß geworden. Draußen rumpelt die Artillerie. Ob sie wieder angreifen?

6 Stunden später.

Ein Infanterieangriff ist abgewehrt. Aber die Artillerie trommelt. Wir hören schon gar nicht mehr hin... es fehlt uns direkt etwas, wenn sie nicht trommelt. Und müde sind wir, unendlich müde.

Wir haben uns verkrochen, alle Nerven sind angespannt. So vergeht ein Tag nach dem anderen. Und kein Ersatz, keine Verbindung!

Es ist jetzt 23 Uhr. Zu Hause liegt alles friedlich im Bett. Schlaft wohl, ihr Lieben...

Dienstag, den 6. Februar 1945

Ich habe ein neues Farbband eingelegt und schreibe diese Zeilen in einer trostlosen Stimmung. Unsere halbe Kompanie ist gefallen – wir sind nur noch ein Häuflein gegen ein Bataillon Amerikaner und eine Masse von Panzern. Wenn nicht bald Ersatz kommt, ist alles verloren. Die Munition wird knapp, die Verwundeten darf man nicht sehen. Man lernt das Grauen, blickt man sie an. Mit durchblutetem Verband, verdreckt, vom Wundfieber geschüttelt, mit rasenden Schmerzen liegen sie im Keller und lassen die Feuerwalzen über sich ergehen.

Ich sitze bei meinem Freund Wilhelm von Stohr. Sein Gesicht ist gedunsen, sein Mund blau und blutig, weil er sich auf die Lippen beißt, um nicht vor Schmerzen gellend aufzuschreien. Sein Verband ist völlig durchblutet – ich habe ihm jetzt Fetzen um die Wunde gewickelt, Fetzen einer alten Wolldecke. Er sieht mich an wie ein Tier, das sterben muß... so hilflos... so hoffnungslos, so flehend.

Soll ich meine Pistole nehmen...?

Ich muß wegschauen, um nicht seine Augen zu sehen. Blicke ich ihn an, so möchte ich hemmungslos losheulen.

Freund, Kamerad, sei ruhig. Wir kommen aus dieser Hölle heraus. Du wirst noch viele Artikel schreiben und viele Aufnahmen machen, genau wie ich... Du mußt nur daran glauben, ganz fest daran glauben... Kamerad von Stohr. Nur ruhig, nur Mut... einmal ist alles vorbei... so oder so...

Er will es glauben, und dabei zerknüllt er die Decke über sich vor Schmerzen...

Ich muß hinaus. Der Posten gibt Alarm. Es geht wieder los!

Der Tod spielt zum Tanze auf.

Herr, mein Gott – wann ist dies hier zu Ende!

Und warum, ja warum müssen Kriege sein...?

Mittwoch, den 7. Februar 1945

Es ist Abend. Ununterbrochen liegt unser Dorf unter Beschuß. Es rumst von allen Seiten. Der Keller wackelt... wie doch so ein leichter Keller schützen kann. In Berlin fühlte man sich unter sieben Meter Beton nicht sicher, und hier hat man knapp einen Meter Decke über sich und sieht doch, wie geborgen man ist. Oder man bildet es sich ein! Seit vorgestern hält der Sturm der Infanterie auf unsere Igelstellung zu. Wir sind im Kampfraum der Amerikaner wie eine Klippe, gegen die jetzt die ganze Brandung anbraust.

Aber heute abend, bei diesem Feuer, ist kein Angriff zu erwarten. Man will uns mürbe schießen. So haben wir nur die nötigsten Posten aufgestellt und uns alle hier im großen Bürgermeisterkeller versammelt.

Ein verlorener Haufen...

Ich überblicke die kleine Schar. Wie ist sie zusammengeschmolzen! Darunter ein Leutnant mit einer Kopfwunde, ein Kriegsberichter mit einem Arm und einem Schenkelschuß, ein Kriegsberichter mit einem Schulterschuß und Magenkrämpfen... das bin ich! Seit gestern nacht zeigen sich bei mir schreckliche Magenkoliken, vielleicht war das Wasser verseucht, das ich gestern aus einem Tümpel trank. Dabei sah es so klar aus wie Quellwasser. Aber was macht das auch aus... ob Typhus, Cholera oder eine Kugel – gestorben wird nur einmal!

So sitzen sie vor mir, blutig, schmutzig, lehmgrau die Gesichter, unrasiert seit Tagen, hohlwangig, voller Anspannung und nervöser Konzentration. Diese Männer fürchten den Tod nicht, sie bedauern nur, daß er so früh kommt und so sinnlos. Sie sitzen hier, und der Leutnant spricht zu ihnen, der junge 22jährige Leutnant, den sie den ›Alten‹ nennen, ein Bursche noch und doch ein Mann, der diese Welt verachtet, weil er zu viel hinter die Kulissen des Lebens sah. Er spricht zu ihnen als bester Kamerad von den letzten Stunden, die uns bevorstehen.

Sie nicken alle, nehmen ihr Todesurteil hin mit einem seltsamen Glanz in den trüben Augen.

Draußen stehen die Nacht und der Tod. Hier im Keller aber setzt sich einer an das Klavier, das wohl Kameraden vor uns in den Raum geschleift haben mochten, und ein Lied klingt auf wie ein Gebet: ›Ich hatt' einen Kameraden...‹

2 Stunden später.

Ein Abend ist vorbeigezogen, ein Abend, wie ich ihn in meinem bunten Leben nie erlebte.

Ich habe Volkslieder, Schlager, Melodien aus Opern und Operetten gesungen, begleitet von dem verwundeten Soldaten am verstimmten Klavier. Ich habe gesungen vor Sterbenden.

Soll ich sagen, daß ich nie so gesungen habe wie in diesen zwei Stunden? Daß trotz der Magenkrämpfe die Stimme so frei, so weich, so voll wurde... Oh, diese Stunden... wie reich machten sie mich und doch auch so arm, so trostlos leer und müde.

Die Verwundeten lächelten, lächelten unter Schmerzen und Blut. Die Gedanken flogen zurück in eine ferne Zeit, wo sie einst mit den Lieben im Kino einer deutschen Stadt saßen und Filme sahen, in denen diese Lieder erklangen... Alle Tage ist kein Sonntag... Glocken der Heimat... Immer nur lächeln und immer vergnügt... Heimat, deine Sterne... Blutrote Rosen... Damals, ja damals war das Leben schön, saß die Frau neben einem, in der Hand fühlte man die kleinen Finger der Kinder, und die alte Mutter zu Hause wartete mit dem Abendbrot, bis ihre großen Kinder aus dem Kino kamen. Damals, ja damals... o denkt daran, Kameraden; schließt die Augen, Kameraden, und träumt, träumt... und die Melodien umgaukeln euch, als schwebten Rosen im zarten Wind des Sommers an den Zweigen mondheller Parks...

Wo sind die Wände des Kellers? Alles öffnet sich... ich sehe einen Kopf im Dunkeln, einen schmalen Kopf mit wirren blonden Locken, hellen Augen, und ein spöttischer Mund lächelt mich an... ja, ja, – ich bin bei dir, dort, ganz fern im Raum treffen sich unsere Seelen und Gedanken... o Hilde... Hilde...

Vor meinen Füßen liegt ein junger Soldat, dem eine Granate beide Beine abriß. Mit gelbem Gesicht starrt er in das Flackern der Kerzen und lauscht den Melodien.

›Ave Maria...‹

Sie summen alle mit, alle – die Verwundeten, die Blutenden, die Weinenden und die Verbissenen... summen, singen... Ave Maria.

Draußen verstärkt sich das Artilleriefeuer... der Tod schlägt den Takt zu unserer Melodie.

Herrgott, warum gibt es Kriege?!

Herrgott, wann wird ewiger Friede sein?!

Von draußen tönt Alarm – noch gibt der Krieg uns Antwort!

1 Stunde später.

Es war nur Scheinalarm. Man täuschte einen Angriff vor, um uns zu zermürben.

Ich habe schreckliche Magenkoliken. Ich kann kaum sitzen und schreiben, die Schrift verschwimmt vor meinen Augen. Die Maschine halten kann ich schon nicht mehr... ich lege mich gleich hin.

Doch lieber durch eine Kugel sterben als wie ein Vieh an Cholera krepieren. Wenn es losgeht, stehe ich auf.

Aber jetzt muß ich mich legen – Kamerad Stohr, ich lege mich neben dich.

2 Stunden später.

Es ist stockfinstere Nacht. Wir haben beschlossen, heute den Melder loszuschicken, den jungen Abiturienten aus Weimar mit seiner Braut, die das Eiserne Kreuz haben will. Er nimmt diese Blätter mit. Gott segne ihn, daß er glücklich durchkommt... aber Hoffnung hat keiner mehr... außer er selbst.

In einer Stunde rennt er los.

Ich aber werde die Nacht nicht schlafen, obwohl draußen alles still ist. Meine Eingeweide scheinen Feuer zu sein.

Ist man nicht wie ein Tier?

Man krepiert!

Man wird verscharrt!

Aus!

Ich habe einen bitteren Geschmack auf der Zunge... so bitter...

Lebt wohl, alle, alle... die Hoffnung ist wie eine verlöschende Kerze!

Heinz Wüllner

Das waren seine letzten Worte.

Langsam erhob sich Hilde und steckte den dikken Brief in eine Ledertasche neben ihrem Bett. Sie weinte nicht, sie konnte keine Tränen finden.

Mit festen Schritten ging sie aus der Kammer, trat in den dämmernden Morgen hinaus, in den dichten Nebel, der wie Totenschleier von den Hügeln der Eifel herabstieg, und plötzlich spürte sie ein Zucken in ihrem Leib... einen stechenden Schmerz und einen Druck zum Herzen hin... sie taumelte... das Kind regte sich, zum ersten Mal war in ihr das neue Leben erwacht...

Leise sagte sie:

»Ich will einen guten Menschen aus ihm machen, so, wie du es warst... stolz, mutig, freiheitsliebend, die Welt soll er kennenlernen und erkennen, und er soll mit wachem Geist sein Leben zwingen... Ich danke dir, Heinz, danke dir für alles, was du mir schenktest an Freude, Glück und Liebe...

Und sie weinte auch dann nicht, als sie zurückging in das niedrige, halbzerschossene Bauernhaus.

Sie glaubte an den Frieden und an die Zukunft.

Am 8. Mai 1945 kapitulierte die deutsche Wehrmacht.

Ein Volk atmete auf...